한국어, 우리말 우리글 ❶

수필로 읽는 국어이야기

심재기 저

제이앤씨
Publishing Company

책머리에

세월이 참 빠릅니다. 어느새 21세기도 10년 세월이 흘렀고 저는 7순을 훌쩍 넘겼습니다. 옛날 어른들이 세월을 일러 전광석화電光石火라 하신 말씀을 실감하게 됩니다.

저는 1960년에 대학을 졸업하고 곧바로 국어선생이 되어 지금까지 우리 말 우리글을 가르친다고 하였으니 70년의 생애에서 꼭 반 백년을 우리말에 묻혀 살아 온 셈입니다. 돌이켜 보면 참으로 황홀하고 아름다운 세월이었고 또 한편 송구하고 고마운 세월이었습니다.

가르친다는 것은 곧 배우는 것이라는 마음으로 한국어의 아름다움을 말하며 살았으니 세월이 황홀하고 아름다웠다 할 수 있겠고 특별한 재주가 없었건만 지난 세월 내내 하늘이 저를 국어선생으로 보호하고 감싸 주었으니 이 또한 송구하고 고마운 세월이라 할 것입니다.

그동안 저는 강의에서 미진했던 이야기를 어설픈 대로 몇 권 책으로 묶어 낸 일이 있었습니다.

그 모두가 20세기 마지막 20년인 1990년 전 후의 일입니다. 오늘에 와서 보면 2, 30년이 지난 옛날입니다. 그러므로 이 이야기는 어쩌면 시효를 잃은 낡은 이야기일 지도 모릅니다.

그런데 어느 날 제이앤씨의 윤석원 사장님이 저를 찾아오셔서 그 옛날

책이 아직도 유효하다는 말씀을 하시며 한 뭉치로 묶어 보자고 하셨습니다. 저는 부끄럽지만 용기를 냈습니다. 한국 사람과 한국말이 이 인류의 역사 안에서 정말로 의미 있는 존재라면 그리고 그러한 사실을 우리가 굳게 믿고 있다면 저의 이 다섯 권 책은 우리말과 글을 사랑하는 사람들에게 작으나마 위로와 도움이 되지나 않을까 하는 외람된 생각을 한 것입니다.

지난 50년 간 제 생각이 한결같은 것은 아니었습니다. 우리말과 글이 우리 민족과 함께 새로운 인류 문화에 한 줄기 빛이 되리라는 믿음에는 변함이 없었지만 우리말과 글을 어떻게 지키고 가꾸어야 하느냐 하는 세부항목에서는 다소간 변화가 있었습니다.

저는 한자(漢字) 없는 우리나라의 언어문자 생활을 생각한 적이 잠시 있었습니다. 그러나 그것은 우리 역사에서 2천년 과거의 정신문화 재산을 빼버리는 결과가 된다는 것을 깨달았습니다.

그래서 저는 한자를 줄여 쓰는 방법을 끊임없이 연구하며 새로운 언어문자 생활을 모색할 수는 있으나 한자를 완전히 없앤다는 것은 안 된다는 결론에 이르렀습니다. 이러한 제 생각이 이 다섯 권 책에 드믄 드믄 드러나 있습니다.

이제 저는 이 책을 한국과 한국어를 사랑하는 모든 사람들에게 바칩니다. 특별히 한국사람들에게 바칩니다.

이 책을 읽으시는 분들은 저와 함께 이 세상에 한국 사람으로 태어나 우리말과 우리글의 아름다움에 감탄하며 사랑과 긍지를 가지고 한 세상 살다 가는 것을 한 없이 감사하십시다.

2008년 6월 20일.
지은이 심재기 씀.

차례

■ 책머리에 ·· 1

1장 언어와 통일 · 09

세계 속의 한국어 11 | 남북한 언어는 이질적인가 14 | 속담을 통해 본 북한의
서민감정 17 | 삼국시대의 인구와 언어 20 | 겹침말의 허허실실 23 | 통일이
되면 우리말 사전은 26 | '하느님'을 뜻하는 낱말들 29 | '주의 기도'가 통일되면
32 | 전례용어의 늦은 걸음 35 | 하느님의 한국어 실력 38

2장 민족의 문자문화 · 41

우리말 연구의 발자취 43 | 땅이름이 감춘 비밀 46 | 훈민정음 이전의 우리
나라 문자 49 | 이두吏讀의 언어문화상의 공로 52 | 훈민정음의 숨은 이상 55 |
한글과 우리 문화의 특질 58 | 백성을 부르는 소리 62 | 한글만 쓰기의 내력
65 | 한글만 쓰기와 한자 공부 68 | 한자漢字는 과연 동양의 공통문자인가 71

3장 우리말 사랑과 순수성 유지 · 75

한국어에 내린 축복 77 | 우리말의 순수성 80 | 우리 민족의 자긍심은 83 | 영원
히 사는 비결 86 | 인사글의 어제 오늘 89 | 우리말의 삼중구조 92 | 람스테드의
한글편지 95 | 고선명高鮮明 텔레비전 용어사전 98 | 냇가에 비친 나의 얼굴에
101 | 사백 년 전의 대중가요 104

4장 국어 교육의 올바른 방향 · 107

띄어쓰기의 내력 109 | 학력고사의 국어문제 112 | 작가들이여, 깨끗하고 완벽한 문장을 115 | 대학생의 작문숙제 118 | 국어문제를 지배하는 세 가지 요소 121 | 문장력 향상의 길잡이 124 | 시詩를 가르치던 동네 아저씨 127 | 잃어버린 시간을 찾아서 130 | 들무새와 으악새 133 | 선조들의 십계명 136

5장 언어생활과 언어예절 · 139

사전에 없는 낱말 141 | 사골탕, 그리고 갈비와 도가니 144 | '문화'의 의미 한계 147 | 말버릇 · 말장난 · 말놀음 150 | 우리말 학술용어가 자리 잡지 못하는 까닭 153 | 낱말의 낯가림 156 | 정중하던 옛 전통 사라지고 159 | '안팎밀이' 문에서 만난 소녀 162 | 언어예절의 현주소 165 | 표준어를 배우기가 힘든 사람들 168

6장 우리말의 뿌리 · 171

'안전띠'와 '죽순' 173 | 한국인의 이름 석 자 176 | 현대국어의 뿌리 179 | 고향에 돌아온 여인 182 | 본적지를 잃은 인삼人蔘 185 | 윷놀이의 다섯 사위 '도 · 개 · 걸 · 윷 · 모' 188 | 낱말의 대물림 191 | 낱말과 삶의 자취 194 | '소년 · 소녀'의 옛말을 찾아서 197 | 삼각산三角山과 우이동牛耳洞 200

7장 역사속의 우리말 · 203

낱말이 증명하는 가까운 나라 205 | 가장 오래된 우리 나라 고문서古文書 208 | 몽고외래어 '수라'와 '보라' 211 | 오랑캐의 감투 214 | 삼전도비三田渡碑를 바라보며 217 | '물레'와 '씨아'의 영웅, 문익점 220 | 중앙아시아의 고려말 223 | 우리들의 성명 석 자, 그 미래는 226 | 이름이나 바꾸어 볼까 229 | 사모님과 아주머니 232

8장 민족과 삶의 자취 · 235

꽃 이름과 민족정서 237 | 유행어를 통해 본 현대사 240 | 맞서기를 피하는 간접대화 244 | 풍자와 해학과 개작한 시詩들 247 | 어떤 뜻을 취할 것인가 250 | 하늘·사랑·법·술수 253 | 모순어법矛盾語法의 존재이유 256 | 숨겨 적은 추모의 마음 259 | 속담에 나타난 과학정신 262 | 민족성과 민족감정 265

9장 외래어 수용受容문제 · 269

남덩이에 입힌 금빛 271 | 망령처럼 떠도는 낱말 274 | 남녀평등과 아내·남편 277 | 이름과 함자衡字, 휘자諱字 280 | 외래어 선호의 뿌리 283 | 외래어는 어떻게 토착화하는가 286 | 요즈음 대학생들의 우리말 사랑 289 | 하나·둘· 셋과 일·이·삼 292 | 우리말 사랑, 그 중용의 슬기 295 | 한자말 쓰기를 벗어나려면 298

10장 유행과 오용誤用 · 301

ㄷ불규칙동사와 '겯다'의 미래 303 | '눈깔사탕'과 '민들레 306 | '것'의 쓰임새 309 | K.S.에서 T.K.까지 312 | 우리말의 사각死角지대 315 | 학위學位는 따는 것인가 318 | 표현의 빼기현상 321 | 우스갯말의 흐름 324 | 줄임말의 유행은 끝나려는가 327 | 어휘력 향상과 전문용어 문제 330

■ 초판서문·· 333

1장

언어와 통일

언어와 통일

세계 속의 한국어
남북한 언어는 이질적인가
속담을 통해 본 북한의 서민감정
삼국시대의 인구와 언어
겹침말의 허허실실
통일이 되면 우리말 사전은
'하느님'을 뜻하는 낱말들
'주의 기도'가 통일되면
전례용어의 늦은 걸음
하느님의 한국어 실력

세계 속의 한국어

통일을 염원하는 민족의 열망이 점점 더 뜨겁게 달아오르고 있다. 그 간절한 소망 속에는 우리말 우리글이 한결같이 바르고 일정하게 표현되어 야 한다는 항목도 들어 있다. 반백 년 가까운 세월, 서로 별도의 언어정책을 시행한 결과, 어휘語彙와 수사修辭 면에서 상당한 이질화異質化가 발생하였 기 때문이다. 그래서 우리는 이제 남북한 사이의 언어상의 차이를 좁히고 통일 한국의 장래에 발맞추어 나아갈 언어정책을 신중하게 검토하지 않으 면 아니 될 때를 맞았다.

지난 여름 중국 연변 대학에서 '조선어' 그 곳에서는 한국어를 이렇게 부른다 를 가르치고 있는 교수 몇 분과 민족어의 장래에 관해 의견을 교환할 기회가 있었다. 그 자리에서 다음과 같은 이야기가 오고갔다.

"남북한이 하나의 정부 밑에 단일한 나라를 만드는 이른바 정치적 남북 통일이 민족의 지상과제임을 모르는 바 아닙니다. 배달민족이라면 누구나

> 그것을 염원하여 마지않습니다. 그러나 언어상의 이질화를 극복하고 하나의 조선어, 하나의 한국어를 만드는 문제는 남북한이라는 한반도에 국한된 문제가 아닙니다. 지금 조선어는 온 세계에 두루 퍼져 있습니다. 소련에 조선어를 쓰는 사람이 없습니까? 중국에 없습니까? 일본에 없습니까? 미국에 없습니까? 또 그 밖의 지역에는 우리 동포가 얼마나 많습니까? 적어도 우리 중국에 사는 조선족 동포들은 한반도 안의 고향말과 똑같은 말을 쓰고 한반도 안의 고향글과 똑같은 글을 쓰기 위하여 지난 반 세기를 힘써 왔습니다. 이제 조선어의 통일정책은 남북한만의 문제가 아니라 세계적인 문제입니다."

또 한 분은 이렇게 말씀하셨다.

> "을사보호조약이 체결되던 1905년, 충정공忠正公 민영환閔泳煥 선생이 자신의 비통한 마음을 진정시키지 못하고 자결의 길을 택할 때에 '이천만 국민에게 이르노라'라는 유서를 남긴 바 있습니다. 지금부터 100년 전 그 당시에는 온 나라의 총인구가 이천만이 채 되지 않았음을 짐작할 수 있습니다. 그런데 요즈음엔 칠천만 동포라는 말을 서슴없이 합니다. 그동안에 우리 동포가 세 곱절 반이 늘었다는 얘기입니다. 사천만은 남한에 있고 이천만은 북한에 있다면 나머지 일천만은 어디에 있습니까? 온 세계에 두루 퍼져 있습니다. 이제 한국어는 이 칠천만 우리 민족 전체의 언어입니다."

이런 말씀을 듣고 있던 나는 무언가 이분들에게 격려의 말씀을 드리고 싶어서 입을 열었다.

"인류 역사상, 세계를 호령한 큰 나라가 여럿 있겠지만 우리 민족의 역사와 관련시켜 보면 두 개의 나라를 꼽을 수 있습니다. 과거에는 중국이 었고, 현재에는 미국입니다. 그런데 이 두 나라에 우리 민족이 각각 이백만 명씩이나 살고 있습니다. 그들은 모두 민족어를 지키기 위하여 안간힘을 써 왔습니다. 특히 중국에 사시는 동포들의 노력은 눈물겨운 바 있습니다. 이 두 나라에 우리 민족이 그렇게 버티어 살게 된 것은, 우리 민족으로 하여금 인류 역사에 무언가 큰 공헌을 하라고 하는 조물주의 계획이 있는 듯합니다. 저희들 고향땅에 사는 사람들은 일천만 해외동포들과 항상 같은 말, 같은 글을 쓴다는 생각을 하며, 도와드릴 방법을 찾도록 힘쓰겠습니다."

이렇게 말씀을 드릴 때에 내 뇌리에 떠오르는 장면이 있었다. 워싱턴의 태권도장에서 푸른 눈의 서양 사람들이 한국말 구령에 따라 동작을 취하는 모습이었다.

남북한 언어는 이질적인가

통일에 대한 열망이 점점 더 높아가고 있다. 북경 아시안 게임에서는 남북한 동포들이 나란히 앉아서 남한 동포들은 북한 선수를, 북한 동포들은 남한 선수를 응원하기로 하였다 한다. 우리의 태극기와 북한의 붉은 깃발이 응원석 여기저기에 뒤섞여 펄럭이는 모습도 텔레비전 화면에 비쳤다. 비록 운동장의 관람석이라고는 하지만 남북한 동포 수천 명이 한꺼번에 한자리에 앉아 웃음을 띠며 얘기를 나누는 장면을 보면서 우리들은 모두 통일의 첫걸음이 옮겨졌음을 실감할 수 있었다.

이렇게 남북한 동포들이 마주 대할 때에 의사소통에 어려움을 겪었다는 소리는 들리지 않았다. 남북고위회담이 인터콘티넨탈 호텔에서 열렸을 때, 북한의 연형묵 총리의 연설을 들으면서 남한 사람들이 못 알아 들은 부분이 있었던가? 그런데 어째서 요즈음 통일문제가 거론되는 자리에는 '언어의 통일문제'가 끼어들고 '남북한 언어의 이질화'가 심각하다는 표현이 나타나는 것일까?

언어의 이질화를 규정짓는 가장 중요한 두 가지 요소는 음운체계와 문법체계이다. 영어의 'F'나 'V'를 우리 나라 사람들이 제대로 발음하지 못하는 것은 영어와 한국어의 음운체계가 다르기 때문이며 "나는 당신을 사랑합니다."라는 말을 영어식으로 표현하면 "나는 사랑합니다 당신을." 이라고 어순이 바뀌는데 이것은 영어와 한국어의 문법체계가 다르기 때문이다. '이질적'이라는 말은 이렇듯 체계가 다른 두 언어를 말할 때이거나, 동일한 언어의 경우에는 수백 년에 걸쳐 지리적 역사적 격리상태가 지속되는 동안 음운이나 문법체계에 차이가 발생했을 때에만 쓸 수 있는 말이다. 가령 이탈리아 말과 프랑스 말을 이질적이라 할 수 있겠는데 그렇게 서로 다른 두 나라 말도 '로만스 어'라는 공통의 기원을 갖고 있기 때문에 배우려고만 들면 제 나라의 사투리를 배우는 것보다 조금 더 노력하면 쉽게 배울 수 있다고 한다.

그렇다면 남한의 언어와 북한의 언어는 결코 '이질적'이라는 낱말로 표현할 성질의 문제가 아니다. 근본적으로 '이질성'이 없는 말이므로 '동질성 회복'이라는 거창한 제목의 말도 천만부당하다. 남북한 언어의 차이라는 것은 고작 어휘상의 차이를 뜻하는 것으로 '아이스크림'을 '얼음보숭이'로 한다든지, '힘들다, 어렵다'를 '바쁘다' 쯤으로 표현하는 범위를 넘어서지 않는다. 생소하게 느끼는 표현이 있다면 '통일에 대한 국민의 관심'을 북한식으로 했을 때 '통일을 할 때에 대한 인민의 관심' 정도라고나 할까?

영국영어British English와 미국영어American English는 어휘나 관용어구에서 상당한 차이가 존재하지만, 영국영어나 미국영어를 이질적인 언어로 규정하는 사람은 없다. 그것은 두 나라가 다투고 싸우며 불편한 관계를 견딘 역사적 과거가 있음에도 불구하고, 정치·사회·문화적으로 긴밀한 관계를 유지해 오고 있기 때문이다.

그렇다면 결국 남북한 사이에 존재하는 이질성은 언어의 문제가 아니라, 이념이요 정치체제요 사회제도임을 알 수 있다. 얼마나 악선전이 심했으면 소련에 유학했다는 어느 북한 학생의 수기에, 남한의 대학생 임수경이 북한에 왔을 때 그의 말을 못 알아들으면 어떻게 하나 걱정했었 노라고 고백을 하였을 것인가? 우리는 북한의 언어가 우리와 다름을 걱정 할 것이 아니라 북한 사람들의 생각과 감정이 우리와 다름을 걱정하여야 할 것이다.

속담을 통해 본 북한의 서민감정

남북교류가 차츰 활기를 띠는 요즈음, 우리들은 즐거운 마음으로 앞날을 관망하고 싶은데, 부모님이나 형제들을 북한에 남겨둔 실향민들은 그 가족들이 아직도 살아있는지 세상을 떴는지를 가늠해 보는 쓰린 마음과, 고향이 얼마나 변했을까 하는 궁금증 때문에 느닷없이 날밤을 설치는 일이 많아졌다고 한다.

북쪽에 특별한 인연이 없는 사람들이 금강산이나 백두산 관광을 꿈꾸는 일 같은 것은 어딘가 성급하고 경망한 생각인지도 모르겠다. 어찌되었거나 통일에 대한 기대가 커질수록 우리들은 북한 동포들이 우리를 만났을 때, 얼마만큼 속마음을 주고받을 수 있을 것인가 하는 문제에 마음이 쓰인다.

그 마음쓰임의 이유는 북한이 실질적으로 다른 나라로 인식되기 때문일 것이다. 우리가 미국 사람이나 일본 사람을 만나 아무리 허심탄회하게 이야기를 나누었다고 해도 서로가 자기 나라, 자기 민족의 처지에서 말을 했기 때문에 외교상의 의전절차나 사교상의 인사치레를 빼고 나면 정말로 가슴이 통하는 얘기는 몇 마디 없었다는 경험을 갖고 있다. 북한 사람을 만났을 때에도 그렇지 않으리라는 보장이 없다. 더구나 최근에 남쪽 대표들이 평양을 방문 중에 있을 때, 북한 주민들이 보여 준 태도는 우리의 의구심을 가중시킨다. 어떤 때는 눈물을 흘려 가며 열렬히 환영하고, 또 어떤 때는 미리 준비된 정치적 발언으로 공격해 오는 모습을 보여 주었다. 정말로 북한 주민들의 속마음은 어떤 것일까? 이러한 때에 우리가 찾아보고 위로를 얻을 수 있는 자료는 북한에서 쓰이는 속담들이 아닌가 싶다. 그 속담들을 훑어 보노라면 북한의 서민들이 남한의 서민들과 조금도 다름없는 유구한 문화전통과 고유한 민족정서를 함께 지니고 있다는 사실을 확인할 수 있다. 남한에서는 생소한 속담을 대했을 때에도 우리는 "그렇지, 그렇지, 아 참 그렇구말구."하는 공감의 탄성을 연발하게 된다. 다음 속담을 살펴보자.

▸ 가면서 안 온다는 님 없고, 오마하고 오는 님 없다.
▸ 가시내가 오랍아 하면 머스매도 오랍아 한다.
▸ 강남땅의 금붙이.
▸ 급하기는 콩마당에 서슬치겠다. 서슬 : 두부 만들 때 쓰는 간수물
▸ 나막신 신고 돛단배 빠르다고 원망하듯.
▸ 낟가리에 불질러 놓고 손발 쬐일놈.
▸ 남의 등창은 제 여드름만 못하다.
▸ 눈물은 내려가고 숟가락은 올라간다.
▸ 다리 부러진 노루 한 곬에 모인다.
▸ 닭 길러 족제비 좋은 일 시킨다.
▸ 당나귀가 바늘구멍에 들어갈까?

▶ 독수리는 모기를 잡아먹지 않는다.
▶ 란시에 앉은뱅이 없다.
▶ 래일 소다리보다 오늘 메뚜기다리에 끌린다.
▶ 마지막 대는 첩도 안 준다.
▶ 무던한 며느리 아들맞잡이.
▶ 미련한 송아지 백정을 모른다.
▶ 미끄러진 김에 쉬어간다.
▶ 발바리 새끼 쫓겨가자 미친개 뛰어든다.

우리는 이 속담들을 읽으면서 조금도 이상하다는 느낌을 갖지 않는다. 언젠가 그전에 한두 번쯤 들었었다는 생각을 하게 된다. 이런 느낌과 생각은 무엇인가? 이런 것을 민족정서라고 하는 것은 아닐까?

그 동안 우리는 언어문제를 두고 남북의 이질화 현상을 근심했었다. 그러나 그것은 관점의 문제가 아닌가 싶다. 특정 어휘의 생성과 그 의미에서 서로 차이를 빚는 것은 사회체제의 독자성 때문에 어쩔 수 없는 것이며 그것이 통일을 방해하는 기본 요인인 듯 우려하는 것은 지나치다는 느낌을 준다. 우리는 이렇게 말해야 할 것 같다.

"정치체제는 짧으나 민족언어는 영원하다."고.

삼국시대의 인구와 언어

　고구려·백제·신라 세 나라가 한반도와 만주 일원에 고대국가를 세울 무렵, 그들 세 나라의 인구는 얼마나 되었을까? 이 의문을 풀기 위하여 책을 찾아보다가 조선왕조 중엽부터 우리 나라에 호구조사가 제대로 시행되었다는 것, 그리고 인구증가의 실상은 다음과 같다는 것을 알아낼 수 있었다.

　16세기 중엽 1543년중종 38년에 약 416만 명, 17세기 후반 1675년숙종 1년에 약 470만 명, 18세기 초반 1720년숙종 46년에 약 680만 명, 19세기 초반 1816년순조 16년에 약 724만명, 이렇게 늘어난 인구는 1910년 조선왕조가 막을 내리던 해에는 1331만 명으로 집계되어 있었다. 이 인구는 일본 식민지 기간이 끝나는 무렵인 1944년에 이르면 2590만으로 약 두 배 늘어났고, 1993년 현재는 남북한 통틀어 7000만은 넘을 것이 예상된다.

　이 자료를 토대로 하여 추론한다면 조선왕조가 시작된 1392년에는 어림잡아 300만의 인구가 있었을 것이며, 다시 고려왕조가 시작된 918년으로 올라가면 많이 잡아도 100만을 넘어설 것 같지 않다. 그러면 다시

1000년을 거슬러 올라가 서력기원을 전후로 한 시기, 즉 고구려·백제·
신라의 건국 초기에는 많아 보았자 각 나라가 결코 10만 명이 되지는
못했을 것이다. 일천 년 세월 동안, 겨우 세 배 정도 늘어 각 나라가
30만씩의 인구로 10세기에 이르러 삼국을 합하여 100만이 되었다고 보기
는 어려울 것이기 때문이다.

　그렇다면 삼국시대 중엽을 지나야 세 나라의 인구가 각기 10만을 넘어
서는 단계에 이른다고 할 수 있다. 광활한 땅, 실로 넉넉한 터전에서
살았을 법하다. 여기에 이르러 우리의 관심은 이들 세 나라가 팽팽한
세력균형을 유지하던 6세기 어느 시점을 생각해 보는 것이 좋겠다. 끊임없
는 영토분쟁으로 밀고 밀리며 전쟁을 하였겠지만 그들 각 나라의 백성들이
개인적인 차원의 문화교류 같은 것을 상상하기는 힘든 것이고 보면 이들
세 나라의 언어는 서로 독자적인 영역을 확보하지 않았을까? 물론 그들은
서로간의 의사소통이 가능하였다고 보아야 한다. 그러나 세부적인 항목에
들어가면 서로 다른 낱말을 사용하는 경우가 많았을 것이다.

　오늘날 남아 있는 자료를 검토해 보면 세 나라 특히 고구려와 신라는
많은 경우 서로 다른 낱말을 사용하였다는 사실을 확인할 수 있다. '골짜기'
또는 '마을'을 나타내는 '곡谷'을 신라말로는 '실'이라 하였음에 반하여,
고구려에서는 '단, 탄, 돈'과 비슷한 음으로 표현하였다. 현대어 '물水'은
신라시대에서는 '믈勿'로 발음하였고, 고구려에서는 '미買'로 발음하였다.
또 국방상 방어선의 기능을 하였을 '성城'에 대하여는 고구려의 '홀忽',
신라의 '잣城', 백제의 '긔己' 등 각기 다른 음상을 보인다. '임금'을 가리키는
'왕王'도 고구려에서는 '기皆'라 하였고, 백제에서는 '긔ㅈ'라 하였다고 추정
되며, 신라는 '간干'과 '금ㅅ'을 기본으로 한 '거서간居西干, 마립간麻立干,
이사금尼師今, 닛금齒叱今' 등으로 표기되었다.

　이렇듯 각기 다른 낱말을 사용하면서도 다른 한편 상당량의 공통분모도 있었기에 서로간의 의사소통은 가능했던 것 아닐까? 그것을 통일된 하나의 나라로 묶은 인물이 다름 아닌 고려 건국의 시조 왕건이었다. 왕건 이후 천 년이 지난 오늘날, 또다시 새로운 왕건이 요망되는 것은 역사의 수레바퀴가 반복된다는 증거일까?

겹침말의 허허실실

간결하고 깔끔한 표현을 추구하는 사람이라면 눈살을 찌푸릴 현상이 국어에는 존재한다. 겹침말이라고도 하고 동의중복同意重複 현상이라고도 하는데, 똑같은 의미로 서로 다른 표현이 연이어 쓰이는 것을 일컫는다.

완판본 춘향전에 보면 같은 의미의 한자어와 고유어가 경쟁을 하듯 나란히 쓰인 예가 많이 있다.

> "이팔청춘二八靑春 젊은 것이 … 식불감食不甘 밥못먹고, 침불안寢不安 잠못자면 … 걱정말고 염려念慮마소." 한다든지 "한양성 서방님은 칠년대한大旱 가문 날에 갈민대우渴民待雨 기다린들 날과 같이 자진自盡턴가."

같은 표현이 그것들이다. 판소리의 형식을 빌어 가창歌唱되었기 때문에 음수율을 맞추어야 하고 또 어려운 한자표현을 무식한 대중에게도 쉽게 이해시키기 위해서 한자말 다음에 풀이의 성격을 띤 고유어를 덧붙이다

보니까 그러한 겹침말 현상이 나타나게 되었을 것이다. 그러나 겹침말은 판소리같은 것에 국한되지 않고 일상 언어에 광범위하게 나타난다. "역전驛前앞, 석교石橋다리, 미장가전未丈家前" 등등. 우리가 쉽게 듣는 표현은 얼마든지 있다. 그 근본원인은 어디에 있는 것일까? 가장 중요한 이유는 국어에서 한자어와 고유어가 서로 팽팽하게 맞서는 어휘체계를 구성하고 있기 때문일 것이다. 고유어로 표현할 수 없는 것을 한자어가 보충한다든지 그 반대로 한자어로 표현할 수 없는 것을 고유어가 보충한다든지 하는 상호보완의 관계를 갖기보다는 한자어와 고유어가 동의어同義語의 형태로 병존·경쟁의 관계를 갖기 때문이다. 거기에다 수사적 의미강조나 의미변용의 목적이 작용하여 겉보기에는 군더더기처럼 보이는 겹침말 현상이 늘어나게 된 것 같다.

"고갯마루·사내놈·바위돌·깃털" 같은 것은 고유어끼리의 겹침이고 "점심식사·취사선택·객지타향·양친부모" 같은 것은 한자어끼리의 겹침이다. 요즈음 대중매체주로 라디오와 텔레비전를 통하여 자주 들을 수 있는 겹침말에는 다음과 같은 것들이 있다.

'이름 있는 유명 메이커, 어려운 난국, 할 수 있는 가능성, 스스로 자각하다, 깨끗이 청산하다, 다시 재발하다, 다 함께 동참하다, 명문가 집안, 승전보 소식, 이러한 시점視點에서 볼 때, 일견하여 보기에는, 그들이 말하는 이른바 민중들은, …'

이러한 예들은 표현을 바꾸어 가면서 반복 강조함으로써 의사전달을 분명하게 한다는 점에서 긍정적으로 보아야 할 면이 없지 않으나 단정하고 우아한 표현을 추구해야 한다는 국어순화의 측면에서는 단연코 부정적으로 평가되어야 한다. 우리는 운동경기의 방송중계를 들으면서 우습기도 하고 짜증스럽기도 한 해설자의 말을 들은 경험이 있을 것이다. "남은 시간은 5분 남았습니다. 1번 타자는 ○○○타자입니다. 양팀 득점 없이 0대 0입니다. 이 자리에 자리를 함께 하신 해설위원 ○○○씨가 해설을 맡아주시겠습니다. …" 한 번 지껄이고 나면 그만이라고 하여 과연 이렇게 중언부언을 용납해도 되는 것인지 걱정스러울 때가 많다.

그렇지 않아도 남북한이 통일되면 동일한 대상을 가리키는 말이 서로 다를 경우, 양쪽 말을 다 늘어놓는 신종 겹침말이 쓰이지 않을까 하는 걱정도 없지 않다. 몇 예를 들어보기로 하자.

'브래지어 - 가슴띠, 마사지 - 문지르기, 반바지 - 무릎바지, 건초 - 마른풀, 인내성 - 참을성, 곧 - 인차, 상치 - 부루, 사료 - 먹이, 노크 - 손기척, 배달부 - 통신원,…'

어쩌면 이것들은 통일 후 얼마 동안 어쩔 수 없이 겹침말로 유행하지나 않을까?"

통일이 되면 우리말 사전은

금세기가 끝나기 전에 민족의 장래를 위하여 우리가 해 놓을 일은 무엇인가? 그것은 무엇보다도 통일을 성취하는 일일 것이다. 그러나 우리말을 공부하는 사람들에게는 정치적 통일과 함께 반드시 성취해야 할 또 하나의 커다란 과제가 있다. 그것은 칠천만 우리 민족이 적어도 앞으로 한두 세대 동안에는 별 불편이 없이 사용할 사전, 한 가지 목소리 한 가지 색깔로 꾸민 우리말 사전을 마련하는 일이다.

사람들은 '사전'에 대해 맹목적인 믿음을 갖고 있다. '사전'에는 우리가 얻고자 하는 모든 정보가 들어 있으며, 또한 그 정보는 조금도 틀린 것이 없이 정확한 내용이라고 생각하는 믿음이다. 사전은 그만큼 완벽하게 만들어 내는 것을 전통으로 하고 있기 때문이다.

그러나 돌이켜 보면 우리 나라에서 우리말 사전이 간행된 역사는 60년도 채 되지 않으며, 근대적인 의미에서 사전에 대한 필요성을 인식하고 사전을 만들려고 생각한 때로부터 계산한다 하여도 일백 년을 넘지 못한다. 따라서 이렇게 짧은 사전편찬 역사이기 때문에 그 동안 우리가 갖고 있었던 사전은 별로 좋은 것이 아니었다.

1940년대를 전후하여 간행된 문세영文世榮의 '조선어사전1938', 조선어학회의 '우리말 큰사전1947~1957', 그리고 이윤재李允宰 유고遺稿로 만든 '표준조선말사전1947'이 급한 대로 참고할 수 있었던 제 1기의 국어사전들이었다. 제 2기의 사전은 1960년을 전후하여 간행되었다. 신기철·신용철의 '표준국어사전1958'과 이희승李熙昇의 '국어대사전1961'이 대표적인 사전인데 이것들은 60년대 이래 우리말 사전의 쌍벽을 이루며 한 세대를 풍미하였다. 그러나 이들 사전은 좋은 사전을 만들기 위한 방법과 기술을 충분히 익힌 뒤에 만든 것이 아니기 때문에 그동안 많은 미비점이 지적돼 오다가 최근에 한글학회와 금성출판사에서 각각 방대한 규모의 새 사전을 간행하였다. 제 3기 사전시대가 열렸다고 하겠다. 1930년대로부터 대체로 30년을 한 주기周期로 하여 사전이 간행된 셈이다. 그렇지만 이것은 북한의 사정을 고려해 넣은 것이 아니므로 반쪽 얘기일 뿐이다. 그 동안 북한에서는 그들 나름대로 여러 번 조선말사전을 간행하였고, 최근에 역시 최신판 사전이 간행되었다는 소식이 있었다.

그러면 이제 금세기가 끝나기 전에 통일이 된다면, 남북한에서 각각 따로 만든 사전은 즉시 문화사의 유물로 바뀔 것이 아닌가? 사전의 뜻풀이는 사전편찬자의 주관이 들어갈 뿐만 아니라, 그 사회가 공적으로 허용하는 기본이념을 반영하게 되어 있다.

'하느님'에 대한 남북한 사전의 뜻풀이를 비교해 보자.

〈하느님 명 [종]. 종교적 신앙의 대상. 인간을 초월한 절대자로서 우주를 창조하고 주재하며 불가사의한 능력으로써 선악을 판단하고 화복(禍福)

을 내린다고 하는 범신론적인 신(神).〉　　　　[이희승, 국어대사전]

〈하느님 명. 종교적 관점에서, 착취계급을 반대하는 인민들의 투쟁의식을 마비시키고 그들에게 숙명론을 강요하기 위하여 꾸며낸, 하늘에 있으면서 세계의 모든 것을 다스린다고 하는 신.〉　　　[사회과학원, 현대조선말사전]

　민족적 통일이 정치적으로 깨끗하게 마무리되었을 때, 누가 만든 사전이 었건, 그 사전의 뜻풀이에는 비록 부분적인 표현의 차이야 있겠지만, 위와 같이 서로 다른 관점의 이야기가 나오지는 않을 것이다. 그 때에 가서야 우리는 통일이 정말로 마무리되었다고 말할 수 있으리라.

　그 때를 앞당기기 위해서 우리는 지금 면밀하고도 체계적인 사전편찬 준비를 서둘러야 할 것 아닌가!

'하느님'을 뜻하는 낱말들

기독교가 우리 나라에 들어온 이래, 우리의 정신세계와 문화현상에는 어떤 변화가 일어났을까? 이런 의문을 갖고 그 동안 우리 나라에서 간행된 기독교 찬송가에 '하느님'을 가리키는 낱말이 얼마나 다양한 가를 살펴보았다.

우선, 기독교 찬송가는 서양시가西洋詩歌의 최초번역이기 때문에 우리 나라 개화기 창작시에 기초를 마련했으리라는 추정을 하게 한다. 1892년에 '찬미가'라는 제목의 찬송가가 간행된 이후로 한두 해 걸러 계속 찬송가가 간행되었는데, 이것은 최남선의 신체시 '海에게서 少年에게'가 '少年'잡지에 발표된 것보다 열다섯 해가 앞서는 일이었다.

찬송가는 하느님의 부르심과 말씀하심에 대한 응답의 기도이기도 하고 하느님에게 노래의 형식으로 바치는 감사와 찬양의 기도이기도 하다. 기도가 시작될 때에는 기도의 대상을 부르는 말, 곧 '하느님'의 호칭이 문제된다. 지난 백여 년간 찬송가에 나타난 하느님 호칭은 크게 여섯 가지로 나누어 볼 수 있다.

첫째 (하늘과 관련된 명칭) : 상뎨上帝・텬부天賦・텬신天神・텬뎨天帝・텬
쥬天主・쥬지主帝・신神・대쥬지大主帝・만유주萬有主・조물쥬造物
主・하ᄂ님 등

둘째 (임금과 관련된 명칭) : 태평왕・님금・대왕・만왕의 왕・만국왕・만
유왕・왕의왕・새왕・텬당의 왕・전능왕・황태ᄌ 등

셋째 (전통적인 기독교 명칭) : 여호와・여와님・예수・예수님・예수 그리
스도・그리스도・긔독・임마누엘・메시아 등

넷째 (친족과 관련된 명칭) : 아바지・아바니・아바님・아밤님・아버지・
아부지・아바니・아들・아드님・외아들・독생자 등

다섯째 (삼위일체와 관련된 명칭) : 삼위일체・성부, 성자, 성신・부자성신・
성령・성신님・보혜사保惠師・숨님・하늘・비닭이 등

여섯째 (구속救贖과 관련된 명칭) : 구쥬・구세주・영생주・만유의 구주・목
ᄌ・목ᄌ님・어린양・어리신 양・하ᄂ님의 어린양・제사장 등

하늘과 관련된 첫째 명칭들은 동양의 전통적인 종교용어가 그대로 기독
교에 수용된 것들이다. 이들 용어가 처음에는 히브리 어의 '엘로힘,' 그리스
어의 '데우스'에 해당하는 '하ᄂ님' 개념을 드러내는 데에 부족한 점이
있었을 것이지만 결국은 '천주天主와 하ᄂ님' 두 낱말이 기독교의 신관神觀
을 나타내는 용어로 살아남게 되었다.

임금과 관련된 두 번째 명칭은 하느님의 사랑과 권능이 세속적 왕권에
비유되면서 현재도 쓰이는 용어들이다. 하늘나라가 통치개념으로 인식되
어서는 아니 된다는 생각이 확산되지 않는 한, 앞으로도 계속 쓰일 것
같다.

다음으로 기독교가 형성될 당시부터 사용했던 전통적인 명칭, 즉 셋
째・다섯째・여섯째 명칭들은 앞으로도 당연히 지속적으로 사용될 것이

다. 최근에는 '그리스도' 다음에도 '-님'을 붙여서 '그리스도님'이라는 호칭을 사용하자고 할 정도로 이들 명칭의 토착화가 이루어졌다. 그러나 이들 명칭이 지닌 원초적인 의미를 일반 기독교 신자들이 얼마나 명확하게 알고 있느냐 하는 것은 의문이 아닐 수 없다.

그리고 '아버지'와 관련된 명칭은 하느님의 가부장家父長적 권위의 상징으로부터 벗어나게 해야 한다는 새로운 신학의 출현으로 말미암아 도전을 받고 있다. 그렇다고 '아버지'가 가까운 시일 안에 사라질 것 같지는 않다.

그러나 지난 백여 년간 '하느님'을 뜻하는 이렇게 많은 낱말은 상당한 변모를 입었다. 앞으로는 또 어떤 변화를 입을 것인가?

'주의 기도'가 통일되면

우리 나라에 기독교가 들어온 지 이백여 년의 세월이 흘렀다. 처음에는 천주교가 들어와 여러 차례 수난을 겪으며 신앙의 토대를 굳혀왔고 백여 년 전에는 선교의 자유를 누리며 개신교가 뿌리를 내리기 시작하였다. 이렇게 자리 잡은 기독교는 이제 우리 나라의 전통사상과도 조화를 이루며 우리 민족의 미래를 이끌어 갈 등불이 되었다.

그러나 유감스러운 것은 그 기독교인들이 그들의 신앙의 대상이요, 신앙의 근원인 창조주 '하느님'을 교파에 따라 각기 다르게 부른다는 점이다. 더욱이나 유감스러운 것은 다르게 부르기를 고집한다는 점이다. '하나님'이라는 명칭이 잘못된 것이라는 여러 가지 논증이 명백하게 되었음에도 불구하고 쉽게 옛날의 명칭 '하나님'을 버리지 못하고 있다. 신앙인들이기 때문에 전통과 관습에서 쉽게 벗어나지 못하는지도 모를 일이다.

이러한 기독교계에 최근에 실로 놀라운 새 바람이 불고 있다. 기독교인들이 가장 중요한 신앙고백의 하나로 여기고 있는 '주의 기도또는 주기도문를 하나의 통일된 표현으로 확정하자는 움직임이다. '주의 기도' 표준화 작업이라고 할 수 있다. 이것은 성경의 표준 번역판 확정작업과도 맞물려 있는 일이어서 그렇게 용이하게 성취될 것으로는 보이지 않으나 지켜보며 격려해야 할 일인 것만은 분명하다.

마태오 복음서 6장 9절에서 13절까지의 내용을 토대로 하고 있는 '주의 기도'는 지금까지 약 40종의 조금씩 조금씩 다른 표현들이 존재한다. 제일 오래된 것은 1862년에 '텬주성교공과'에 실린 '천주경'이고 가장 최근의 것은 1983년 '개신교 통일찬송가'에 실린 '주기도문'이다. 이백 년에 걸쳐 40종의 '주의 기도'가 교파에 따라 서로 다른 표현으로 애송된 셈이다.

'주의 기도'는 하느님을 찾는 부름말 흔히 '하늘에 계신 우리 아버지'로 표현된다 다음에 일곱 개의 청원請願의 기도로 이루어져 있다. 처음 셋은 하느님이 하늘나라를 이 세상에 완성하시기 위하여 하실 일에 대한 청원이요, 나중 넷은 하느님이 인간의 구원을 위하여 베풀어 주실 일에 대한 청원이다. 그래서 처음 셋은 '하느님은 …하소서'의 형식을 취하고 나중 넷은 '우리에게 …을 주소서'의 형식을 취하고 있다.

하루에도 몇 번씩, 경우에 따라서는 몇십 번씩 암송해야할 이 기도의 말씀이 현대 한국인의 마음에 꼭 드는 간결하고도 쉬운 말로, 그것도 통일된 하나의 표준형을 찾는다면 그것은 기독교인들만의 경사慶事가 아니라 온 민족의 경사로 확산될 수 있을 것이다. 지금 우리 민족은 민족사의 흐름에서 두 번 다시 있어서는 안 될 민족 분단의 통한痛恨을 극복하기 위한 통일의 움직임이 과거 어느 때보다도 고조되어 있다. 이러한 시대 분위기 속에 기독교인들이 통일된 '주의 기도'를 암송할 수 있다면 그것 하나만으로도 민족 통일의 역량을 다지는 아름다운 사건이 될 것이기 때문이다. 똑같은 '하느님'을 흠숭하고 찬양하는 기독교인들마저 통일된 '주의 기도'를 가지지 못한다면 어떻게 민족의 통일을 염치 없이 염원할 수 있겠는가.

그래서 나는 기독교인들의 '주의 기도' 표준형의 성취가 민족통일의 성패를 가름하는 시금석試金石이라는 생각을 하면서 어느 성직자의 '주의 기도' 표준안을 조용히 암송해 본다.

하늘에 계신 우리 아버지. 거룩하신 이름을 빛내시며 아버지의 나라를 세우시며 아버지의 뜻을 하늘에서처럼 땅에서도 이루소서. 오늘 우리에게 일용할 양식을 주시고, 우리에게 잘못한 이들을 용서하오니 우리의 죄도 용서하시고 우리를 유혹에 빠지지 않게 하시고 악에서 구하소서. 아멘.

전례용어의 늦은 걸음

 일찍이 서양의 어느 철학자는 '이 세상에 변하지 않는 것은 아무것도 없다'고 대단한 진리를 발견한 듯이 떠들어서 그 후 세상 사람들이 그의 말을 만물유전설萬物流轉說이라고 점잖게 불러 주고 있는데, 이러한 학설에 가장 민감하게 적용되는 분야가 다름아닌 말, 우리들의 언어이다. 세월의 흐름에 따라 언어의 변화도 그만큼 무상함을 드러내기 때문이다.

 그런데 다른 한편으로는 언어의 변화를 도외시하면서 고집스럽게 옛날의 전통을 지켜 나가려는 분야가 있다. 관습이나 종교의식宗敎儀式같은 것들이다. 그래서 종교적 전례典禮에 사용되는 기도문祈禱文은 언어변화에 순응하지 못하게 되어, 옛말에 대한 지식이 없는 새로운 세대에게는 알 수 없는 부분을 간직한 채, 오해의 소지를 남기는 수가 있다.

 2백여 년 전, 천주교가 한국에 들어왔을 때 '주의 기도主祈禱文' 첫머리는 다음과 같았다.

> "하늘에 계신 우리 아비신 자여! 아버지의 일홈이 거룩히 빛나시며
> 그 나라이 임하시며 아버지의 뜻이 하늘에서 이루어짐 같이 땅에서도
> 이루어지소서…"

이 짧은 몇 마디에 현대국어의 언어 감각으로는 이해되지 않는 부분이
두 군데나 있다. 첫째는 '아비'라고 하는 낱말이 하느님을 가리키는 객관적
인 호칭으로 사용된 것이고, 둘째는 '그 나라이'라고 하여 주격主格을 나타
내는 임자자리 토씨가 '-이'로 되어 있는 점이다.

요즈음의 언어감각으로는 '아비'라는 낱말이 매우 불경不敬스럽게 느껴
지겠지만 2백 년 전에는 객관적 호칭으로 지극히 자연스러운 것이었다.
지금도 아버지가 자기 자신을 가리켜 말할 때에는 "이 애비 앞에서 못하는
소리가 없구나."라고 자식들 앞에서 쓸 수 있는 낱말이다. 아니 오히려
그렇게 해야 품위 있는 말씨라 할 수 있다.

그 다음은 주격조사 '-이'의 문제다. 앞선 명사의 끝소리가 자음이냐
모음이냐에 따라, '-이'와 '-가'가 규칙적으로 적용되는 현대 국어와는 달리,
'나라' 다음에도 '-이'라는 주격조사가 2백 년 전에는 더 자연스러웠던
것 같다. '-가'라는 주격조사가 생긴 것은 그 2백 년 안짝이 되는 셈이다.
그러나 이러한 국어지식이 부족한 사람들은 '그 나라에 임하시며'라고
잘못 말함으로써 뜻도 통하지 않는 표현을 하는 결과가 생겨났었다. 그래
서 지금의 '주의 기도'는 천주교에서 다음과 같이 바꾸어 놓았다.

> "하늘에 계신 우리 아버지, 아버지의 이름이 거룩히 빛나시며, 그 나라가
> 임하시며, 아버지의 뜻이 하늘에서와 같이 땅에서도 이루어지소서…"

천주교회에서는 제 2차 바티간 공의회公議會의 결정이 공포 되기 전에는 미사예절을 온통 라틴어로만 진행했었다. 그래서 무식한 시골 노인이나 아낙네들은 뜻도 모르면서

"도미누스 보비스쿰" 주께서 여러분과 함께
"엣쿰스피리 투투오" 또한 사제와 함께

같은 전례의 말을 무조건 암송하였다. 한국어로 바꾸어 놓은 부분에도 문제가 있었다. 미사 가운데에 성찬식예절에는 평화의 기도를 끝내고 성체聖體를 받아 모시기 전에 다음과 같이 하느님을 세 번 불렀다.

"천주의 고양, 세상에 죄를 없애시는 주여!"

나는 어릴 때 이 기도문을 외울 때마다 "천주님의 고양이가 죄를 없애는 구나"하는 생각을 했었다. 물론 요즈음의 기도문은 "하느님의 어린양, 세상의 죄를 없애시는 주님."으로 바뀌었지마는.

하느님의 한국어 실력

　이제는 숨쉬기조차 힘들 만큼 혼탁해진 서울의 대기大氣처럼, 우리 나라의 말도 오염의 정도가 심해졌음을 근심하게 되었다. 말의 내용으로 보면, 사회의 지도급 인사들이 내뱉는 무책임한 발언, 부도덕한 발언, 폭력성 발언을 문제삼을 수 있겠고, 말의 형식으로 보면 사투리가 지나칠 정도로 많이 쓰인다든지 어법상 자연스럽지 않은 표현들이 마구잡이로 쓰인다는 점을 지적할 수 있다.

　어떤 사람은 이렇게 한탄한다. "수질오염으로 수돗물 먹기도 두렵고, 대기오염으로 숨쉬기도 힘드니까, 말이라고 별 수 있나. 언어오염 때문에 말하기도 어렵게 된 것은 당연한 일이지." 또 어떤 사람들은 이렇게 꼬집는다. "이게 다 국어교육이 잘못된 탓이야. 해방 이후 반세기 가까운 세월, 국어교육에 관한 한 일관된 정책이 없었다구. 한자교육문제만 가지고 생각해 보자구. 중·고등에서 한자漢字를 가르쳤다 가르치지 않았다 변덕을 부리는 통에 신문도 못 읽는 젊은 세대를 만들어 냈고, 또 '한글전용을 해야 한다, 할 수 없다'를 놓고 싸우는 동안 신구세대 사이에는 전통문화의 단절현상이 생긴 것 아니야?"

그런데 이러한 불만과 한탄에서 신기하게도 공격의 화살을 피해 온 사각지대死角地帶가 있다. 그것은 우리말로 번역된 기독교 성경이다. 서양의 새로운 과학문명과 함께 우리 땅에 소개된 기독교 사상은 우리 나라의 개화 및 근대화에 크게 공헌하였다는 순기능 때문에 번역성경의 우리말 표현에 잘못된 부분이 많아서 그로 말미암아 발생하는 '우리말 오염'이라는 역기능은 한참 동안 도외시 하는 형편이었다. 이에 대한 반성이 신구교 합동의 '공동번역 성서'를 출간시켰으나 이 '공동번역 성서'가 모든 교파에 두루 쓰이지는 않는 실정이다.

이렇듯 답답한 때에 여명의 햇살 같은 반가운 소식을 접했다. 어떤 성서학자 한 분이 '우리말 성서연구'라는 책을 펴냈다는 것이다. 거기에는 문법·표현방법·어휘·한자사용 등 부정확한 항목이 신구약 전 권을 통틀어 일만여 군데가 넘음을 찾아내어 밝혀 놓았다고 한다. 필자는 아직 이 책을 보지 못하고 이 글을 쓴다 몇 년도에 번역된 성경을 저본으로 하였는지 알 수 없으나 엄청난 분량이 아닐 수 없다. 그 일만여 군데의 표현이 바로 우리말을 왜곡시키고 오염시킨 주범이다. 따라서 '우리말 성서연구'는 두 가지 면에서 대단히 중요한 의미를 갖는다.

첫째는 우리말의 아름다움, 우리말의 자연스러움이 어떤 것인가를 기독교 성경을 통해서도 밝힐 수 있는 계기가 만들어졌다는 점이고, 둘째는 하느님의 말씀이 궁극적으로는 인간의 언어를 통해서 계시啓示되는 것이니만큼 언어의 본성을 이해하지 못한다면 성서의 말씀도 이해할 수 없음을 분명하게 일깨웠다는 점이다.

한때, 일부의 지각없는 사람들은 외국인 선교사들의 이상한 억양의 한국말, 그리고 문법상으로 잘못된 한국말 표현을 흉내내면서 그것이

기독교인임을 과시하는 징표로 삼고자 하였다. 그러나 분명히 알아야 한다. 하느님도 오늘 한국사람에게 말씀하실 때에는 가장 아름다운 현대 한국어를 사용하신다는 사실을. 그러므로 우리가 하느님의 말씀에 귀기울이려면 가장 먼저 아름다운 우리말이 어떤것인가를 알아야 한다.

　그래서 "수고하고 짐진 자들아, 다 내게로 오라. 내가 너희를 자유케 하리라."마태 11 : 28 이렇게 적힌 옛날 번역본은 잘못된 것인 줄을 알고 바로 고친 새 번역본을 사서 읽는 슬기를 발휘하여야 할 것이다.

2장

민족의
문자문화

민족의 문자문화

우리말 연구의 발자취

땅이름이 감춘 비밀

훈민정음 이전의 우리 나라 문자

이두吏讀의 언어문화상의 공로

훈민정음의 숨은 이상

한글과 우리 문화의 특질

백성을 부르는 소리

한글만 쓰기의 내력

한글만 쓰기와 한자 공부

한자漢字는 과연 동양의 공통문자인가

우리말 연구의 발자취

추월도 없고 비약도 없는 인간사회의 발걸음에서 학문의 발전만큼 지지부진한 것도 드물 것 같다. 우리말 연구의 역사를 더듬어 보면 그러한 느낌이 더욱 커진다. 쉽게 생각하기로 한다면 우리 민족이 우리말을 사용할 때부터 의식적이든 무의식적이든 우리말 연구가 시작되었다고 말할 수 있을는지 모른다. 그러나 물속에 사는 물고기가 물 밖으로 나와 보지 않는 한, 물의 존재를 의식하지 못하는 것처럼 우리 민족이 다른 민족과 부딪치면서 사용하는 언어가 서로 다르다는 사실을 확인하기까지는 말에 대한 연구가 본격적으로 이루어질 수는 없었다.

따라서 우리 나라 역사에서 우리말 연구가 시작된 것은 이웃한 중국 민족과의 문화적 접촉이 시작된 때부터라고 할 수 있다. 그런데 우리 조상이 중국과의 접촉을 가질 무렵, 놀랍게도 중국은 문자를 가지고 있었다. 물론 그 문자가 그들의 언어를 소리나는 대로 정확하게 그려내는 이른바 소리글자는 아니었지만 우리 조상은 그들의 문자를 보고 경이와 찬탄, 부러움과 시새움이 생겼을 것이다. 그 부러움과 시새움이 곧 우리말 연구의 싹을 트게 하였다. 즉 그들의 문자를 빌려다가 우리말을 적어 보려는 노력이 나타난 것이다.

그 결과, 오늘날 한자차용표기법이라고 하는, 한자를 이용한 우리말 적기의 방안을 개발하였다. 처음에는 나라이름·땅이름·벼슬이름·사람이름 등 이름적기방법을 터득하였고 차차 비석碑石 같은 데 새겨 넣는 글투도 만들어 냈으며, 드디어는 우리말 노래, 향가를 온통 한자로 적어 내는 데 성공하였다. 이것을 오늘의 학자들이 각각 차명借名, 이두吏讀, 향찰鄕札 이라고 부르거니와 그 무렵부터 중국과 우리 나라는 어찌되었건 같은 문자를 쓰는 문화 민족으로서의 긍지를 누리게 되었다.

차명·이두·향찰과 더불어 한자 이용의 또 하나의 다른 방법이 있었다. 그것은 중국의 고전을 우리말로 풀이하여 읽는 것이었다. 불행하게도 중국말과 우리말은 문법구조가 달라, 말의 순서도 맞지 않고 우리말에 있는 토吐 같은 것이 중국말에는 없으므로, 중국의 고전 한문을 읽을 때에 우리말 순서에 맞추어가면서 토를 붙이는 방안이 바로 그것이었다. 오늘날 우리는 이것을 구결口訣이라 부르는데, 이 구결도 역시 한자를 이용하여 적었다.

그러므로 삼국 초기부터 훈민정음이 창제된 15세기 중엽까지 장장 일천 오백 년 동안 우리말 연구는 차명·이두·향찰·구결이라는 한자차용표기법의 개발과 응용단계에 머물러 있었던 셈이다. 그러나 그 기간 중에, 문자가 궁극적으로 말소리를 정확하게 적어 내야 한다는 언문일치관言文一致觀이 우리 민족의 언어의식 속에 싹텄음직하다. 그래서 그 의식이 훈민정음의 창제로 실현되었다. 이 훈민정음의 창제야말로 민족사에 빛나는 우리말 연구의 꽃이다.

그런데 훈민정음이 창제될 때의 문화의식은 언문일치를 일상언어사용

에만 제한하는 한계성을 갖고 있었다. 그래서 훈민정음이 우리말 연구의
꽃이라는 사실을 제대로 인식하지도, 실감하지도 못했다. 역사의 역설이
아닐 수 없었다.

그리고 또 오백 년 세월이 흘렀다. 19세기 말이 되었다. 근대화의 물결
이 닥쳐오고 온 세계의 모든 민족이 다 같이 똑같은 지위를 누리며 잘
사는 세상을 만들자는 생각을 가지게 되었다. 그때에야 비로소 훈민정음
곧 우리의 한글이 우리말 연구의 꽃이라는 사실을 깨닫게 되었다. 그러나
아직 우리 민족에게 운이 트이는 때가 이르지 않았는지 나라를 잃는 비운
을 맞았다. 그래서 연구다운 우리말 연구가 시작된 것은 8·15 광복이
지난 뒤부터였다.

우리말 연구의 고비는 1443년, 1894년, 1945년 이렇게 세 번이었고
세계 속의 한국어로 주목되고 연구된 연륜은 이제 겨우 반백 년도 되지
않는다.

땅이름이 감춘 비밀

고고학考古學에서는 땅의 표면에서부터 깊게 묻혀 있는 유물일수록 더 오래된 것이라고 하는데, 언어에도 고고학의 유물처럼 오랜 연륜과 역사를 간직한 채, 우리들의 일상언어생활 속에 깊숙이 묻혀서 사용되는 것이 있다. 땅이름이 그러하다. 사람이름의 경우에는 역사상에 기록될 만한 특별한 인물이 아닌 한, 고작해야 일백 년 안팎쯤 쓰이다가 잊혀지고 말지만 땅이름은 비교적 긴 세월을 민족과 운명을 같이하면서 살아간다. 물론 땅이름에도 수명의 길고 짧음이 있어서 긴 것은 수천 년의 나이를 자랑하기도 하며, 짧은 것은 사람이름처럼 몇십 년에 그칠 수도 있다.

우리 나라의 땅이름은 크게 보아 여섯 번 정도의 변경을 거쳐 오늘에 이르렀다. 첫 번째는 순수한 우리말 땅이름이 쓰이던 시대로서, 우리 민족이 한반도에 터전을 잡은 아주 옛날부터 원삼국原三國시대까지 내려온다. 두 번째는 우리 민족이 중국문화의 영향을 입어 두 음절짜리 한자이름으로 땅이름을 바꾼 신라의 경덕왕景德王 ?~A.D.765 때이다. 이 때에 이르러 우리 나라의 중요한 땅이름이 고유성을 상실하고 한자의 탈을 쓰기 시작한다.

세 번째는 고려왕조에 들어와서의 일이고, 네 번째는 조선왕조에 들어와서의 일이다. 그 모두가 한자의 허울을 쓰는 방향으로 바뀌는 것이었다. 그 때마다 지도가 작성되고 지리지地理誌가 만들어지지만 알게 모르게 고유한 우리말 이름이 훼손되고 사라져 갔다. 다섯 번째는 19세기 말에서 20세기 초에 걸쳐 일본이 토지수탈과 대륙침략의 길잡이 목적으로 진행한 땅이름 조사작업이다. 이 때에 이르러 그나마 유지되던 고유한 우리의 땅이름이 일본글자인 가다가나로 적히면서 혼란이 발생한다. 여섯 번째는 6·25전쟁중에 군사작전용으로 만든 지도에 매큔·라이샤워 표기 체계를 따르면서 겪은 혼란이다.

이렇게 시대가 바뀌면서 피치못할 변개를 거친 우리 나라 땅이름의 운명은 원칙적으로 한자차용표기법과 깊은 관련이 있다. 가령 '갈현葛峴'이란 마을이 있다고 하자. 실제로 이런 이름의 마을은 서울·과천果川·안동安東·정주定州·연천漣川·파주坡州·보령保寧·철원鐵原 등에 퍼져 있는데 이 이름은 두 글자가 모두 한자의 뜻적기 방식에 따라 '칡고개'를 뜻하는 것일 수도 있고, 둘 다 소리적기를 반영한 것으로 '갈래언덕' 쯤의 우리말을 한자로 바꾸어 놓은 것일 수도 있다. 아니면 '갈'자 하나를 소리적기에 따르고 '현'자는 뜻적기에 따라 '갈랫길 고개'를 뜻할 수도 있다.

이처럼 우리 나라의 땅이름은 우리말의 순수성을 한자의 차용표기 속에 감추어 두고 있다. 그러므로 우리의 옛날 전통을 보존하고 가꾸려는 마음이 있다면 땅이름 하나도 함부로 버리거나 바꿀 수 없다는 결론에 이른다.

마포강변 한쪽 모서리에 자리잡은 절두산切頭山은 오늘날 가톨릭 순교殉教 성지聖趾가 되어 그 기념성당이 세워져 있기 때문에 산이름과 가톨릭교의 수난受難이 절묘하게 맞아떨어진다. 그러므로 절두산이란 이름은 가톨릭교의 수난 이후에 생긴 이름이라고 생각할 수 있다. 그러나 용비어천가에 '가을두加乙頭'라는 표기와 대비하여 보면 이것은 '더을머리' 또는 '들머리野頭'를 표기한 것이 아닌가 생각하게 된다. 좀더 여유를 가지고 얼마간의 유머를 곁들인다면 '절두切頭'란 한자로 표기했던 우리 조상이 몇백년 후에 일어날 천주교의 수난을 미리 예견하였다고나 할까?

옛날의 땅이름이 잊혀지기 전에 부지런히 찾아 모으며 그 뜻을 캐 보아야 하겠다.

훈민정음 이전의 우리 나라 문자

한글이 창제되기 이전에도 우리말을 적기 위한 우리 민족 고유의 문자가 있었을까? 이 물음에 한마디로 "예, 아니오"를 말하라고 하면, 우리는 선뜻 "예"라고 대답하여야 한다. 그 고유문자는 다소 불완전하여 체계를 갖추지는 못했을 망정 우리말을 음절단위로 표기했던 표음문자이다. 흔히 '입겿'이라고도 했고 '구결口訣'이라고도 불렀다. 훈민정음이 창제된 후에도 한문을 배울 때에 '토吐'라 하여 계속 사용되었던 문자이다.

이 구결의 기원은 신라시대 설총薛聰으로 거슬러 올라간다. 삼국사기에는 설총에 대하여 다음과 같이 적고 있다.

"…그는 성품이 밝고 예리하였다. 태어나면서부터 도道를 깨달았다고 한다. 그는 말년에 우리말로 아홉 가지 경서經書를 풀어 읽는 방법을 개발하여 제자들을 가르쳤는데 오늘날까지도 글공부하는 이들이 그 방법을 모범으로 삼는다."

또 삼국유사에도 비슷한 내용이 적혀 있다.

"그는 태어나면서부터 출중하고 명민하였다. 경사經史에 두루 통했으며 신라의 열 분의 현자賢者 가운데 한 분이 되었다. 우리 나라 말로 중국이나 다른 나라 문물에 이름을 붙이고 육경六經과 이름난 중국글을 풀이하였다. 오늘날까지도 우리 나라에서 경서를 해석하여 가르치는 것을 업으로 하는 이들이 그 방법을 전수하여 그 전통이 끊이지 않았다." "…그는 성품이 밝고 예리하였다. 태어나면서부터 도道를 깨달았다고 한다. 그는 말년에 우리말로 아홉 가지 경서經書를 풀어 읽는 방법을 개발하여 제자들을 가르쳤는데 오늘날까지도 글공부하는 이들이 그 방법을 모범으로 삼는다."

그러나 역사책에 기록된 설총의 이야기는 단지 역사책 속의 이야기였을 뿐, 한문해석의 실제 방법이 무엇인지는 여전히 수수께끼로 남아 있었다. 그런데 지난 1973년 12월에 충청남도 서산瑞山 문수사文殊寺에서 고려 초기에 간행되어 읽힌 것으로 보이는 구역인왕경舊譯仁王經이 발견됨으로써 설총의 한문해독방법이 어떤 것이었는지를 헤아려 볼 수 있게 되었다. 이 인왕경은 가로 56cm, 세로 31cm의 누른색 닥나무 한지에 목판으로 인쇄한 경판본이다. 불경의 원문은 정갈한 구양순체歐陽詢體의 목판활자인데 그 한문 원문 좌우에 붓으로 써 넣은 구결이 적혀 있다.

구결문자는 대체로 한자의 해서체楷書體나 초서체草書體의 일부분을 따서 글자의 형체를 삼고 그 원글자의 한자음이나 새김의 첫 음절로 그 글자의 발음을 삼는다.

가령 인왕경의 예를 든다면 다음과 같다.

唯① 佛② 一人③ 居④ 淨土⑤`

①②③④⑤는 모두 구결자 대신 번호를 붙인 것이다. ①②③⑤는 오른쪽에 적힌 것이고 ④는 왼쪽에 적혔다. ⑤ 다음에는 점(、)이 하나 찍혔다. 오른쪽에 적힌 구결자에 따라 한문을 풀어 읽어 가다가 점이 나오면 왼쪽에 적힌 것으로 거슬러 올라가 읽는다. 그러면 이렇게 해석될 것이다.

〈오직 부처님이신 한 분이 정토淨土에 사십니다.〉

여기에서 밑줄 친 부분의 말이 위에서 번호로 표시된 구결자에 해당하는 부분이다. 한문을 우리말로 바꾸고자 할 때에 순서가 바뀌는 것을 해결하기 위하여 점(、)을 찍는 일과 구결을 좌우로 나누어 쓰는 방법이 사용되었다. 아마도 설총은 이 방법을 체계화하여 제자들에게 전수하였기 때문에 그 사실이 역사책에 기록된 것이리라.

그런데 흥미있는 것은 이 구결자가 일본문자 가다가나片假名와 외형상 매우 흡사하다는 사실이다. 구결자가 음절문자요, 한자의 일부분을 따라 썼으니 그럴 수밖에 없지 않겠는가? 한자를 이용하여 음절문자를 만들어 쓴 것은 우리 나라나 일본이 다 같았지만, 일본은 그 불편을 감수하면서 지금까지도 그 글자를 사용하고 있고 우리 나라는 음절문자인 구결자를 벗어 던지고 한글을 만들었다는 것이 다른 것이었다고 말할 수 있을 것이다.

이두吏讀의 언어문화상의 공로

　　중국의 한자문화를 수입하여 우리 나라 문화를 발전시키고, 앞선 중국의 문물제도를 우리 현실에 맞게 토착화시키기 위하여 우리 조상들이 노려한 일 가운데 이두吏讀의 개발은 한글창제에 버금가는 문화사상文化史上의 업적이었다. 그 동안 한글창제의 위대성에 묻혀서 이 두의 개발과 발전은 소홀하게 취급되었으나 엄격하게 말한다면 한글창제를 가능하게 했던 밑바탕에는 이 이두표기의 전통도 한몫을 담당하였던 것이다.

　　이 이두는 신라 신문왕 때의 설총薛聰이 개발한 것처럼 잘못 알려져 있다. 한자를 이용하여 우리말을 적는 총체적인 한자차용표기방식이 한두 사람의 개인적인 창안으로 완성될 수는 없는 일이고, 또 설총 이전에도 한자를 빌어 우리말을 적은 글이 있으므로, 아마도 설총은 이두를 집대성한 분이라고 보는 것이 좋을 것이다. 이러한 이두는 통일신라 이후 고려시대 전 기간에 걸쳐 불가의 스님들과 관청의 서리胥吏 : 일반행정관리들 사이에 널리 통용되었다. 그 전통은 한글이 창제된 이후 조선조 오백 년 동안에도 지속되었다. 문화적 전통이나 관행이 하루 아침에 바뀌는 것이 아니고 점진적인 변화를 거치는 것이기 때문이다.

이두를 통한 중국문화의 토착화는 특별히 법제法制 분야에서 돋보인다. 대명률직해大明律直解는 명나라 법령을 이두로 번역한 책으로 조선조 초 1395년태조 4년에 간행되었는데 우리 민족의 전통적 법규가 중국법제와 얼마나 밀접하게 연계되어 있는가를 살피는 데 아주 좋은 자료이다. 이제 몇 구절 옮겨 적는다. 편의상 될 수 있는 대로 현대어로 옮겼는데 밑줄 부분이 이두임

〈남녀혼인 : 무릇 남녀 정혼定婚의 처음에 만일 잔질殘疾노약老弱이 있는지, 처첩자식, 수양자식에 관하여 양쪽이 자세히 상지相知하였으므로 종소원 從所願으로 혼서婚書를 상송相送하고 의례결족依例結族하되 여자집안이 혼서를 일찍이 통보하며 사사로이 약정約定하고 임시臨時하여야 하는데, 즉시 응대應對하지 않으면 태笞 오십五十을 하며 혼서를 보내지 않고 혼수를 받았을 때에도 죄는 같다.〉

〈불효 : 조부모와 부모와 지아비의 조부모와 부모와를 고소告訴하며, 악담매리惡談罵詈하며 조부모와 부모와 현재現在하거늘 호별각거戶別各居, 가재분집家財分執하며 봉양흠궐奉養欠闕하며 부모몽상蒙喪에 시집장가가며 혹 연음작락宴飮作樂, 혹 상복을 벗고, 길복을 입으며 조부모 및 부모의 상喪을 듣고도 은익불발隱匿不發하고 생존하신 조부모 및 부모를 돌아가신 양으로 망칭妄稱하는 일.〉

거듭 밝히거니와 이러한 이두표기는 조선왕조시대 오백 년에 걸쳐서도 행정관리들의 전문용어로 애용되었다. 많은 사람들이 이러한 이두의 사용이 한글문화가 정착하는 데에 방해요소로 작용하였다고 생각한다. 그러나 조선왕조 지식인들은 사실상 한글 없이도 그들의 문자생활에 아무런 불편

이 없었으므로 한글문화가 조선조에서 꽃피지 못한 것이 저들 이두를 즐겨 사용한 행정관리들의 탓이라고는 말할 수 없다.

오히려 이두의 전통은 우리말이 한문 구조와 얼마나 현격하게 다른가를 끊임없이 깨닫게 함으로써 국어의식을 높이고 국어의 문법적 특성을 일깨우는 데 공헌을 하였다고 볼 수는 없는 것일까? 이두로 표기된 다양한 우리말을 보면 저들 조선시대 서리胥吏들이야말로 우리말 실용문법의 선구자였다고 생각된다. 그래서 우리는 이제 이두 연구에도 새로운 열성을 보여야 한다.

훈민정음의 숨은 이상

세상 사람들이 숫자에다 신비한 의미를 부여해 온 역사는 언제부터 시작되었을까? 일월삼주一月三舟, 삼위일체三位一體, 삼재팔난三災八難, 사서오경四書五經, 사단칠정四端七情, 오장육부五臟六腑, 육신오행六信五行 등을 나열하다 보면 어느 숫자에나 특별한 의미가 결합되지 않은 것은 하나도 없을 것 같다.

그 중에서도 2와 3의 배수인 12는 동서양 어디에서나 두루 즐기는 숫자로서 그 쓰임의 폭이 대단히 넓다. 일 년이 열두 달이요, 방위에 쓰이는 간지干支도 열둘이다. 유대인들도 12지파로 민족의 총합을 표현하였고, 예수님도 12제자를 거느려 만민의 스승임을 상징하였다. 금강산이 일만이천 봉이라 하는 것도 결국 12가 우주를 총괄한다는 의미와 통하는 것이다.

이러한 2와 3이라는 기본 수는 108이라는 숫자에 이르러 불가佛家의 보물이 된다. 108은 '$2^2 \times 3^3$'으로 표현할 수 있다. 백팔번뇌百八煩惱라는 말은 인생고해人生苦海를 분석적으로 고찰했을 때에 나타난 표현일 듯 싶다.

그런데 우리의 한글 '훈민정음'과 이 불교의 신성한 숫자 108이 밀접한 관련을 맺고 있는 것이다.

"나랏말ᄊᆞ미 中國에 달아 文字와로 서르 ᄉᆞᄆᆞᆺ디 아니 ᄒᆞᆯᄊᆡ…"

이렇게 시작하는 세종어제世宗御製 훈민정음 서문이 꼭 108자로 되어 있고, 그것을 한문으로 바꾸어 놓은 "국지어음 이호중국國之語音 異乎中國…"이란 글은 108자의 절반인 54자로 되어 있기 때문이다. 처음에 이러한 사실이 발견되었을 때에는 '그것 참 재미있는 일이구나'하는 호기심 정도에 머물고 말았으나 그것이 우연한 일이 아닐 것이라는 사실이 점점 더 분명해졌다. 이제 그 이유를 간추려 본다.

첫째, '국지어음國之語音'으로 시작하는 한문 서문과 '나랏말ᄊᆞ미'로 시작하는 한글 서문을 대비해 보면, 각각 54자와 108자를 만들기 위하여 표현을 바꾸거나 있어야 할 낱말이 생략된 사실을 확인할 수 있다.

둘째, '월인석보月印釋譜'는 세조 5년에 '월인천강지곡'과 '석보상절'의 일부를 고쳐 합본한 책인데 그 첫째 권이 108장으로 꾸며져 있다. 내용이 완결되지 않았는데 108장에서 첫째 권을 마무리 짓고 있다. 더구나 그 마지막 장에는 총 일백팔장總一百八章張이라고 기록하여 108을 강조하였다.

셋째, 세조대왕은 108이란 숫자에 의미를 부여한 행사를 좋아하였다. 세조 3년 초여름에 날씨가 오래 가물자 5월 27일에 108명의 승려를 흥천사興天寺에 모으고 기우제祈雨祭를 지냈는데 그 다음날인 28일에 비가 내렸다. 이에 임금님은 크게 기뻐하여 기우제를 지낸 108명의 스님들에게 비단을 한 필씩 하사하면서 "오랜 가뭄 끝에 기도하여 비가 왔으니 이것은 하늘과 사람이 서로 감응한 까닭이다."하고 기뻐하였다.

이러한 사실로부터 우리는 세종, 세조 두 임금이 훈민정음을 창제하고 불경을 간행하면서 가슴속에 은밀히 간직하고 있었던 숨은 염원이 있었으리라는 추측을 하게 된다. 그것은 어리석은 백성이 문자생활을 함으로써, 생활의 편의를 도모할 뿐만 아니라, 불법의 교화로 모든 백성들이 극락정토極樂淨土를 살아가는 마음의 행복도 함께 누리기를 기원한 것이 아닐까? 그렇다면 훈민정음은 극락을 만들고자 하는 이상理想을 갖고 창제된 것이다.

오늘날, 한글이 세계 제일의 문자임을 자랑하면서도 여전히 민족분단의 설움 속에서 정치 사회적 혼미에서 헤어나지 못하는 우리 후손들을 세종대왕과 세조대왕은 저 세상에서 어떤 심정으로 바라 보고 계실까.

한글과 우리 문화의 특질

몇 해 전 미국에 머물던 때의 일이다. 친구의 집에 초대되어 저녁을 먹는 자리에서 어떤 분이 나에게 물었다.

"미국에서 살다 보면, 가끔 미국 사람으로부터 이런 질문을 받는 수가 있어요. '당신네 한국 사람들은 한국문화가 중국이나 일본과는 다른 독자적인 문화를 가졌다고 말하는데, 그것을 구체적으로 증명할 수 있습니까?' 이런 경우에 간단히 해결하는 방법이 뭐 없을까요?"

그 때에 나는 이렇게 대답했다.

"네. 있지요. 문자문화라는 말, 하나면 해결이 됩니다. 중국은 뜻 글자인 한자漢字를 가지고 있습니다. 그리고 일본은 그 한자를 간략하게 줄여 쓰는 방법을 통하여 음절문자인 '가나ヵナ'를 만들어 사용하고 있습니다. 그러나 한국은 뜻글자인 한자로부터 형태상으로나 기능상으로 완벽하게 벗어난 한글을 만들었습니다. 한글은 한자를 초월한 문자이거든요. 일본의

가나처럼 한자의 어느 부분을 떼어낸 것도 아니고 또 소리값이 음절단위에 그치는 것이 아니라 자음과 모음으로 나뉘는 음소音素 문자 아닙니까?"

그분은 다시 물었다.

"그거야 우리 한국 사람이면 모르는 사람이 없지요. 문제는 전통적으로 음소문자인 알파벳을 쓰고 있는 서양 사람들은 한글이 알파벳과 같다는 사실에 대해 놀라움을 표시하지 않는단 말이에요. 뭐 좀 화끈하게 놀라게 해줄 것이 없을까요?"

그래서 나는 그분과 약속을 하여 그 다음날 대학의 동양학 도서관 서고에서 다시 만났다. 나는 대체로 17~18세기 시대에 간행된 중국책, 한국책, 일본책을 두세 권씩 꺼내다가 책상에 나란히 놓고 그분에게 말했다.

"이 책들은 지금부터 이삼백 년 전 비슷한 시기에 간행된 중국·한국·일본 세 나라의 책입니다. 책의 장정, 특히 겉표지의 지질紙質과 모양에 어떤 차이가 있는가를 살펴보시지요."

그분은 중국책이나 일본책의 겉표지가 한국책보다 얇을 뿐 아니라, 중국책은 표지라고 해서 특별히 두꺼운 종이를 쓰지 않았다는 사실을 확인하였다.

"중국책이나 일본책은 겉표지에 전혀 정성을 들이지 않았군요. 우리 책만 도톰한 한지에 노르스름한 물감을 입혀서 책의 품위를 살렸는데요."

하면서 기뻐하였다.

"그것뿐입니까? 조금 더 살펴보시지요."

나는 웃으면서 좀더 세밀한 검토를 부탁드렸다. 한참을 더 들여다 보더니

"좌우간 겉표지가 튼튼하면서도 우아하다는 점은 분명한데, 그것말고는 모르겠군요."
"무엇 때문에 우아하다고 하십니까?"

나는 집요하게 추궁했다. 그분은 우리 나라 책을 들고 이리저리 살펴보다가 이렇게 외쳤다.

"아! 알겠어요. 이거군요. 이거. 책 표지에 문양紋樣이 들어 있어요. 그렇지만 주의해 보지 않으면 없는 것처럼 은은하게 숨겨져 있는데요 … 우리 조상들의 아름다움에 대한 감각이 이렇게 섬세하고도 은근한 줄은 정말 미처 몰랐습니다. 바로 이런 점이 한국 문화의 특질이라 해도 지나치지 않겠습니다. 아, 이걸 미국 친구들에게 얘기하자면 항상 실물을 들고 다니면서 비교 대조를 시켜 보아야 하는데 무슨 좋은 방법이 없을까?"

그날 그분은 정말 지나치다 싶을 정도로 흥분을 감추지 못했었다. 그날 저녁 그 기쁨의 보답으로 술자리를 마련한 저녁 밥상에서 나도 고마움을 나타내는 아첨(?)의 한마디를 덧붙였다.

"한국문화의 특색은 한국 근세의 제책製册이나 장정裝幀문화에 있는 것이 아니라 그런 것을 발견하고 기뻐하는 당신 같은 사람에게 있는 것입니다."

백성을 부르는 소리

한글로 발표된 최초의 공문은 무엇일까? 한자교육의 필요성을 주장하는 목소리와 함께, 한글전용이니 한자혼용이니 하는 논의가 다시 고개를 드는 요즈음, 최초의 한글 공문에 어떤 것이 있었는지를 살펴보는 것은 의의가 있을 것이다.

한글이 창제된 지 꼭 1백50년이 지난 선조 26년서기 1593년은 임진왜란이 일어난 다음해였다. 그 해 가을 음력 9월, 임금님은 의주義州에 몽진蒙塵 : 임금님의 피난살이하여 계시면서 명나라 원군의 도움을 얻어 서울을 되찾으려 할 무렵이었다. 이미 많은 백성이 왜군에게 붙들려 가서 마음에도 없는 부역을 하며 목숨을 부지하고 있었고, 임금님은 이제 그들을 다시 찾아 조선왕국의 백성으로 받아들이고 그들의 부득이하였던 옛날 죄를 씻어 주며 위로할 필요가 있었다. 그러니까 잃었던 백성을 다시 부르는 임금님의 애타는 목소리가 요구되는 시점이라 할 수 있었다. 이 때 임금님은 순한글 포고문을 적진에 살포하였으니 그 글월은 다음과 같은 것이었다.

≪백성에게 이르는 글이다.

임금이 이르시되 너희가 처음에 왜에게 위협을 받아 그로 말미암아 끌려
다니기는 너희 본 마음이 아니라 도망쳐 나오다 왜에게 붙들려 죽을까도
여기면서 도리어 의심하기를 왜에게 협력했던 일에 나라가 죽일까도 두려
워하여 이제까지 나오지 아니하니 이제는 너희가 그런 의심을 먹지 말고
서로 권하여 다 나오면 너희를 각별히 죄주지 않을 뿐 아니라 그 중에
왜놈을 사로잡아 나오거나 왜놈들이 하는 일을 자세히 알아 나오거나
포로가 된 사람을 많이 데리고 나오거나 아무런 공이 있으면 전의 일을
묻지 않고 벼슬도 시킬 것이니 너희는 생심도 전에 먹던 마음을 먹지
말고 빨리 나오라. 이 뜻을 각처의 장수에게 다 알리었으니 조금도 의심하
지 말고 모두 나오너라. 너희 중에 설마 모두 어버이와 처자가 없는 사람이
있겠느냐? 네가 살던 곳으로 돌아와 옛날대로 도로 살면 후련하지 않겠느
냐? 이제 곧 아니 나오면 왜놈에게도 죽을 것이요, 나라가 평정한 후이면
너희들도 후회가 되지 않겠느냐? 하물며 당병唐兵이 황해도와 평안도에
가득하였고, 경상도 전라도에 가득히 있어 왜놈이 곧 갑자기 제 땅에
아니 건너가면 합병合兵하여 부산과 동래에 있는 왜인들을 다 칠 뿐만
아니라 강남 배와 우리 나라 배를 합하여 바로 왜나라에 들어가 다 분탕焚蕩
할 것이니 그 때에는 너희까지 휩쓸어 죽을 것이다. 너희는 서로 일러
그 전에 빨리 나오라.

만력萬曆 이십일년 구월 일≫

선조대왕 이전에 이런 형식의 한글 공문서가 또 있었는지는 알 길이
없으나, 현재로서는 이것이 가장 이른 시기의 한글 포고문인 것 같다.
선조대왕은 이런 글월 외에도 언문 편지를 즐겨 쓰신 임금님으로 알려져
있거니와, 언문이나 겨우 뜯어 읽을 수 있는 불쌍한 우리 백성들이 새로운
전황戰況을 정확하게 파악하고, 하루 빨리 고향을 찾아가게 하려는 임금님

의 생각을 간절하고도 소박하게 펼치고 있다.

　이런 글월을 대하면 옛날 우리 조상들은 한글전용과 한자혼용의 문제를 전혀 고민하지 않았던 것 같다. 한글전용을 해야 할 대상에게는 한글전용을 했고 공부한 사람들끼리는 또 부담없이 한자만을 즐겨 사용하였기 때문이다.

『이 한글교서敎書는 가로 47cm, 세로 74cm의 두꺼운 장지 한 장으로된 육필본으로 김해의 한 고택에 보관되어 있는데 몇 해 전에 내무부에서 빌려다가 일반에게 전시하여 세상에 널리 알려진 보물이다.』

한글만 쓰기의 내력

우리 나라 문자생활의 역사를 한마디로 간추린다면 '한자만 쓰기에서 한글만 쓰기를 향하여 걸어온 길'이라고 할 수 있다. 그렇다고 하여 현재 우리가 한글만 쓰기의 문자생활을 실현했다고는 말할 수 없다. 단지 앞으로 언젠가는 한글만 쓰기를 하면서도 완벽한 문자생활을 할 수 있으리라는 확신을 갖게 되었다는 정도에 머물러 있다. 그러나 이 정도의 확신에 이르기 위하여서도 일찍이 한글만 쓰기에 모범을 보인 여러 분의 선구적 노력이 필요했었다.

이와 같은 선구적 노력의 첫번째 공로자는 아마도 18세기 말에 우리 나라에 천주교를 받아들인 남인계南人系의 학자들이 아닌가 싶다. 그들은 이미 정통유학正統儒學인 주자학朱子學에 조예가 깊은 학자들이었으며, 그들이 받아들인 천주학도 역시 중국을 통하여 입수한 한문서적으로 이해의 폭을 넓힌 것이므로 그들에게 있어서 한문은 당대의 다른 사대부와 마찬가지로 그들의 체질화된 표기수단이었다.

그럼에도 불구하고 그들은 한글만 쓰기를 방편으로 삼아 천주교의 교리를 전파하였다. 보다 많은 사람에게 보다 쉽게 천주교를 알리기 위하여 그들은 오늘날 우리가 지니고 있는 문자의식을 이백 년이나 앞서서 실천에 옮기고 있다. 다음 글을 읽어 보자.

≪므릇 사룸이 흐늘을 우러러 보매 그 우회 님재계신 줄을 아느고로 질통고난을 당흐면 양텬 축슈흐야 면흐기를 바라고 번기와 우레를 맛나면 ᄌ거죄악을 싱각흐고 ᄆ음이 놀랍고 송구흐니 만일 텬샹에 님재 아니 계시면 엇지 사룸마다 ᄆ음이 이러흐리오. 띄어쓰기는 필자가 하였음≫

이것은 '쥬교요지'라 하는 글의 첫머리 부분이다. 이 글은 정약종丁若鍾, 1760~1801이 1790년대에 지은 것으로 추정되는 천주교 교리 해설서로서 우리 나라 최초의 기독교 교리관계 문헌이다. 질통고난疾痛苦難 앙천축수 仰天祝壽와 같은 한자어가 나타나긴 하지만 하느님의 존재를 한국인의 토착신앙에 접목시키려는 노력이 역연히 드러난다. 또 한 부분을 더 읽어 보기로 하자.

≪비유컨대 독 속에 잇는 물을 종ᄌ로 퍼내여 흔 번 푸고 두 번 푸고 천만 번을 퍼내면 필경 그 독에 물이 업서 질 거시오 사룸이 이 세상에 슴겨나 하로 지나가고 잇흘 지나가고 천만 날이 지나가면 필경 죽을 긔약 이 니를지니 독의 물이 마른 거슬보고 엇지 나종 종ᄌ가 그 물을 업시흐엿 다 흐리오. 반두시 첫종ᄌ부터 물이 업서진다 흘거시오 사룸의 죽는 거슬 보고 엇지 죽는 날이야 죽엇다 흐리오 반두시 나던 날브터 죽어간다 닐을 지라.≫

인간이 살아간다는 것이 곧 죽어가는 것이요, 삶이 죽음에 붙어 있음을 실로 평이하고도 부드럽게 설명하고 있다. 한글만 쓰기의 참모습이 어떠해야 하는가를 이백 년 전에 이렇게 분명하게 예시하였다는 사실이 놀랍기 그지없다. 이와 같은 '한글만 쓰기'의 전통은 천주교가 박해를 받으면서도 꾸준히 지속되다가 다시 백여 년 전인 1880년대부터 시작된 개신교의 성서번역을 통하여 활기를 띤다. 이 활기는 새로운 시대의식의 흐름을 타고 개화사상의 구체적 실천항목이 됨으로써 독립신문의 한글만 쓰기의 실현을 가져오게 하였다.

돌이켜 보면 부처님의 가호를 빌며 백팔번뇌에서 백성들을 건져 내겠다는 편민사상便民思想을 꽃피우기 위하여 한글이 탄생하였고, 그로부터 삼백여 년이 흐른 뒤에 하느님의 가호를 빌며 이 세상에 하느님 사랑을 펼쳐 보겠다는 평등·민주사상을 열매맺기 위하여 '한글만 쓰기'가 시작되었으니 이제 정말로 '한글만 쓰기'가 실현되는 날은 우리 나라 우리 민족이 진정으로 평화와 자유를 노래하는 시절을 맞을 것이 아닌가.

한글만 쓰기와 한자 공부

이른 아침에 친구의 집으로 전화를 걸었다. 이른 시간이라 실례가 아닐까 염려스러웠지만 급한 일이라 어쩔 수가 없었다. 다행스럽게도 저쪽에서는 중학생쯤으로 짐작되는 어린 아들의 목소리가 들려왔다.

"네, ××동입니다."
"아, 그래요? 여기는 세검정인데, ○○○ 씨가 아버지이신가?"
"네, 그렇습니다."
"아버지 기침起寢하셨으면 세검정 전화라고 해요."
"아버지는 감기도 안드셨는데요, 조금 전에 산보 나가셨어요."

나는 아차 싶었다. 어린 중학생이 '기침起寢'이라는 한자말을 잘못 알아들은 것이었다. 나로서는 별로 부담이 없는 말버릇이었으나 그것은 이미 낡은 세대의 표현이었다.

하기는 지난해, 대학입학 학력고사에서도 비슷한 현상이 발생했었다.

'삼순구식三旬九食'의 뜻풀이를 묻는 국어문제에 대한 바른 대답을 적은
학생들보다는 기상천외의 기묘한 답안을 적은 학생들이 더 많았기 때문이
다. 채점을 하다가 그 절묘한 답안이 나오면 큰소리로 낭독하며 한바탕씩
웃곤 하였으나 웃음 끝에 묻어 오는 씁쓸한 표정은 감출 수가 없었다.
한 달에 아홉 끼니밖에 먹지 못한다는 가난한 살림을 묘사하는 문맥을
놓고, 학생들은 무책임한 상상력을 동원하고 있었다.

> ▶ 세 때를 따라 아홉 가지 음식을 차림
> ▶ 삼십 년에 아홉 번 잔치함
> ▶ 세 번을 굶으면 아홉 번을 먹음
> ▶ 삼일을 먹으면 구일을 굶어야 함
> ▶ 세 끼니의 식사를 아홉 사람이 나누어 먹음
> ▶ 세 개의 고구마를 아홉 번에 먹음

우리가 지금 한글만 쓰기를 주장하고 그 방향으로 나아가고자 노력하는
것은 우리 문화와 문자생활의 바른 길이다. 그러나 그것이 한자어의 전면
적인 포기를 의미하는 것은 아니다. 전통과 관습에 관련된 한자어는 그대
로 살려 쓸 수밖에 없고, 그러자면 부득이 한자에 대한 이해가 요구된다.
다시 말하여 '한글만 쓰기'의 방향설정이 한자에 대한 '무식'을 정당화할
수는 없다는 말이다. 우리는 여전히 '운동권 학생'이니 '의식화 운동'이니
하는 말을 하고 있는데, 이 때에 '운동運動'이나 '의식意識'이란 낱말은 한자
를 바탕으로 한 낱말일 뿐만 아니라 다분히 시대상황에 의해 변질된 뜻으
로 통용되는 낱말이다. 이러한 낱말은 우리의 후손이 역사적 개념으로
이해하려 할 때에 한자에 대한 기본 소양이 없이 바르게 알기는 어려울
것이다.

며칠 전에 혜강惠岡 최한기崔漢綺 : 19세기 중엽의 학자의 '기측체의氣測體義'를 읽다가 창작활동과 관계되는 대목이 마음에 들어 우리말로 옮겨 보았는데 거기에서 '신기神氣'라고 하는 낱말은 끝내 바꿀 수가 없었다. 그 대목의 처음은 다음과 같다.

〈내가 말을 할 때에는 신기神氣가 움직이기 때문에 사람들이 그 말을 들으면 반드시 그들의 신기도 움직인다. 내가 글을 짓는 것도 신기가 활동함에 말미암은 것이므로 사람들이 그 글을 이해하게 되면 반드시 그들의 신기도 개발된다. 사진·글씨·그림의 경우에도 신기에 도달하면 사람들이 우러러 바라볼 수 있게 된다.〉

만일에 이 글을 한글로만 써 놓고 젊은 대학생들에게 '신기'의 개념을 파악하라고 한다면 어떤 반응이 나올까? 새롭고 이상한 것新奇이나 신묘한 기술神技을 연상하지 않으리라는 보장이 없고 보면 최소한의 한자공부는 여전히 문화의 계승이라는 차원에서 강조되어야 할 것 같다.

옛사람만이 한자어로 사념을 펼친 것이 아니라, 오늘 우리도 여전히 한자어를 통하여 생각하기도 하고 느낌을 나타내기도 하는데….

한자漢字는 과연 동양의 공통문자인가

나이 들어가면서 어린 시절의 고향산천을 그리워하듯, 과거의 영광을 회상하는 것은 분명 즐거운 일이다. 그러나 그것은 지나간 시절의 즐거움을 반추하는 감상적 위로의 영역이지 냉엄한 현실을 올바르게 바라보며 현재를 살아가는 삶의 현장이 될 수는 없다.

지난해 가을, 두 개의 국제학술모임이 연달아 개최되었었다. 그 모임은 모두 한·중·일韓·中·日 세 나라의 언어정책을 점검하는 것이었는데 중심과제는 한자漢字생활문제였다. 거기에서 세 나라는 모두 그들 나름대로 한자·한문 교육에 어려움이 있음을 고백하였다. 특히 우리 한국은 전통문화 계승의 차원에서 한자·한문 교육이 더욱 강화되어야 함에도 불구하고 그것이 제대로 이루어지지 않는 것으로 밝혀졌다. 한자·한문 교육의 범위와 한계가 확정되지 않았으며 약자略字 문제가 한자교육의 새로운 과제로 부각되었다. 한자·한문 교육의 강화를 주장하는 논조 가운데에는 한자를 한·중·일 세 나라의 공통문자로 확립하기 위한 새로운 기구 창설을 제안하는 것까지 있었다. 물론 그러한 논조가 한글과 같은 고유문자의 존재 등, 세 나라의 특수성을 무시하려는 것이 아님을 전제로 한 것이기는 하지만 그 밑바탕에는 한자가 '동양삼국'의 공통문어문자共通文語文字의 기능을 상실하였다는 사실에 대한 아쉬움이 깔려 있었다. 이것을 지나치게 해석한다면 '동양삼국'이라는 용어가 일본군국주의자들의 제국주의적 야욕을 상기시키기 때문에 우리의 기분을 상하게 하는 것이지만, 그러한 감정상의 문제를 떠나서도 그 주장은 이 세상의 어떤 것도 고정적인 것이 없다는 만물유전萬物流轉의 소박한 상식을 외면하였다는 점에서 그 부당성이 지적되어야 한다. 한자는 이미 동양 세 나라의 공통문자가 아니기 때문이다.

중국에서 생성발전한 한자가 과거에는 한국과 일본에 두루 통하는 공통문자의 기능을 수행하였지만 그 문자는 세 나라에서 각기 독자적인 발전을 전개함으로써 이미 개성이 강한 변종으로 성숙하였다. 첫째로, 글자모양에서 서로 다른 형태로 변화하였다. 중국은 1950년대 이래 이른바 간자화簡字化 작업을 진행하여 일종의 문자혁명을 이룩하였다. 최근에 북경을 방문한 우리 나라 사람들이 부딪히는 최초의 당혹감은 북경거리에 나붙은 간판글자들을 제대로 읽을 수 없는 데서 생긴다. 며칠 지나면서 한두 자 뜯어 읽는 재미를 느꼈지만 그것은 결국 새 문자를 배우면서 느끼는 기쁨일 뿐이다. 일본도 그들 나름의 약자略字를 개발하였다. 약자개발에 관한 한, 우리 나라만 가장 보수적인 자세를 지키고 있다. 둘째로, 비록 글자가 같다 하여도 그 의미는 세 나라가 각기 자기의 길을 걷는 것이 많아졌다. 중국어 '東西'는 '동쪽과 서쪽'이 아니라 '물건'이요 '兄弟'는 '형님과 아우'가 아니라 '동생'만을 가리킨다. 일본어 '馬鹿'은 '말과 사슴'이 아니라 '바보자식'이라는 욕설이고 '大丈夫'는 바람직한 남성 '대장부'가 아니라 '괜찮아요'라는 의사표현에 쓰이는 말이다.

한자를 발음·형태·의미의 세 가지로 구분해 볼 때, 발음은 진작에 세 나라가 다르게 변하여 왔고, 형태와 의미가 공통성을 유지해 주었는데, 이제 그 두 가지가 모두 분화分化와 분열을 거듭하고 있다. 이렇게 보면, 이제 한자는 더 이상 세 나라의 공통문자가 아닌 셈이다. 한자는 물론 근대에 이르기까지 과거 문화유산을 반영하는 부분에서 공통성을 유지하고 있으나, 그것은 어디까지나 과거에 한정되는 영광일 뿐이다. '한자의 운명'이라는 책을 쓴 일본인 학자가 중국인 한자학의 권위자 곽말약郭沫若 씨와 나눈 대화를 다시 한번 음미해 보자.

> "한자는 장차 어떻게 될까요?"
> "그야, 영원히 보존되지요."
> "어떻게, 어디서 보존된다는 말씀입니까?"
> "박물관에서….."

3장

우리말 사랑과
순수성 유지

우리말 사랑과 순수성 유지

한국어에 내린 축복
우리말의 순수성
우리 민족의 자긍심은
영원히 사는 비결
인사글의 어제 오늘
우리말의 삼중구조
람스테드의 한글편지
고선명高鮮明 텔레비전 용어사전
냇가에 비친 나의 얼굴에
사백 년 전의 대중가요

한국어에 내린 축복

프랑스 사람들로부터 나라말 사랑의 바른 길을 배운다는 말은 흔히 들어왔다. 그러면 프랑스 사람들의 어떤 면이 그토록 국어 사랑의 철저성을 보이는 것일까?

> "한 민족이 다른 나라의 노예가 되어 끌려가더라도 제 민족의 말을 잘 보존한다면 이것은 감옥의 열쇠를 쥐고 있는 것이나 마찬가지입니다."

이 한마디 문장은 프랑스 소설가 알퐁스 도데의 '마지막 수업'이라는 짤막한 소설의 마지막 장면에 나오는 구절이다. 해방된 뒤로 꽤 오랫동안 중학교의 국정교과서에 이 소설이 실려 있었으므로 그 시절에 학교를 다닌 사람들은 이 구절을 마치 성경구절 암송하듯 외우며 사랑하였다. 모국어 사랑을 가슴속에 다지면서, 그리고 가슴속에 파도처럼 일렁이는 모국어 사랑의 감동을 힘들여 삭이면서 말이다. 이 '마지막 수업'의 장면

장면들은 프랑스 소설가가 꾸민 가상의 이야기로서가 아니라 역사적 사실로 이해되었기 때문이었다.

그런데 그 소설의 내용은 실제의 현실과는 아주 다르다. 알사스 지역은 현재 프랑스 영토 안에 포함되어 있으나, 역사적으로는 독일과 프랑스가 교대로 점령해왔던 곳이고, 특히 그 지역 토박이들은 지금까지 독일어 또는 알사스 어를 일상어로 사용하고 있다. 그러므로 '마지막 수업'은 프랑스 사람들이 프랑스 어를 잘 가꾸고 지켜 나가기 위하여 꾸며 낸 하나의 아름다운 거짓말일 뿐이다. 그렇지만 그 소설은 알사스 지역에 독일어나 알사스 어가 사용되는 것은 침략자의 횡포에 의한 것인 양 그려 냄으로써 외국 군대와 외국어에 대한 적개심을 고취하고, 드디어는 프랑스 어의 영광을 묘사하는 데 성공을 거두고 있다.

프랑스 사람들은 자기네 말을 보급하고 지키기 위하여 이렇듯 거짓말까지도 꾸며 내어 세상 사람들을 현혹시킨다. 아마도 독일어나 알사스 어를 모어母語로 하면서 프랑스 국민이 된 알사스 지역의 토박이들을 제외한다면 도데의 '마지막 수업'에 대하여 심경상의 갈등을 느끼는 사람은 없을 것이다. 오히려 대부분의 세상 사람들은 여전히 도데에게 박수갈채를 보내며, 프랑스 혼을 집어넣어주기 위하여 눈물겨운 수업을 진행하는 '마지막 수업'의 프랑스 어 선생님에게 흠모의 정을 보낼 것이다. 하나의 국가가 문화적 동질성과 유일성을 확보하는 것이 얼마나 아름다운 것이며 또한 절대적인 것인가를 알기 때문이다.

프랑스가 통일 프랑스 어의 건설과 보급을 위하여 힘들인 것은 어제 오늘의 일이 아니다. 그들에게는 사실 피할 수 없는 고민이 있는데, 그것은 프랑스의 언어지도를 보면 금방 나타난다. 우리는 막연히 프랑스에는 파리를 중심으로 하는 표준 프랑스 어가 프랑스 전역에서 사용되고 있는 줄 알지만, 실제로는 최소한 아홉 개의 언어가 공존하고 있다. 중북부를 넓게 차지한 프랑스 어와 남부를 차지한 오그 어를 양대 언어로 하고 서북부의 브르동 어, 동북부 구석의 프라망 어, 동부의 알사스 어, 중동부의 프랑코·프로방스어, 코르시카 섬의 코르시아 어, 스페인 접경지역 서쪽의 바스크어, 동쪽의 카타로니아 어 등이 사용되고 있다.

이렇듯 복잡한 언어현실을 프랑스의 영광이라는 정치·문화적 대명제 안에 받아들이고자 할 때, 도데의 '마지막 수업'과 같은 작품은 필연적으로 나오게 되어 있었던 것이다.

그리고 보면 우리 민족, 우리 나라의 사정은 얼마나 간결하고도 단순한가! 민족 분단의 비극을 극복하기만 한다면….

우리말의 순수성

　우리 민족의 문화적 우월성에 대해 대단한 긍지를 지니고 있는 어떤 사람들은 중국의 공자님까지도 우리 동이족東夷族이었을 것이라고 주장한다. 유학과 민족주의 사상에 깊이 몰두해 있는 분들이 꾸며 낸 가설이다. 하기야 공자님 같은 분이 우리 조상이라고 한다면 나쁠 리야 없지만, 민족의 문화적 우수성은 인류의 성자로 추앙을 받는 분이 자기 민족의 직계 조상이냐 아니냐 하는 데에 있는 것이 아니라, 그 민족의 문화적 독자성 내지 고유성을 어떻게 지속시키고 발전시켜 왔느냐에 있는 것이라고 생각된다.

　그런데 문제는 이 세상에 독자적인 문화란 존재하지 않는다는 점이다. 어떠한 문화든지 이웃한 문화와의 지속적인 접촉을 통해 변모를 거듭하며 새롭게 형성되는 것이기 때문이다. 그렇다면 문화적 고유성은 어떻게 유지되고 발전되는 것인가? 그것은 문화의 중심 핵을 이루고 있는 어떤 요소가 끊임없이 흘러 들어오는 외래문화를 자체 안에 흡수하여 외래적인 것에 고유성을 접착시킴으로써 성취되는 것이다.

이것이 언어의 경우에는 어떻게 이루어지는 것인가를 한 가지 예를 들어 살펴보기로 하자.

우리 민족이 유사 이래 가장 오래도록 접촉한 이웃 문화는 중국문화이다. 한자를 배우고 받아들이기 시작한 것은 어림잡아 이천년 전쯤으로 소급될 터인데 그것도 짧은 기간에 한꺼번에 들어온 것이 아니라 여러 번에 걸쳐 지속적으로 흘러 들어왔다. 처음으로 한자가 들어 왔을 때, 그 한자음은 중국본토의 발음대로, 혹은 그와 유사한 발음으로 읽혔을 것이다. 그러나 우리말의 말소리의 구조와 말소리의 법칙이 중국의 그것과는 달랐으므로 조만간 중국식 한자음은 자취를 감추고 우리 나름의 한자음이 자리를 잡게 되었다. 그래서 '韓國人'이라는 한자어는 '항꿔런'이나 '강고쿠징'이 아닌 '한국인'이 된 것이다. 따라서 우리말의 순수성이란 고유한 우리말 낱말 같은 것을 고집하는 것이 아니라, 어떠한 외래어라도 우리말의 말소리법칙에 따라 환골탈태를 시켜 우리말처럼 만들어 버리는 친화력親和力을 일컫는 것이라고 생각하여야 할 것이다.

약 이천 년 전에 살았던 고구려의 두 번째 임금 유리왕재위기간 B.C. 19~A.D. 19은 황조가黃鳥歌라는 사랑의 노래를 지은 분으로 알려져 있다. 그에게는 화희火姬와 치희稚姬라는 두 왕비가 있었다. 치희는 중국계 여자였는데 화희와 화목치 못하여 괴로워하다가, 임금이 사냥을 나간 사이에 자기의 친정집 고향으로 돌아가 버렸다. 임금이 환궁하여 이 사실을 알고 그녀의 뒤를 쫓아가 돌아오기를 간청하였으나 끝내 치희는 돌아가기를 거절하였다. 이에 임금은 슬픈 마음으로 돌아오다가 나무 밑에 앉아 쉬게 되었다. 이 때에 꾀꼬리 한 쌍이 즐겁게 짝지어 노는 모양을 보고, 자신의 고독함이 더욱 한탄스러워 노래를 지으니 그것이 곧 황조가이다.

'펄펄나는 꾀꼬리는
자웅한쌍 즐거운데
외로울사 이내몸은
뉘와함께 돌아갈꼬'

이 노래에 대한 역사적 사실성과 문학적 가치에 대하여는 여러 가지 학설이 분분한 터이나, 만일에 이것을 언어문화사의 시각에서 검토한다면 우리는 다음과 같은 해설을 할 수 있을 것이다.

즉 고구려인들과 섞여 살던 중국계의 한 부족집단이 고구려 사람들의 세력에 밀려 쫓겨간 사건을 표상하는 것이라고. 그리고 그것은 중국어를 받아들였으나 우리말의 체계 속에 끝내는 중국어를 녹여 버린 언어적 승리의 표상이라고.

우리 민족의 자긍심은

　내가 말레이시아 페낭 대학교에 교환교수로 머물고 있던 1970년대 초에, 나는 월남인 교수 한 분과 각별히 친하게 지냈었다. 우리 군대가 월남에서 피를 흘리고 있던 시절이기 때문이었는지도 모른다.

　하루는 그 월남인 교수가 나에게 중국인이 경영하는 한약방엘 같이 가 줄 수 없겠느냐고 청하였다. 심한 독감이 들어 탕약을 지으려고 한약방엘 찾아갔더니 영어가 전혀 통하지 않더라는 것이었다. 나는 중국어는 모르지만 한자로 필담을 하기로 하고 그와 함께 한약방을 찾아갔었다.

　말레이시아에는 4백만 명이 넘는 중국계 이민이 정착하여 살고 있다. 영국의 지배하에 있던 18세기 초엽 이래로 주석朱錫 광산이나 고무 농장의 노동자로 취업하기 위하여 중국의 광동廣東성과 복건福建성에서 집단으로 이주한 것이 중국계 사람들이 말레이시아에 발을 붙이게 된 최초의 인연인데, 현재 그들은 대부분 말레이시아의 상권을 좌지우지하는 부유층 시민으로 성장하였다.

　말레이 어가 공식적인 국어이고 이민족끼리의 실질적인 통용어는 영어로 되어 있으나, 중국인들이 집단으로 거주하는 마을에서는 광동어나 복건어가 사용된다. 페낭 지역에서는 주로 복건어가 쓰인다.

우리는 간단한 인사말을 영어로 나누고 곧 필담이 시작되었다. 다음은 그 내용의 첫머리 부분이다.

> "나는 한국에서 온 교수인데, 이 월남인 친구의 필담통역으로 왔습니다."
> "잘 오셨습니다. 그래 한국의 어느 쪽에서 오셨습니까? 평양입니까, 서울입니까?"
> "서울입니다."
> "그러시군요. 원래 같은 뿌리에서 나온 동족인데, 나뉘어 사는 것은 슬픈 일입니다. 나의 조국도 갈라졌기에 하는 말입니다."
> "물론입니다. 중국과 한국은 옛날부터 인연이 깊다 보니 분단의 운명조차 같아졌나 보군요."
> "참 재미있는 말씀입니다. 하기야 중국과 한국도 원래 같은 뿌리에서 나온 동족이 아닙니까?"

우리가 이제 주목하고자 하는 것은 그 중국인 한의사가 두 번이나 사용한 '원래 같은 뿌리에서 나온 동족本是同根之族'이라는 구절이다.

중국 사람들은 아주 이른 시기부터 자기네 민족이 이 세상의 중심부에 살고 있을 뿐 아니라 주변의 모든 변방민족보다 우월하다는 고정관념을 사랑하였다. 그러면서 한국 사람만은 특별히 우대하여 자기 민족의 분파分派라고 생각하였다. 중국의 역사책에는 그런 류의 글이 심심치 않게 발견된다. 한 가지 예만 적어 보자.

'진한辰韓의 점잖은 노인들은 말하기를, 진秦나라에서 힘든 노역을 피하여 도망 나온 사람들이 한국의 마한 땅에 도착하니 동쪽의 땅을 쪼개주어 살게 하였다. 그들의 말이 진나라말秦語과 비슷하므로 진한辰韓이라 부르기도 한다.'

후한서後漢書 동이전東夷傳에 나오는 일절이다.

우리는 이 대목에서 생각을 가다듬어야 한다. 이 세상의 중심이 중국이요, 중국 사람이라고 하는 중화사상은 이천 년 전 후한서를 쓰던 역사가의 의식에서부터 이제는 남방의 남의 나라에서 한약방을 차리고 있는 복건성 출신 노동자의 5대손(?)에 이르기까지 줄기차게 이어져 오고 있다는 사실을!

다시 생각해 보자. 지금 세계 여러 나라에 흩어져 살고 있는 우리 민족의 3세, 4세, 5세들이 백 년쯤 뒤에 저 폐낭의 중국계 한의사처럼 "원래 같은 뿌리에서 나온 동족" 운운하며 민족적 자긍심을 보일 수 있을 것인지 하는 것을!

영원히 사는 비결

    중국을 여행할 기회가 있는 사람들은 중국의 고대문명을 살펴보기 위하여 서안西安을 찾을 것이고, 근대 및 현대사를 짐작하기 위하여 북경北京에 머무를 것이다. 서안에서는 진시황秦始皇릉이나 병마용兵馬俑박물관을 둘러보게 될 것이고, 북경에서는 만리장성萬里長城, 자금성紫禁城, 명明나라 왕릉같은 곳을 구경할 것이다. 이 때에 우리를 사로잡는 사념의 하나는 인간이 미련하리만치 집요하게 추구해 온 것이 다름 아닌 영생永生이었구나 하는 새삼스런 깨달음이었다. 그리고 오래 산다는 것이 천년이나 만년쯤으로는 어림도 없고 인간이 헤아릴 수 있는 시간을 훨씬 초월하여 오래도록 영화를 누리고자 하였다는 것과, 그러한 집념이 저토록 미련하면서도 거창하고 아름다운 건축예술을 만들게 하였구나 하는 한숨으로 이어지는 것이었다.

    한편 중국을 여행할 기회가 있는 한국 사람들은 서안이나 북경보다도 먼저 찾아가는 곳이 있다. 지금은 동북삼성東北三省이라 하여, 요녕성遼寧省, 길림성吉林省, 흑룡강성黑龍江省으로 나뉘어 불리는 만주땅이다. 거기에는 백두산을 가는 길이 있고 백여 년 전부터 우리의 유랑민들이 두만강을 건너면서 흩뿌린 눈물이 아직도 마르지 않은 북간도北間島가 있기 때문이다. 그 중에서도 길림성에 속한 연길延吉시에는 1952년 이래 연변조선족자치주延邊朝鮮族自治州 정부가 있는 곳이요, 우리 동포가 80만이 넘게 살고 있는 지역이라 아니 찾을 수가 없는 곳이다.

이번 여름에 나도 연변에 며칠 머무를 기회가 있었다. 첫째날에 도문圖們이란 곳에서 두만강을 사이에 두고 북한 땅을 바라보았고, 둘째날에 백두산에 올랐다가 돌아오는 길에 용정龍井을 들렀었다. 용정 시내가 내려다 보이는 언덕배기 공동묘지에 시인 윤동주尹東柱의 무덤이 있기 때문이었다.

해가 설핏하게 넘어가는 저녁, 우리들은 윤동주의 무덤이 있다는 공동묘지 앞마을에 도착하였다. 옥수수밭, 감자밭, 콩밭, 삼밭들이 질펀하게 뻗어 있는 황토마루 언덕길을 30여 분쯤 걸어가니 공동묘지 한가운데에 윤동주의 무덤이 있었다. 앞서거니 뒤서거니 따라온 아랫마을의 조선족 청년 서너 명이 무덤까지 안내를 하였으므로 무덤을 찾는 수고를 할 필요는 없었다.

마침 우리 일행 중에, 태극기를 준비해 간 분이 있어서 상석床石 위에 태극기를 펼쳐 놓고 그 근처의 들꽃들을 각자 한아름씩 따다가 비석 앞에 얹어 놓았다. 그리고 우리들은 잠시 묵념을 하였다. 누군가 일행 가운데서 그의 '서시序詩'를 다 같이 합송하자고 제의하였다.

죽는 날까지 하늘을 우러러
한 점 부끄럼이 없기를
잎새에 이는 바람에도

나는 괴로워했다…

우리들 대부분이 국어 · 국문학을 공부하는 사람들이긴 하였지만 열한 명 우리 일행 중에는 '서시'를 외우지 못하는 사람이 단 한 사람도 없었다. 어느 틈엔가 우리들의 눈에는 눈물이 그렁그렁 맺혀 있었는데 아무도 손수건을 꺼내 닦아 내려고 하지도 않았다.

'서시'의 합송이 끝나자 또 누군가 그의 '십자가'라는 시를 다시 암송하였다. 이 때에 나는 윤동주가 과연 스물아홉 나이에 일본 후쿠오카 형무소에서 옥사한 사람인지 의심이 되는 것이었다. 분명 그는 그 순간 우리와 함께 살아 있었고, 지금도 그의 시를 사랑하는 우리 민족과 함께 살아 있지 않은가? 그렇다면 오래 살기 위하여 찬란한 능陵치장을 할 것인가. 아름다운 시 한 수를 남길 것인가?

인사글의 어제 오늘

한 주일 사이에 인생살이의 중요한 두 가지 행사를 치렀다. 딸아이의 혼사를 끝내자 노환중에 계시던 어머님이 세상을 뜨셨다.

삶의 출발과 종말의 예식절차를 주관하면서 나는 우리 나라 문자생활이 얼마나 현실과는 동떨어져 있는가 하는 사실을 새삼스럽게 재확인 하였다. 그 확인과정에서 거짓스런 문자생활을 방치해 둔 책임이 내 자신에게도 있다는 부끄러움 때문에, 연이은 행사로 말미암은 피로에도 불구하고 나는 내내 마음이 편할 수가 없었다.

첫번째의 문젯거리는 우리집 딸을 며느리로 맞을 사돈댁에서 우리집 납폐納幣와 함께 보내온 청혼의 글이었다. 겉봉투에는 심석사댁하입납沈碩士宅下入納이라 적었고, 안에 들은 글월을 꺼내니 가로 70cm, 세로 50cm 정도의 두툼한 한지의 둘레에는 태극과 공작무늬를 은은하게 인쇄하였는데, 청혼의 글월은 판에 박힌 한문 글귀였다. 우리 나라 대학을 졸업한 젊은이의 80퍼센트가 신문에 나오는 한자도 제대로 읽지 못한다는 어느 조사보고서를 생각하면서 그 글을 풀어 읽었다.

〈○○집안의 후손 ○○○은 절하며 드립니다. 늦더위의 계절에 존체께서는 백 가지 복을 누리며 평안하시리라 믿습니다. 저의 자식이 이미 장성하였사오나 아직 배필이 없사옵니다. 엎드려 원하옵기는 귀댁의 따님을 제 자식의 아내로 맞도록 허락하소서. 여기에 옛사람의 예를 따라 삼가 납폐의 절차를 갖추옵니다. 경오년 ○ 월 ○ 일〉

아무리 형식적인 글이라 하더라도 대부분의 일반 시민들은 거의 한 글자도 뜯어 읽지 못하는 이런 편지가 혼인예물을 파는 가게에서 빛나는(?) 전통과 관습을 자랑하며 통용된다는 것을 어문정책에 관여하는 관리와 학자들은 모르고 있었던 것일까? 부끄럽게도 나 자신이 문화부 산하 국어심의회의 한 사람임을 고백하여야겠다.

두 번째의 문젯거리는 어머님의 돌아가셨음을 알리는 부고장訃告狀의 글귀를 두고 벌어졌다. 집안 어른들은 "심재기대부인 청주한씨 이노환 ○년○월○일○시 자택별세 자이고부沈在箕大夫人 淸州韓氏以老患 年月日時 自宅別世 玆以告訃"라고 한문으로 써서 보내라는 것이었다. 내가 한글로만 풀어 쓴 글을 보시고는 박사요 교수라고 하는 사람이 옛날 법도에 없는 언문부고를 하다니 천만부당하다는 것이었다. 다행히 이 문제는 각 신문의 부고란이 대신해 주어 따로 부고를 낼 필요가 없었기에 흐지부지 넘어갈 수가 있었다. 그러나 장례를 마치고 나니 그 동안 따뜻한 위로와 조위금弔 慰金을 주시고 보살펴 주신 분들에게 보내는 감사의 인사글을 두고 다시 한 번 벌어졌다. 집안 어른들은 예의를 갖추는 글은 반드시 한자漢字를 써야 된다는 것이었고 나는 그럴 필요가 없다고 어른들께 조심조심 설득을 시도하였다.

집안 어른들은 "박사, 교수가 어련히 알아서 하는 일일까마는…." 하시면서 양보의 허락을 하셨지만 끝내 떨떠름한 표정은 풀지 않으셨다. 내 인사글은 다음과 같았다.

〈삼가 감사의 말씀을 여쭙니다.

지난 팔월 열나흗날 저희 어머님 장례에 즈음하여 베풀어 주신 따뜻한 보살핌으로 무사히 어머님을 선영에 모셨습니다. 평소에 저희 형제와 가족을 위하여 베푸신 은혜도 잊을 길이 없사온데 이번 일로 말미암아 더욱 몸둘 곳을 모르게 되었습니다. 아직 제 정신을 차리지 못하였사오나 급한 마음에 우선 이렇게 짧은 글월로 인사를 대신하오니 너그러운 사랑으로 용서하여 주옵소서.〉

우리말의 삼중구조

우리말의 순수성을 염원하는 사람들은 요즈음의 신문 잡지를 읽거나 방송매체를 시청할 때, 다음과 같은 어구들을 접하면서 매우 심기가 불편할 것이다.

어린이 ― 잡화雜貨 ― 바게인Bargain
새봄 ― 정기定期 ― 세일Sale
새해의 ― 복싱Boxing ― 무대舞臺
주식株式 ― 값 ― 코너Coner
불바다 ― 직전直前의 ― 바그다드Bagdad
치질痔疾잡는 ― 치이타Cheetah
오늘부터 ― 에너지Energy ― 절약節約
바닷속 ― 잠수함潛水艦 ― 투어Tour
자연농원自然農園의 ― 눈썰매 ― 레저Leisure
환타지아Fantasia로 ― 느끼는 ― 음악音樂
아침 ― 텔레비전Television ― 방영放映
첨단尖端 ― 소프트웨어Software의 ― 만남

세 낱말로 되어 있는 한 덩어리의 어구가 어쩌면 이렇게도 다정하게 고유어, 한자어 및 서양외래어와 결합되어 있는 것일까?

그러나 이러한 어구로부터 불편한 심기를 느끼는 사람은 자기가 지금 입고 있는 옷을 한번쯤 살펴볼 필요가 있다. 남자라면 와이셔츠에 넥타이를 매었을 것이요, 여자라면 스카프에 블라우스를 입었을 가능성이 높다. 또 아침식사는 어쩌면 달걀-프라이, 한두 쪽의 토스트, 그리고 커피 한 잔을 했을지도 모른다. 물론 그는 아파트에서 입식생활을 즐길 것이다.

이렇게 우리의 주거환경·의복·음식 등 생활문화는 우리가 미처 의식하지 못하는 사이에 전통적인 양식을 벗어나 국제화로 치닫고 있다. 그렇다면 생활을 반영하는 언어가 국제화의 양상을 띠는 것은 당연하고도 자연스런 일이 아닌가? 그런데 세상 사람들은 어째서 우리의 언어만은 외래문화에 물들지 않고 순수하기를 바라는 것일까? 아마도 그것은 온 세상 모든 것이 국제적으로 변모하더라도 어디엔가 한 군데만은 순수성과 고유성을 유지해 주기를 바라는 마음 때문일 것이다. 그래서 언어만은 순수한 고유어가 살아남기를 기원하는 것이리라.

그렇지만 언어만 외롭게 순수성을 고집할 수가 없으므로 우리는 부득이 넘치는 봇물을 주먹으로 막듯이 가능한 한 외래어를 덜 쓰고 고유어를 살려 보려고 애쓰게 되는 것이다. 이때에 우리가 조심해야 할 것은 맹목적으로 전통만을 주장하는 고루한 국수주의자가 되지 않으면서 민족 고유의 특성을 보존하는 슬기를 발휘하는 일이다. 그러기 위하여 우리는 외래문화를 수용할 때, 거기에 묻어 들어오는 외래어를 지체 없이 검토하여 알맞은 낱말을 확정하여야 한다.

얼마 전 고속도로를 달리다가 다음과 같은 글귀의 계몽간판을 읽게 되었다.

"노견으로 주행하지 마시오."

아마도 '노견'은 길 '로路'와 어깨 '견肩'을 결합한 한자어임이 분명한데, 고속도로가 생기기 전에는 이런 낱말이 쓰이지 않았을 것이니, 이것은 분명 고속도로가 일찍 발달한 서양말의 번역일 것임에 틀림없었다.

그러나 영어로는 그냥 '숄더shoulder : 어깨'라고 하니까 일본어의 수입일 가능성이 높았다. 아니나 다를까, 일본에 살다온 분에게 여쭈어 보니 그것이 일본에서 쓰이는 말이라고 했다. "그러면 그렇지!" 나는 쾌재快哉를 외치며 씁쓸했다. 그냥 순수한 우리말로 '길 어깨' 또는 '어깨길'이라 부르면 좋을 것을 무엇 때문에 한자어로 '노견路肩'이란 말을 쓴단 말인가?

우리말의 순수성을 살리는 길은 무엇보다도 한자어를 줄이는 작업에서 시작되어야 할 것이다.

람스테드의 한글편지

외국 사람으로서 한국과 한국 사람을 사랑한 분이 많이 있지만 특별히 한국어를 연구하고 좋아하여 그 업적이 두고두고 논의되는 사람은 많지 않다. 19세기 말엽부터 우리 나라를 찾아온 기독교 선교사들이 우리 나라의 풍토와 우리 민족의 인정에 매료되어 한국을 칭송하는 많은 글을 남겼고, 더러는 이 땅에 묻히기도 했지만 한국어를 학술적인 차원에서 깊이 있게 연구한 사람은 별로 많지 않았다. 이처럼 쓸쓸한 국어학 분야에 한국어가 알타이 어족의 하나임을 처음으로 국제 언어학계에 소개한 사람은 핀란드의 외교관이요, 언어학자인 게 이 람스테드G.J. Ramstedt, 1873~1950이다.

그는 핀란드의 주일 초대 공사駐日 初代公使로 1919년에서 1929년까지 10년간 도쿄에 머물면서 한국말을 배우고 연구하였다. 그는 원래 언어학자로 1917년에 헬싱키 대학교에 알타이 언어학 교수로 일하다가 그 무렵 새로 독립한 핀란드 정부가 일본 주재 공사로 그를 발탁하였기 때문에 외교관이 되었던 분으로서 우리 나라에는 몇 해 전, 그의 '일곱차례 동방여

행'이라는 답사여행기가 번역 소개되어 일반에게도 알려진 바 있다. 아마
도 그는 주일공사로 근무하는 기간을 한국어 학습을 위한 절호의 기회라고
생각했는지 모른다. 공부를 시작한 지 두 해 만에 그는 한국어의 기원起源
에 관한 논문을 발표하여 한국어가 알타이 어의 하나임을 입증하였다.
대체로 1924년경부터 한국어를 본격적으로 공부한 듯한데, 그 때에 안동安
東출신의 도쿄 유학생 류진걸柳震杰의 도움이 컸던 것으로 짐작된다.

　람스테드와 류진걸과의 사귐은 헬싱키의 핀 우그르 학회 도서관에 보관
되어 있는 다음의 글월들이 증명하고 있다.

『당신은 서쪽 사람이고　　　　　　　　　　　貴君西洲翁
나는 본래 동해 사람이라　　　　　　　　　　我本東海人
동서가 몇천 리인데　　　　　　　　　　　　東西幾千里
당신과 나와 여기서 만났는가　　　　　　　　君我相蓬此
오늘에 서로 만리에 이별하니　　　　　　　　今送萬里別
흰 구름도 또한 슬퍼하노라　　　　　　　　　白雲又遲遲
수륙이 아무리 멀다 할지라도　　　　　　　　雖有水陸遠
또다시 후일에 만나 봅세　　　　　　　　　　更作後日期
원하노니 나라를 위하고 민족을 위하여 노력하시고 온 천하 만민을
위하여 노력하소서』

　이 시편은 1929년 람스테드가 임기를 마치고 귀국하기 직전에 도쿄에서
류진걸이 써 준 것으로 짐작되거니와 이렇게 헤어진 다음해에 람스테드는
류진걸에게 다음과 같은 한글편지를 보냈다.

『이쁜 친구.

당신을 인사하고 태평을 바라길레 이번 조선 말로 편지를 썼소. 보아도 부당한 것이 많은고로 당신이 여기 쓴 것을 알는지 모르겠소. 일본 도쿄에서 십일월 보름날 떠나서 본국 헬싱키에 십이월 초하루에 도착하였소.(중략)

이 해 시작부터 내가 벌써 병 안의 한 사람이 되었소. (그러나) 외무성 연락을 잘 지킨 것을 나도 집사람도 다 반가와 하오. (지금은) 대학교 교사되어 삼사인을 교수하오. 이 밖에 덕국사람이 나에게 조선 말을 배우오.(중략)

당신과 어동생을 도쿄에서 만난 후에 달달이 많은 것을 [여러 달 여러 날이 지났구료] 내 여기 창문 바깥에 벌써 봄이 온다고 뵈다[봄이 온 것이 보이오]

당신도 기체 무병하고 이 겨울을 보냈을 것을 생각하오.

당신을 먼데에 잘 기억하매. [멀리서 그리워하며] 운수 좋은 해날을 많게 [행운의 날이 많기를]이 뜻으로 이 편지를 보내오.

헬싱키 1930.3.6 람스테드』([ ]은 필자의 해석임).

이 편지를 읽으면서 우리는 생각해 보아야 한다. 나라를 사랑했던 류진 걸이 없었다면, 한국어를 사랑했던 람스테드가 존재할 수 있었는가를.

고선명高鮮明 텔레비전 용어사전

우리 나라 미래의 경제성장은 오로지 과학기술의 발전에 달려 있다고 말한다. 그러나 과학기술의 발전은 그 분야를 공부하는 과정에서 부딪치게 되는 용어의 문제와 맞물려 있다는 사실을 아는 사람은 그리 많지 않다.

과학기술분야의 전문용어가 영어로 되어 있을 때, 그 분야 종사자들은 그 영어를 앵무새처럼 사용하면 그만일까? 영어로 된 전문용어를 사용하면서 직감적으로 그 의미를 파악하고 이해할 수 있을까? 이러한 의문에 대해 선선히 그렇다고 대답할 사람은 없을 것이다.

아무리 새로운 과학기술분야라 하더라도 거기에 쓰이는 용어가 우리말로 되어 있다면 생소한 외국어로 되어 있는 것보다는 훨씬 쉽게 이해될 것이고, 그 이해가 바탕이 되어 기술개발이 촉진될 수 있을 것이다.

그러므로 과학기술 분야의 용어를 우리말로 바꾸는 일은 기술자체의 발전과 병행되어야 한다. 비록 기술발전에 앞설 수는 없다 할지라도 기술습득과 더불어 재빠르게 우리말로 바꾸는 작업이 뒤따르기는 해야 할 것이다.

지난해 가을, 나는 전자공학과 교수 한 분으로부터 고선명高鮮明 텔레비전 HDTV 용어사전을 만들고자 하니 그 제정에 참여해 주었으면 좋겠다는 부탁을 받았었다. 고선명 텔레비전이 무엇인지도 모른다고 대답했었다. 그러나 우리말로 과학기술용어를 만든다는 기본취지에 찬동한다면 우선 참석해 보라는 것이었다.

그 후로 칠팔 개월간, 나는 텔레비전 화면이 무수히 많은 점으로 된 화소畵素들을 점점이 찍어 나가는 주사走査에 의해 우리 눈에 감지된다는 것도 알았고, 그것이 시차視差가 있는 점찍기이지만 빠른 속도로 진행되기 때문에 우리의 시각이 화면단위로 받아 들인다는 것도 배우면서 한두 마디씩 말참견을 해 왔었다. 그리고 며칠 전 나는 4·6판 200여 페이지의 자그마한 책자 한 권을 받았다. 'HDTV용어사전'이란 제목이었다. 겉장을 넘기니 서문이었다.

> "신문사나 잡지사로부터 과학기술에 관련된 전문내용을 비전문가에게 소개하라는 글을 청탁받은 경험이 있는 사람은 누구나 그때 경험했던 당혹감을 기억할 것이다. 몇 자 적어 가노라면 당장 부딪치는 것이 용어문제인 것이다"

이렇게 시작된 서문은 다음과 같은 기술용어론으로 이어진다.

> "과학기술분야에 있어서 전문용어의 제정은 과학기술이라는 건축의 벽돌을 다듬는 것과 같은 작업이다. 이 벽돌을 잘 만들기 위하여서는 다음과 같은 세 가지 요소가 꼭 갖춰져야 하리라고 생각한다. 첫째는

권위 있는 조어造語이다. 관련분야의 중지를 모은 가운데, 그 분야의 석학들과 어문학자들이 공동으로 심의과정을 거쳐서 최적의 용어를 제정하는 일이 기본적으로 중요한 일이 되겠다. 둘째로, 보편적인 사용이다. 아무리 잘 만든 용어라 할지라도 널리 사용되지 않으면 무슨 소용인가? 셋째로는 효과적인 보급이다. 이것은 권위 있는 조어와 보편적인 사용을 이어 주는 교량의 역할이라 할 수 있겠다."

모든 연구실에 불이 꺼진 지난 겨울 어느 날 밤 10시경, 창 밖에는 희끗희끗 눈발이 날렸고, 바람소리가 윙윙거리며 창문을 두드리고 있었다. 책상 위에는 그 날 저녁 우리가 결정한 용어들이 가지런히 키재기를 하고 있었다. 원근이동遠近移動 : Zooming, 평면이동平面移動 : Panning, 오목일그러짐Pincushion distortion, 볼록일그러짐Barrel distortion같은 낱말들이 눈에 들어왔다. 그 때 누군가 이렇게 큰 소리를 치는 것이었다.

"한글을 창제하신 세종대왕도 오늘밤 우리들 기분이었을거야!"

냇가에 비친 나의 얼굴에

형님의 생김새는 누굴 닮았나.　　　我兄顔髮曾誰似
아버지 그리우면 형님 보았지.　　　每憶先君看我兄
오늘은 그 형님도 뵈올 길 없어.　　今日思兄何處見
냇가를 거닐면서 내 얼굴 보네.　　自將巾袂映溪行

　　연암燕岩 박지원朴趾源의 칠언절구七言絶句를 현대말로 옮긴 것이다. 이 시는 돌아가신 아버지가 생각날 적마다 형님을 찾아뵈오며 '아버지가 생전에 저러 하였거니'하는 뿌듯한 느낌으로 마음의 위로를 삼았었는데 어느날 갑자기 형님조차도 이 세상 어른이 아님을 깨닫는다. 할 수 없이 냇물에 비친 자기 자신의 모습을 들여다보면서 거기에서 형님을 그리워하며, 아버지를 찾고자 한다는 사연을 담고 있다.
　　전통문화를 계승한다는 거창하고 막연한 얘기는 잠시 보류해 두자. 그리고 우리들 자신이 누구인가를 선조와의 연계 속에서 찾음으로써 윗대로부터 내려오는 유형 무형의 흐름이 우리들을 거쳐 후손에게도 이어

가고 있다는 역사의식을 깨우치는 데 있어 연암의 이 한편의 짧은 시는 군더더기 말을 줄이고 있다.

우리가 민족의 언어를 지킨다고 하는 것도 따지고 보면 돌아가신 아버지를 그리워하는 일, 혹은 돌아가신 형님을 사모하는 일 이외에 다른 것이 아니다. 그런데 돌아가신 분의 현존現存은 결국 자기 자신임을 알아야 한다. 우리의 생각과 행동 속에 아버지와 형님이 품으셨던 미래의 꿈이 되살아난다고 할 때에 우리가 어떤 태도를 지니고 어떤 말을 해야 할 것인가는 분명해진다. 이것은 조상의 위세에 주눅이 들어 우리가 갖고 있는 세 시대 새 물결에 대처하는 새로운 기풍까지도 죽이고 옛날의 사고 방식에만 얽매이라는 뜻으로 해석해서는 안 된다. 돌아가신 아버지가 이루고자 하셨던 것, 그리고 돌아가신 형님이 목표로 삼았던 이상이 이 시대에도 여전히 유효한 것이라면 그것을 성취하기 위하여 우리는 마땅히 생명을 바쳐 일해야 한다는 의미에서 전통의 옹호를 주장하는 것이다.

이러한 전통의 옹호에는 당연히 '올바른 우리말 사용'이 한 몫을 차지한다. 그리고 이 한 몫을 작가作家들이 담당하고 있음은 두말 할 것도 없다. 시를 짓고 소설을 쓴다는 것은 새로운 문학세계를 보여 준다는 문학적 목표 이전에 아름다운 우리말이 작품을 통하여 살아 숨쉰다는 원초적 목표도 달성해야 한다.

그러나 오늘의 현실은 어떠한가? 이 달의 어느 문학잡지에는 소설문장에 흔히 나타나는 잘못을 열한 가지 유형으로 나누어 고발한 글이 실려 있다. 몇 개만 옮겨 보기로 하자. 고딕체는 고친 문장이다.

▶ 울릉도는 오랫동안 섬을 비워두고 있었다.

　울릉도라는 섬은 오랫동안 비어 있었다.

▶ 식용유 냄새가 몰려 나는 가게 앞에서

　식용유 냄새가 물씬 풍기는 가게 앞에서

▶ 아내는 차라리 더 보챘다

　아내는 오히려 더 보챘다.

▶ 엄마가 올 때 귀신한테 잡혀 먹지 않을까.

　엄마가 올 때 귀신한테 잡혀 먹히지 않을까.

　문학작품이 새로운 표현을 창조하는 데 앞장서야 하는 것은 당연한 일이지만 우리말 문장을 이상스럽게 비꼬아 놓을 권리는 없는 것이다. 그러므로 작가들은 연암의 저 사형思兄 : 형님을 그리워 함 시를 읽으면서 반성해 보아야 한다. 냇가에 비친 나의 얼굴에 검불이나 검댕이가 묻어 있지 않은가를. 그 검불이나 검댕이가 우리말 우리글에 묻어서 좋지 않은 문장을 만들어 내기 때문이다.

사백 년 전의 대중가요

1. 올날이 오늘이요, 매일같이 오늘이라
   날은 저물어도 새도록 오늘이라
   오늘이 오늘이라면 무슨 세상 같으랴.

2. 이리도 노세노세 저리도 노세노세
   우리집 방 밖에 노세나무 섰도다
   한가로이 나아가 저므나 새나 노세.

3. 남산의 솔이 크다 솔마다 학 앉을까
   서산에 해가 진다 날마다 이 같으랴
   하물며 살아 있으니 저므나 새나 노세.

4. 산 좋고 물 좋은 곳에 잔 잡고 골추앉아
   저쪽을 바라보니 저 산도 좋을시고
   저 산 좋은 곳에서 아니 놀고 어이하리.

이 노래는 일본 교토대학 도서관에 보관되어 있는 조선가朝鮮歌라는 책 속에 들어 있다. 이 책은 지금으로부터 사백 년 전 임진왜란 때에 한반도에서 왜병에게 포로로 잡혀가 망향의 설움을 달래던 조선 백성들이 입에서 입으로 전하던 노래를 적은 것이다. 사쓰마야키薩摩燒의 본고장인 일본 구주땅 녹아도鹿兒島 묘대천苗代川 고려촌高麗村에서 부르던 것인데 한눈에 시조임을 알수 있다.

임진왜란 당시 사쓰마반의 태수였으며 풍신수길의 수군장이었던 도진 의홍島津義弘은 우리 나라 남원南原과 남해안 여러 곳에서 조선 백성을 붙잡아다가 자기 영지로 데리고 갔다. 처음에 그들은 거처할 집도 없고 말도 통하지 않아 잘못을 저지르고 처벌을 받는 일도 많았다. 추운날에도 나무 밑에 거적을 깔고 지내니 주변 백성들이 불쌍히 여겨 먹을 것을 주어 주린 배를 채우기도 하였다. 그들은 점차 밭을 갈고 옷감을 짜며 살았지만 대부분은 전대의 고려요高麗燒를 만들었다. 태수가 사용하는 것은 백약으로 만든 병·사발·발·항아리 등이고 그 외에도 여러 가지를 만들어 저자에 내다 팔아 생계를 이었다.

이렇게 삶의 터전을 마련한 조선 포로들은 물론 조선말을 하며 조선 노래를 부르며 살았을 것이다. 그들이 일본으로 끌려간 지 이 백 년 넘은 1783년의 기록에는 다음과 같은 내용이 발견된다.

"지금도 그 자손들은 조상대대로의 의복과 언어를 사용한다. 일본에 건너와서 장수하는 집안은 4대, 수명이 짧은 집은 8대에 이르는데 여전히 자기네 말을 섞어 쓰며 자기네 노래를 부른다. 아버지를 aba, 어머니를 muma라고 하며 그 외에도 알아듣지 못할 말이 많다."

각각의 사정이 다른 것이긴 하지만 최근에 미국으로 이민을 떠난 우리 교포들의 2세가 급격하게 한국어를 잊어 가고 있다는 소식을 접할 때마다 우리는 임진·정묘 양란 수 년 동안에 일본으로 잡혀간 저 조선의 도공陶工들을 생각하게 된다. 그 무렵 줄잡아 6만 가까운 조선 백성이 일본으로 잡혀 갔다고 하는데 그들 가운데 많은 사람들이 일본에 동화되었을 것이지만 또한 상당수의 사람들, 특히 도예기술자들은 조선 사람임을 잊으려 하지 않았다는 사실이 얼마나 돋보이는 것인가. 그리고 고달픈 삶을 이어 가면서도 시름을 달래며 불렀던 저 시조형태의 조선가 네 수는 또한 얼마나 의젓한 달관의 경지를 보이는 것인가.

이 노래는 언뜻 보기에 놀자판을 벌이자는 것으로 생각된다. 그러나 내일도 오늘과 다름없는 절망의 세월, 노세나무 밑에서 저물거나 새거나 놀아 보자. 산 설고 물 설은 이 노예의 고장도 놀만한 곳이 아니냐? 이렇게 풍자와 역설로 마음을 달래던 저 도공들의 마음은 태평양 망망대해도 접시에 담긴 물방울처럼 보였을까?

그들의 후손에 심수관沈壽官 14대 옹과 같은 도예의 달인과 지난날 일본의 외무대신을 지낸 모씨 같은 인물이 나온 것은 결코 우연한 일이 아니었다.

4장

국어 교육의
올바른 방향

국어 교육의 올바른 방향

띄어쓰기의 내력
학력고사의 국어문제
작가들이여, 깨끗하고 완벽한 문장을
대학생의 작문숙제
국어문체를 지배하는 세 가지 요소
문장력 향상의 길잡이
시詩를 가르치던 동네 아저씨
잃어버린 시간을 찾아서
들무새와 으악새
선조들의 십계명

띄어쓰기의 내력

현행 '한글맞춤법'의 총칙 제 2항은 "문장의 각 단어는 띄어씀을 원칙으로 한다."고 하며 띄어쓰기가 우리글 쓰기의 중대한 원칙임을 밝히고 있다. 그러면 우리 나라 문자생활에서 이러한 띄어쓰기는 언제부터 시작되어 맞춤법의 규정으로까지 확립된 것일까?

한글이 창제된 15세기 당시에는 글을 쓸 때에 오늘날과 같은 띄어쓰기는 존재하지 않았다. 한문漢文은 원래 수천 년 동안 띄어쓰기 없이 적혀왔는데 그러한 전통은 한글이 창제된 후에, 한글에도 적용되어 글을 쓸 때에는 으레 띄어쓰기를 하지 않는 것으로 되어 있었다. 옛날에는 띄어쓰기가 문제되지도 않았다. 문자생활을 하는 지식층은 지극히 제한된 특수층뿐이었고, 그들이 글을 쓰고 읽는다는 것은 일종의 문화적 특권에 속하는 것이었기 때문이다. 따라서 글을 읽고 쓰는 사람들끼리는 자기네들만 문자생활을 누린다는 자부심을 만족시키며 띄어쓰기도 하지 않을 뿐 아니라, 잘 쓰이지 않는 궁벽한 한자漢字와 고사古事를 인용하면서 지식자랑을 하는 폐단까지 있었다.

그러나 한문을 배우는 과정의 학생들을 위하여서는 점찍기와 토달기의 방식이 사용되어 오늘날의 빈 칸 띄어쓰기의 전 단계 같은 것이 없지는 않았다.

한글문헌의 경우에는 18세기 중엽부터 불경언해에 점찍기 방식이 나타난다. 지식자랑의 수단으로서가 아니라 한 사람이라도 더 부처님의 가르침을 깨달아 극락에 가게 하려는 전교傳敎의 목적이 있었기 때문이라고 할 수 있다. 19세기에 들어오면 이러한 점찍기 방식이 더 널리 퍼져서 '규합총서閨閤叢書 1869'나 '국문정리國文定理 1897'에 ● 또는 ○을 사용하여 띄어쓰기의 효과를 거두고 있다. 그러던 중 1896년 4월에 순한글로 인쇄된 '독립신문'이 간행됐는데 여기에 최초로 오늘날의 띄어쓰기와 똑같은 빈 칸 띄어쓰기가 나타난다. 그 창간호에는 다음과 같이 띄어쓰기의 정당성을 주장하고 있다.

> "쏘 국문을 이러케 귀절을 쎄여 쓴즉 아모라도 이 신문 보기가 쉽고 신문속에 잇는 말을 자세이 알어 보게 홈이라"

문자생활이 특수계층의 지식자랑이 아니라 많은 사람을 위한 정보전달 체계로 전환되면서 띄어쓰기는 필연적인 문화양식으로 굳을 조짐을 보인 것이었다. 이 무렵에 서양선교사들에 의해 간행된 기독교 번역성경은 거의 예외 없이 띄어쓰기를 지키고 있다. 알파벳 문자는 자음과 모음을 옆으로 나란히 적어 나가는 방식을 취하는 문자이므로 그러한 문자문화의 배경을 갖고 있는 서양사람들이 아무리 음절로 모아 쓰는 한글이라 하더라도 낱말단위로 띄어쓰지 않는 것은 받아들이기 어려웠을 것이다. 그래서 그들은 우리 나라 문자생활에 띄어쓰기의 선구자 노릇을 한 셈이 되었다.

이렇게 본다면 우리글의 띄어쓰기는 19세기 말엽 언문일치운동에 따른 대중문자생활의 필요성과 서양의 알파벳 문자생활과의 결합이 만들어 낸 문자문화의 변화에 따른 것이라 할 수 있다. 물론 20세기에 넘어와서도 국한문 혼용으로 된 책들은 여전히 띄어쓰기가 이루어지지 않은 채 간행되었다. 한글과 한자의 차이가 띄어쓰기의 효과를 거두고 있기 때문이었을 것이다.

그러다가 1920년대부터는 우리 나라 문법책과 교과서에 점차로 띄어쓰기가 확대되었고 1933년의 한글맞춤법 통일안에는 띄어쓰기 규정이 자리 잡기에 이른다. '콜럼버스의 달걀'처럼 간단하고 쉬운 문자생활의 원리이지만 그것이 우리 나라에 정착하기 위하여서는 한글 창제 이후 5백 년 가까운 세월을 기다려야만 했던 것이다.

학력고사의 국어문제

이 세상에서 일백만 명 가까운 대학입학 지원자를 국가가 주관하는 학력고사를 통하여 선발하는 나라는 우리 나라밖에 없다고 한다. 이 제도가 정착되어 실시된 지도 어언 20년이 넘었다. 이 학력고사가 처음에는 대학에서 실시하는 본시험의 예비적인 성격을 띠었다가 아예 본고사의 영역을 잠식해 버린 그간의 사정은 새삼스럽게 논의할 여유가 없다. 다만 이 시험이 고등학교 교육의 정상화를 위하여 기여해 왔다면 그런대로 공로를 인정할 수 있겠으나 사정은 전혀 그렇지가 않다. 여기서는 국어시험 문제만을 생각해 보기로 한다. 이 시험 문제가 우리 나라 어문생활에 끼치는 영향이 너무나 크기 때문이다.

첫째, 국어문제의 약 30% 정도가 주관식 문제라고 한다. 몇 해 전까지만 해도 사지선답四肢選좁의 객관식 문제만으로 출제되다가 이 정도의 변화를 보인 것은 그나마 다행한 일이지만 그 중의 반은 이른바 단구적短句的 단답형短좁型이라 하여 낱말 한두 개를 찾아 쓰는 것이므로 이것은 엄격한 의미에서 객관식의 변형이지 주관식이라 할 수 없다. 또 서술적 단답형이

라는 것도 한두 개의 문장을 적는 것으로 완결짓는 것이기 때문에 진정한
의미에서 서술능력을 측정할 수가 없다. 필답의 형식을 통하여 가장 명쾌
하게 알아낼 수 있는 언어능력은 무엇보다도 글짓기일 터인데 국어시험에
서 그것을 배제한다는 것은 문제가 아닐 수 없다. 두 해를 실시하다가
없애 버린 논술고사를 글짓기능력 측정의 차원에서 다시 부활해야 할
것이다. 만일에 각 대학이 독자적으로 입학시험을 실시한다면 가장 먼저
검토해야 할 분야가 바로 글짓기 능력 측정이라 하겠다.

　둘째, 객관식 문제의 출제범위에 관한 것이다. 지금까지의 관행은 교과
서 밖에서 지문地文 : 문제를 풀기 위한 읽을 거리을 뽑는 일을 극도로 삼가왔다.
교과서 바깥의 문장은 고등학교 국어교과과정 바깥에 있는 것이 아니련만
이것은 참으로 이상한 관행이 아닐 수 없다. 고등학교 국어 교과서를
모두 모아 놓더라도 9포인트 활자, 국판菊版으로 인쇄한다면 200쪽이나
제대로 될까? 웬만큼 명석한 두뇌를 가진 학생이라면 그 내용의 절반은
암송을 하고도 남는다. 그런 범위 안에서 시험 문제를 내자니 글의 중심
내용을 파악하는 독해력보다는 지엽 말단의 허섭쓰레기 지식을 묻는 방향
으로 흘러갔던 것이다. 궁여지책으로 교과서 바깥에서도 출제가 되기는
했지만 그것도 세상의 이목을 생각하며 전체 지문의 30%를 넘지 않게
하였었다. 전례를 깨뜨려 물의를 일으키느니 조용하게 넘어가자는 타성이
출제하는 사람의 마음에 자리잡고 있었기 때문이다. 고등학교 국어 교과과
정의 범위라고 하면 사실은 우리 나라 일상생활 어문활동의 모든 영역을
다 포괄한다고 말해도 과언이 아니다. 고등학교만 졸업하면 사회생활에서
중추적인 역할을 맡는 시민이 아닌가? 그러므로 국어시험은 교과서 안에
서 출제하는 비율을 최소한으로 줄이고 오히려 교과서 밖의 글에 눈을
돌려야 할 것이다. 역설적인 사실이지만 영어시험은 지금까지 교과서에

있는 글은 출제하지 않는 것을 불문율로 하고 있다. 그렇다면 당연히 국어시험도 교과서의 울타리를 벗어나야 한다. 그렇지 않아도 시험준비에 휘말려 교과서 이외의 책은 읽지도 않는다는데 국어시험이 독서 분위기를 저해하는 출제태도를 고수한다는 것은 있을 수 없는 일이다. 고등학교 졸업생이 단 몇 권의 양서라도 읽을 수 있게 하려면 내년부터라도 국어시험은 교과서의 범위를 자유롭게 벗어난다는 계획을 세워 미리 발표했으면 좋겠다.

작가들이여, 깨끗하고 완벽한 문장을

우리는 시인과 소설가를 아끼고 사랑한다. 그들이 만들어 내는 주옥 같은 작품은 우리가 죽고난 먼 훗날에도 우리들이 이 땅에서 애환哀歡과 영욕榮辱이 엇갈리는 생활을 하면서 살았었음을 밝히는 가장 확실한 증언이 될 것이기 때문이요, 또한 우리 민족의 정신문화가 얼마나 찬란하고 아름다운 것인가를 그 언어자산 자체로 증명해 줄 것이기 때문이다. 그러므로 우리가 읽고 즐기는 시와 소설들은 현대 한국어로서는 가장 아름답고 정확한 문장이어야 한다. 사실상 대부분의 문학작품들이 모범적인 문장인 것만은 숨길 수 없다.

그러나 가끔, 아주 가끔, 이름 있는 작가의 글에서 잘못 쓰인 문장을 발견할 때, 우리는 당황하다가, 그리고 끝내는 슬퍼진다. 우리의 조상은 일찍이 좋지 않은 글월을 남겨 후손으로 하여금 혼란에 빠지는 고생을 시키지 아니하였는데 이제 우리의 실수는 조상과 후손에게 동시에 죄를 짓는 일이구나 하는 죄책감이 들기 때문이다. 엊그제는 우연히 어떤 작가의 글을 읽다가 다음 대목이 이르러 눈길이 멈추었다.

"평균 스무 살이 되기 전에 시집을 가면 새벽별 스러지기 전에 일어나 밥 하고 빨래 하고, 길쌈 하고 밭매고, 밤이면 윗채에 불이 꺼지기 전까지 호롱불 아래 옷 깁고 다듬이질 해야 하는 중노동에 시달렸다. 3년을 벙어리 신세로 마소처럼 일하며, 열 명 정도의 자식을 낳았다."

전통적인 한국의 여인상이 사라져감을 애석해 하는 글이어서, 그 내용은 전적으로 공감을 가져오는 것이었다. 그런데 '3년을 벙어리 신세로 일하며' 다음에, 아무런 꾸밈말이 없이 '열 명 정도의 자식을 낳았다'고 씀으로써 열 명의 자식을 3년 동안에 낳았다는 말이 되어 버렸다.

"아니, 이 세상에 어떤 바보가 그렇게 해석한단 말이오? '열 명 정도의 자식을' 앞에는 당연히 '평생 동안' 정도의 꾸밈말이 있다고 생각해야지!" 이렇게 이 글을 옹호하는 사람은 주장할지도 모른다.

물론 정신이 온전한 사람이라면 누구나 당연히 그렇게 생각할 것이다. 그러나 글은 그 자체로서도 오해의 여지 없이 깨끗하고 완전하여야 한다. 독자로 하여금 상상력과 추론을 요구하는 것은 문맥 뒤에 숨겨져 있는 심오한 사상이거나, 섬세한 정서에 한정하는 것이지, 불합리한 문장의 논리적 합리화까지를 요구할 수는 없다. 글은 읽기에 편하고 쉬워야 한다. 글을 읽다가 혼란이 생기면 읽을 흥미가 사그러들기 때문이다.

몇 줄 건너 또 하나의 문장 : "나에게 누나의 모티브는 그런 전 시대의 여인이었고 / 정절·근면·인내하다 청상에 타계하는 여인을 그리워하고 동정하였다."

여기에서는 "…여인이었고'에서 풍기는 앞부분과 '…동정하였다'로 마치는 뒷부분과의 연결이 도무지 자연스럽지 않다.

우리말에서 '-고'라는 연결 어미는 단순한 나열의 경우에 적합하지, 앞뒤

의미를 긴밀하게 묶어 주는 인과관계를 감당하지는 못한다. 따라서 이 글이 순하게 읽히려면 '…여인이었다.'로 끝내고, 그 다음에 '그래서 나는 그렇듯'이라는 어구를 집어넣어야 될 것 같았다. 말하자면 이 글은 뒷부분의 주어 '나는'이 빠졌고, 그것은 앞부분의 주어 '누나의 모티브는'과도 다르기 때문에 생긴 혼란이라고 하겠다.

이런 정도의 실수는 작가들이 조금만 조심하면 해결될 문제가 아닐까? 독자 가운데는 작가들을 너무나 사랑하고 아끼기 때문에 그들의 글이 깨끗하고 완벽하지 않으면 민족문화의 장래까지 들먹이며 근심하는 사람이 있다는 것을 명심하면서, 작가들은 문장을 다듬었으면 좋겠다. 오늘날 젊은이들의 독서율이 떨어지는 것은 혹시나 우리 기성 작가 · 지식인들이 쓰는 좋지 않은 문장 때문이나 아닌가 반성하면서.

대학생의 작문숙제

50명으로 구성된 대학교 1학년반 학생들에게 글짓기 숙제를 냈다. 글의 형태는 일기日記이고 내용은 지금부터 만 20년 뒤의 자신의 모습을 예측하는 것이었다. '2011년 4월 ○일'이라는 제목 아래 이미 일어난 사실을 회고하고 점검하는 것이니까, 종결어미는 과거형이어야 하고 또 글의 내용에서 자신의 직업이 무엇이며 어떤 인생관의 소유자인가를 짐작할 수 있어야 한다고 조건을 달았었다. 먼 앞날을 내다보며 원대한 인생을 설계해야 하는 스무 살 안팎의 젊은이들에게 자신의 미래를 구체적으로 실감하고 예견케 하는 방법이라고 생각했기 때문이었다. 그들이 제출한 일기장을 거두어 작성한 통계 결과는 다음과 같았다.

회사의 고급간부 20명, 사장사업가 9명, 정치가및 공무원 7명, 교수및 연구원 5명, 회계사 3명, 은행원 2명, 기타불분명 4명.

이것을 보면 학생들이 상경商經 계열이라는 것은 쉽게 짐작될 것이다.

성향이 같고 가정형편이 비슷한 때문인지 학급의 분위기도 명랑하고 활기에 넘쳤었다. 그러면 일기 내용은 어떤가? 아들 딸 한 명씩의 두 자녀를 데리고 아름답고 귀여운 아내와 즐거운 주말여행을 다녀온 뒤의 느낌 같은 것이 대부분이었다. 세속적인 영달과 행복한 일상생활이 어떤 것인가를 짐작할 수 있었다. 그들이라고 시대를 아파하며 민족의 미래를 근심하는 역사의식 같은 것이 없지는 않았겠지만 이런 일기 숙제로 그런 것까지 헤아릴 수는 없는 것이었다.

그럼에도 불구하고 한 가지 섭섭한 것이 있다면 그들의 아름답고 현숙한 아내가 한결같이 자신의 출세를 도와 주는 성실한 보조자로만 그려져 있다는 점이었다. 아내를 독립적인 인격체요, 또 독자적인 인생목표를 갖고 있는 동반자로 생각하는 것이 아니라 단지 자기를 돋보이게 하는 데에 쓰이는 매력적인 인간 액세서리로 묘사 하고 있었다. 의식이 있는 여학생이 그들의 일기를 보았다면 기막힘과 허망함, 그리고 수치심과 분노로 들고 있던 일기장을 갈기갈기 찢어 버렸을는지도 모른다. 이것이 소시민적인 우리 나라 남학생의 정신적인 한계가 아닌가 생각되었다.

그러면 이러한 한계를 극복하는 방법은 무엇일까? 그것은 광범하고도 깊이 있는 독서가 밑바탕이 되어야 할 것 같았다. 그래서 이번에는 그들의 독서실태를 파악할 수 있는 숙제를 냈다. 지금까지 읽은 우리 나라 문학작품 가운데서 가장 감동적이었다고 생각되는 한 권의 시집詩集 또는 한 편의 소설을 대상으로 삼아 그 독후감을 적어 내라고 하였다.

그런데 그 결과는 어떠하였는가? 두 명 이상의 인기를 끈 작가와 작품에 현진건의 '운수 좋은 날', 김동인의 '배따라기', 김유정의 '동백꽃', 이효석의 '메밀꽃 필 무렵'이 들어 있었다. 그 외에 여섯 명의 시인과 열 명의 작가가 거론되었으나 장편소설로는 이광수의 '무정', 김동리의 '사반의 십자가',

이문열의 '사람의 아들'이 포함되어 있을 뿐이었다. 고작해야 몇 페이지에서 기껏 십여 페이지에 불과한 짧은 단편을 독서의 증거로 제시할 수 있는 것일까? 더구나 이들 단편이 모두 고등학교 교과서나 부교재에 실려 있는 것이고 보면 그들은 교과서 외에는 아무것도 읽지 않았다는 결론에 이른다.

대학입시 위주의 고등학교 국어교육이 저지른 죄과가 어느 지경에 이르렀는가를 짐작하고도 남음이 있다. 이제 고등학교 국어교육이 드넓은 독서를 권장하는 방향으로 개선되어야 하는 것은 너무도 명명백백한 일이다.

국어문체를 지배하는 세 가지 요소

현대 한국어를 사용하는 모든 한국 사람들은 20세기 한국표준어를 원만하게 구사한다는 대전제 아래, 자기가 쓰고자 하는 글의 문체를 결정하기 위하여 다음과 같은 세 가지 문제를 고려하여야 한다.

첫째는 주제主題가 무엇이냐를 거듭 확인하는 일이다. 고상하고 심오한 사상을 문제 삼으려 하면서 동요조의 운문을 사용할 수 없고, 향수에 젖은 추억을 이야기하려 하면서 관념적인 낱말로 연이은 논설조의 글을 쓸 수 없다. 동서양을 막론하고 옛날부터 내용에 따라 그에 적합한 문체가 있다는 생각을 가지고 있었다. 론論·설說·사辭·서序같은 것은 역경易經을 모범으로 삼았고, 조詔·책策·장章·주奏는 상서尙書를 바탕으로 하였으며, 부賦·송頌·가歌·찬讚은 시경詩經을 본뜨고자 하였다. 서양에서도 서사시나 비극悲劇에 쓰이는 문체를 고상한 문체라 하고, 연시戀詩나 비가悲歌에는 중간문체를 쓰고, 풍자시나 목가牧歌에는 하급의 문체를 선택하였다. 이것은 마치 경건한 의식을 진행할 때에 우리의 목소리를 장중하게 꾸미고, 흥겨운 잔치 자리에서는 다소 흐트러진 목소리를 내도 괜찮은 것과 같다.

둘째는 담화談話환경이 문체 선택에 관여한다. 가령 초등학교 학생의 어린이, 결혼 적령기에 있는 직장여성, 해외유학을 떠나는 대학 졸업생 등의 각기 다른 집단을 독자로 할 경우, 우리는 그들에 맞는 문체를 골라야 한다. 독자의 감성과 취향에 맞추어야 하는 것은 글을 쓰는 목적에도 부합하는 일이다. 이 때에 구어체口語體를 쓰느냐 문어체文語體를 쓰느냐 하는 것, 구어체라 하더라도 대화체를 쓰느냐 강술체講述體를 쓰느냐 하는 것이 문제되며, 특히 존비尊卑체계가 까다로운 우리 한국어에서는 종결어미를 무엇으로 하느냐 하는 문제도 중요한 선택의 대상이다. 어떤 수필가는 고집스럽게 '…합니다'체를 사용하는데, 그의 글에서 풍기는 겸허는 작품의 품격을 대단히 우아하게 꾸미는 것을 볼 수 있었다. '신동아新東亞'나 '주간한국'에 원고청탁을 받고 글을 쓸 때에, '소년 동아'나 '영 레이디'에 실릴 글을 쓸 때와 같은 어휘나 어조를 유지할 수는 없을 것이다. 이것은 마치 고전음악과 팝송과의 거리이거나 영산회상靈山會上과 육자배기의 거리에 비견되어도 좋을 것이다.

셋째는 글을 쓰는 개개인의 품성을 생각할 수 있다. 철따라 옷을 바꾸어 입는다 하여도 무명을 즐겨 입는 사람이 있고 비단을 좋아하는 사람이 있게 마련이다. 찬바람이 휘몰아 치는 혹한에 외투를 입고 나온다 해서 그 외투가 한결같이 똑같을 수는 없다. 천이 다르고 지음새가 다르며 색조 또한 가지각색이다. 의고체擬古體의 전아典雅한 품격이기는 마찬가지라 하여도 노산 이은상鷺山 李殷相의 글과 위당 정인보爲堂 鄭寅普의 글에 차이가 있고, 다같은 수필이라 하여도 김소운金素雲의 간명직절簡明直截함과 피천득皮天得의 간요경민簡要經敏함은 분명하게 구별된다. 우리는 똑같은 베토벤의 오케스트라를 토스카니니의 지휘로 들을 때도 있고, 카라얀의 지휘로 들을 때도 있다. 똑같은 곡목이면서도 지휘자나 연주자에 따라 그 곡조가 얼마나 감흥을 달리하는가!

개성에 따라 문체가 다른 것은 이처럼 사람마다 지니고 있는 독특한 본성에 기인하는 듯싶다. 글을 쓰는 이가 의식적으로 의도하여 만들어내는 문체가 있는가 하면 자기도 모르게 항상 이끌리는 표현방식과 구조가 있다. 글을 쓴다는 것은 글씨를 쓰거나 그림을 그릴 때에도 그렇겠지만 결코 의식영역 안에서만 만들어지는 것이라고는 볼 수 없다. 이러한 본성적 자아本性的 自我를 개성 있는 문체로 표면화되도록 글을 쓸 때에 부지런히 자신을 개방하는 일이야말로 글쓰는 모든 사람이 추구해야 할 과제일 것이다.

문장력 향상의 길잡이

젊은이들의 문장력을 걱정하는 사람이 많다. 대학교 상급반 학생들의 시험답안지를 보면 한숨이 나오고 대학원생의 보고서를 읽으면 신음이 터진다는 분도 있다. 표현력이 부족한 것은 고사하고 문법적으로 제대로 된 문장을 만들지도 못한다. 이와 같은 글짓기의 황폐화 현상은 크게 두 가지 원인에 말미암는 듯하다.

첫째는 각급 학교의 객관식 시험제도이고, 둘째는 글짓기에 대한 잘못된 통념이다. 시험답안지에 정답의 번호적기만 하다 보니 반듯한 글 한 줄 쓰기가 힘들어지리라는 것은 불을 보듯 분명하거니와 글짓기에 대해서는 어떤 오해가 있는 것일까? 그것은 '글을 잘 짓는 사람'은 타고난 재주가 있다는 생각이고, 또 좋은 글이란 감상적인 느낌을 나타내는 것이라는 생각이다. 글짓기에 대한 이러한 오해는 마땅히 시정되어야 한다.

글은 모든 사람이 고루 잘 지어야 한다. 민주사회에서는 모든 사람이 평등한 권리와 의무를 지니는 것처럼, 현대의 모든 지식인은 평등한 문자 문화를 누려야 한다. 글을 많이 쓰는 사람과 적게 쓰는 사람의 차이는 있겠지만 글의 수준은 모름지기 비슷비슷 해야 한다. 말하자면 현대의 모든 지식인은 옛날의 학자나 문장가의 반열에 들어 있어야 한다는 말이다. 그러기 위하여서는 반드시 글의 비밀을 알아야 할 것이다.

글의 비밀을 찾아내려면 두 개의 관문을 통과하여야 한다. 첫째는 말과 글은 다르다고 하는 인식의 관문이다. 말하듯 글을 쓰라고 흔히 말한다. 그러나 이렇게 가르치면 글짓기가 별것이 아니라고 생각했다가 나중에 글의 어려움을 알면 좌절하게 된다. 둘째는 끊임없는 훈련을 쌓아야 좋은 글을 얻게 된다는 수련의 관문이다.

이 둘째 관문을 통과하려면 글짓기 안내서를 한두 번쯤은 통독하여야 한다. 물론 사람에 따라 글짓기 안내서는 다양할 수 있다. 논어·맹자와 같은 동양의 고전을 글짓기의 표본으로 본뜰 수도 있다. 1930년대에는 이태준의 '문장강화文章講話'라는 책이 좋은 글을 쓰려는 사람들의 사랑을 받기도 했었다. 그러나 20세기도 저물어가는 현재, 우리에겐 좀더 체계적인 글짓기 안내서가 있으면 좋을 것이다.

30년 기자생활을 한 내 친구 ㄱ군은 글쓰기의 원칙을 다음의 네 가지로 요약하였다. 첫째 알차게 쓰기, 둘째 줄여 쓰기, 셋째 쉽게 쓰기, 넷째 학문적 성과의 도입. 그러나 이렇게 글쓰기의 요령을 자신있게 말하는 ㄱ군도 그의 책 첫머리에서 글쓰기의 어려움을 다음과 같이 고백하고 있다.

"신문기자가 된 지 25년이 지났지만 글을 쓴다는 것은 아직도 어려운 일이다. 제임스 레스턴의 말처럼 글을 쓸 때마다 '뼈를 깎는 고통'과 '피를 말리는 고심'을 떨쳐버릴 수 없다. 주제선정·내용구성·표현방법 등다. 변동하는 사회현상을 대상으로 하여 제한된 시간 안에 결정된 분량에 맞춰 써야하는 직업기자의 경우는 특히 심하다."

글짓기에 관한 한, 이솝우화에 나오는 '개미와 베짱이'는 우리에게 훌륭한 타산지석他山之石이다. 개미의 부지런함과 협동하는 행동양상을 보면서 글짓기가 '뜨거운 가슴'보다는 '냉철한 머리'에 의존한다는 것을 깨달을 수 있기 때문이다. 글짓기에 자신이 없는 모든 젊은이는 지금 당장 책방으로 뛰어가 '문장력 향상의 길잡이'가 될 글짓기 안내서를 품안에 넣어야 할 것 아닌가.

시詩를 가르치던 동네 아저씨

이제는 이름도 얼굴생김새도 기억할 수가 없다. 그 때는 '해방解放'이라고 불렀던 1945년 광복절 원년, 나는 초등학교 2학년이었는데 그 해 늦가을쯤 비로소 한글을 깨쳤다. 아버지는 커다란 백지에 '반절표'를 써서 벽에 붙여 놓으셨고 어머니는 오며가며 나를 붙들어 앉히고 '가갸거겨, 나냐너녀'를 반복하여 읽게 하셨다. 한 주일쯤 지나서는 "토끼, 까마귀, 외나무, 징검다리, 도깨비불" 같은 낱말을 별 불편없이 읽어 냈던 것 같다.

그 무렵, 학교가 파한 뒤에는 마을 뒷동산에서 동네 꼬마들과 '자치기'도 하고 '찜뿡연식 정구에 쓰이는 공으로 하는 약식 야구'이라는 공놀이도 하였다. 그 때마다 우리들의 놀이에 나타나서 싱겁게 우스운 소리도 해 가며 접근해 오는 아저씨가 있었다. 이제는 이름도 얼굴생김새도 기억할 수가 없다. 가만히 기억을 더듬으니, 그의 바지 뒷주머니에는 대학생 신분을 나타내는 사각모자가 찔러 넣어져 있었던 듯도 싶고, 저고리는 단추 다섯 개가 나란히 붙은 교복이었던 것 같기도 한데, 저고리 주머니에는 언제나 손바닥 만한 책 한 권이 꽂혀 있었다.

그 아저씨는 우리들이 놀다가 지치는 때가 언제쯤인지를 잘 알고 있었다. "얘들아, 이리 좀 와 봐, 옛날 얘기 해 줄께."

우리들은 쪼르르 몰려들었다. 아저씨는 싱글싱글 웃어가며 심청이가 강남땅 뱃놈들에게 팔려 가는 대목이며, 이도령이 방자를 시켜서 춘향이를 데려오는 장면을 몸짓 반, 말 반으로 엮어 내렸다. 우리들은 정말로 재미있어 하였다. 그러나 그 아저씨의 본강의는 그 그 다음에야 전개되었다.

"너희들 이거 내일까지 잊어버리지 않고 외우면 눈깔사탕 하나씩 준다!"
"네, 네."

우리들은 밑져야 본전이라는 심정으로 쫑알거렸다.
그리고 따라 외웠다.

〈엄마야, 누나야, 강변 살자. 뜰에는 반짝이는 금모래빛, 뒷문밖에는 갈잎의 노래, 엄마야 누나야 강변 살자.〉
〈산에는 꽃이 피네, 꽃이 피네, 가을, 봄 여름 없이 꽃이 피네…〉
〈고향에 고향에 돌아와도 그리던 고향은 아니러뇨. … 고향에 고향에 돌아와도 그리던 하늘만이 높푸르구나.〉
〈넓은 벌 동쪽 끝으로, 옛이야기 지즐대는 실개천이 휘돌아 나가고, 얼룩백이 황소가 헤설피 금빛 게으른 울음을 우는 곳, 그 곳이 참아 꿈엔들 잊힐리야.〉

이렇게 옛날 일을 회상하게 된 것은 유자효씨의 다음과 같은 글 때문이었다.

〈프랑스 초등학교의 교과목은 모두 14개인데 이 가운데 여덟 개가 국어 과목이다. 쓰기, 강독, 시, 읽기, 말하기, 글짓기, 발음, 문법, …가장 인상적인 것은 시詩가 독립된 교과목이라는 점이다. '시'시간이 되면 어린 이들은 차례로 일어서서 과제로 부여받은 시를 암송한다. 이 시들은 모두 가 명시名詩들이다. 가장 정제된 언어로 씌어진 프랑스의 명시들을 어린이 들이 외는 것이다. 때 묻지 않은 어린이들의 영혼에 시암송이 얼마나 큰 구실을 하는 것일까? …그것은 아름다운 모국어 교육이자 나라사랑 교육이요, 그리고 정서교육이 아닌가.〉

지금 생각하면, 그 동네 아저씨는 지성스럽게 우리에게 김소월金素月과 정지용鄭芝溶을 가르치고자 했었던 것이다. 그 때에 나는 외우는 재주가 별로 없었던 듯, "엄마야, 누나야", "고향에 고향에 돌아와도" 정도만 기억 했고, 또 꼭 한번 눈깔사탕을 얻어먹은 것으로 기억된다. 그것도 시구절을 제대로 외웠기 때문이 아니라 격려의 뜻으로 받은 것이 아니었나 생각된 다. 지금 살아 계신다면, 고작 칠순밖에 아니 되셨을 터인데…어디에서 무얼하고 계실까? 이제는 이름도 얼굴생김새도 기억할 수가 없다.

잃어버린 시간을 찾아서

대학에 갓 들어온 신입생들에게 입학의 느낌을 적으라는 글짓기 숙제를 냈었다. 조건은 꼭 하나, 고등학교 시절, 국어수업시간의 회상장면을 반드시 집어 넣어야 한다고 하였다. 다음은 그 예문들이다.

〈지나간 세월은 아름다운 추억이라고? 누가 그런 말을 했는지 모르지만 그 때는 입시지옥이라는 게 없었겠지. 나처럼 삼수三修를 해서 겨우 대학생이 된 처지에서는 입학의 기쁨(그래 물론 기쁘다) 그렇지만 솔직히 말하여 허탈하기 짝이 없다. 학력고사의 국어 점수를 55점 가깝게 높여 ㅅ대학교에 들어오려고 365일의 세 갑절 일천구십오일 동안 학원, 공부방, 특별과외반으로 뛰어다닌 걸 생각하면 정말로 청춘이 억울하다. 국어시간? 그건 차라리 죽이고 싶은 원수놈의 낯짝이다.〉

〈고 3 수험생시절, 특히 재수, 삼수의 세월 속에서 국어시간은 영악할 대로 영악해진 장사꾼의 눈치작전 같은 것이었다. 사지선답四肢選答형에서 조금 길게 설명이 된 듯한 답지를 정답으로 삼기, 정말로 모를 때에는 그것들만 남겨 두었다가 4등분하여 '가, 나, 다, 라'에 골고루 나누어 찍기, 이런 것도 공부라고 선생님은 진지한 표정으로 소위 요령강습을 해주셨다.〉

〈외우고 또 외우고, 나의 취약과목 국어는 골치 아픈 대상으로 낙인 찍힌 채 겨울지난 낙엽처럼 때묻고 찢어진 매력 없는 존재였다. 이야기의 줄거리면 고만이지 꼭 요 대목부터가 갈등이요, 요 대목이 절정이요 하는 데에는 질색을 할 일이었다. 창의성과 개성은 어디 갔는가? 정답만 찾으면 고만인 모의고사, 월례고사, 고사 고사 고사….〉

〈다른 과목은 남들보다 뛰어나다는 소리를 들었다. 그런데 국어만은 예외였다. 모의고사에서 깎이는 점수의 대부분은 국어에서였던 것으로 기억된다. 점수가 모든 것을 말해 주는 고 3 시절, 아마도 우리 교수님은 시조 한 수를 읊으시고 고향생각에 눈을 감는 낭만적인 수업광경을 기대하시는지는 모르지만, 우리들의 국어시간은 그게 아니다. 교수님은 몰라도 한참 모르신다.〉

나는 신입생들의 글을 읽으며 문득 『잃어버린 시간을 찾아서』라는 프랑스의 소설 제목이 생각났다. 한마디로 그들은 재수, 삼수의 일년 혹은 이 년 동안이 한결같이 아깝다는 논조였다. 좀더 세월이 흐르면 그래도 좌절과 실의 속에서 인생이 성숙한다는 해묵은 진리를 터득하면서 재수와 삼수가 그들의 인생에 낭비를 가져온 것만은 아니라는 마음이 싹틀 것이지만 지금 당장 그들의 수험준비기간이 온전히 잃어버린 시간같은 생각이 드는 모양이다. 그러나 그들은 입시준비 때의 그 지긋지긋한 점수 올리기가 가짜공부였다는 것을 인정하면서도 그렇다면 진짜공부가 무엇인지는 아직 모르고 있다. 시간을 아껴 가며 시력이 상하는 것도 아랑곳하지 않고 책 읽기에 열을 올리는 풍조는 발견할 수 없다. 고작해야

신오리 신입생 오리엔테이션 다, 개파리 개강파티, '파티'를 '파리'로 바꾸어 부름다 하여 술추럼 모임에서 목이 터지게 노래를 부르면 그것이 대학생의 낭만이라고 생각하는 것은 아닌지 모르겠다. 그들이 정말로 '잃어버린 시간'은 앞으로 전개될 대학 4년간이 될 수도 있다는 것을 어떻게 알려주어야 할 것인가?

나는 학교 마당에서 낯익은 여학생을 만났을 때, 농담섞어 이렇게 말했다.

"벌써 화장을 했어? 옛날엔 4학년이 되어야 보이는 듯 마는 듯 루즈를 칠했었는데…."

"선생님, 그 때는 재수 삼수가 없었지 않아요. 세월이 아깝거든요."

들무새와 으악새

세검정 삼거리 한쪽 길가에 '들무새'라는 간판을 붙인 다방이 있다. 처음에 이 다방 이름을 보았을 때는 '들무새'라는 이름의 새도 있는가 보다고 생각하며 무심코 지나쳤었다. 그러다가 어느 날 나는 이 다방에 들어갈 기회가 생기자, 차를 주문하고 나서 종업원에게 물었다.

"들무새라는 새는 어떤 새요?"
"네? 들무새는 새가 아닌데요."
"그래요, 그럼 외래어인가?"
"아니에요, 순수한 우리말입니다 사전에도 당당히 실리어 있는….."

나는 그 날 서녁 사전에서 '들무새'가 적힌 항목을 찾아보고서야 이 낱말의 뜻을 짐작할 수 있었다.

〈들무새 명 ① 뒷바라지에 쓰이는 물건. 무엇을 만드는데 쓰이는 재료.
② 남의 막일을 힘껏 도움. -하다. 타동〉

아마도 이 낱말은 '들무-'와 '-새'의 결합형으로 추정되는데 그렇다면
'들무-'는 '도와 주다'의 뜻을 나타내는 '들다, 거들다'와 관련이 있을 것이
고, '-새'는 '앉음새, 모양새, 걸음새, 생김새, 쓰임새' 등에 쓰이는 접미사로
보아야 되겠지만 이렇게 좋은 의미의 낱말이 세상 사람들에게서 잊혀진
까닭은 '들무새'의 필요성을 별로 느끼지 않는 이기주의적인 세태와 무관
하지는 않을 듯 싶다.

다음은 '-새'와 관련된 어떤 분의 이야기.

흘러간 노래에 '아아 으악새 슬피 우니 가을인가요'라고 시작되는 가사
가 있다. 이 노래말을 들을 때마다 나는 으악새가 어떤 새인지 궁금했다.
처음 듣는 새 이름일 뿐만 아니라, 그 이름이 재미있다고 생각되었기
때문이다. 우리 나라 새 이름은 새의 울음소리를 흉내낸 의성어를 그대로
붙인 경우가 많은데 그렇다면 '으악새'는 '으악, 으악'하고 운단 말인가?
'으악'소리는 비명에 가까운 것이데, 어째서 슬피 운다고 했을까? 이러한
궁금증을 오래 풀지 못하고 있다가, 어느날 문득 '으악새' 생각이 떠올라서
그 항목을 찾아보고는 깜짝 놀라지 않을 수 없었다.

〈으악새 명 〈방언〉 억새.〉
〈억새 명 〈식물〉 포아풀과에 속하는 다년초, 짧고 굵은 뿌리에서 무리지
어 돋아나는 줄기는 높이 1~2m이고, 잎이 폭이 1~2cm의 길다란 모양임.
7~9월에 자색을 띤 황색꽃이 길이 20~30cm의 방상(房狀) 원추화서(圓錐

花序)로 피는데 작은 꽃 이삭은 길이 5~7mm임. 산이나 거친 들판에 나며 한국·중국·일본 등에 분포함.)

　이렇게 우리들은 많은 낱말들을 무심코 보아 넘기고 들어 넘긴다. '들무새' 사건은 생소한 낱말이니까 무시해 버린 경우이고 '으악새' 사건은 사투리로 변조된 낱말이어서 제멋대로 해석하고도 태평스레 지낸 경우이다. 그런가 하면 자기도 모르는 사이에 형성된 이상한 선입견에 사로잡혀 어떤 낱말을 오해하여 무식함을 고집하는 경우도 있다. 어떤 이는 아주 오랫동안 '다시마'는 일본말이요 '곤포昆布'가 우리말인 줄 알았다고 하는가 하면, 또 어떤 이는 '에누리'가 역시 틀림없는 일본말로 믿고 있었다고 말했다. 그들도 어느 날 '다시마'와 '에누리'의 정확한 우리말을 알고 싶어서 사전을 찾아보고서야 "업은 아이 삼 년 찾은 격"이 되었다고 그 때의 놀랐던 심경을 고백하였다.

　이러한 현상들은 왜 생기는 것일까? 크게 보면 나라말을 가볍게 여기는 풍조 때문일 수도 있겠고, 국어교육이 철저하지 못하여 사전을 가까이에 두고 의심날 때마다 찾아보고 확인하는 버릇이 생기지 않은 탓이라고 할 수도 있겠다. 그 모두가 어른이 된 지식인의 책임이요, 또한 국어를 가르치는 나같은 이들의 부족한 정성 때문이 아닌가?

선조들의 십계명

　말을 잘하는 것보다는 행실을 바르게 갖는 것이 우선하여야 한다는 것을 우리 조상들은 강조하였다. 참된 삶의 길이 행실에 있는 것이지 말하기에 있는 것이 아니기 때문이었을 것이다. 아마도 그것은 동양사상의 가장 핵심적인 요소인지도 모른다. 공자님은 논어論語에서 '강의목눌 근어인剛毅木訥 近於仁'이라 하여 말을 조심하고 삼키는 행위[訥]가 어진 사람의 속성임을 강조하셨고, 또 '교언영색 선의인巧言令色 鮮矣仁'이라 하여 말재주 부리는 짓[巧言]은 결코 어진 사람에겐 발견되지 않는다고 힘주어 말씀하셨다.

　이처럼 말하기를 뒷전으로 돌리고 바른 행실을 앞세우는 사상은 우리 민족이 성현聖賢이 되기를 갈망하는 심성心性과 함께 면면히 이어 내려온 아름다운 전통이 되었다. 그 대표적인 예로 우리는 율곡栗谷이이李珥의 '격몽요결擊蒙要訣'에서도 발견한다. '어리석음을 깨뜨리고 진리의 길로 들어가는 지름길'이라는 뜻의 이 책을 읽노라면 구레나룻이 허연 할아버지가 어린 손자를 앞에 앉히고 오군조군 타이르는 모습을 보는 것 같다.

거기에는 열가지의 행동지침이 밝혀져 있다. 이것을 일컬어 율곡의 십계명, 더 나아가 선조들의 십계명이라 하면 어떨까 생각되기도 한다.

이 책은 다음과 같은 서문으로 말문을 연다.

"사람이 이 세상에 태어나서 배우지 아니하고는 사람다울 수 없다. 배운다는 것은 별다른 것이 아니다. 아비가 되어서는 사랑해야 하고, 아들이 되어서는 효도해야 하고 신하가 되어서는 충성해야 하고 부부가 되어서는 본분을 지켜야 하고 형제가 되어서는 우애가 있어야 하고 젊은이는 어른을 공경해야 하고 친구가 되려면 믿음이 있어야 하는 것이다. 모두가 일상생활을 하는 가운데 경우에 맞추어 올바름을 찾을 뿐이지 현묘玄妙한 데에 마음을 쏟으며 기특한 효과를 바라는 것이 아니다."

그리고 다음과 같은 열 가지 조목으로 행동지침을 밝히고 있다.

1. 입지立志 : 뜻을 세움
2. 혁구습革舊習 : 나쁜 버릇을 고침
3. 지신持身 : 바른 몸가짐
4. 독서讀書 : 책을 읽음
5. 사친事親 : 부모님을 섬김
6. 상제喪祭 : 장례를 치름
7. 제례祭禮 : 제사를 지냄
8. 거가居家 : 집안생활
9. 처세處世 : 사회활동
10. 접인接人 : 인간관계

열 가지 가운데 어느 것 하나 버릴 것이 없다. 장례와 제사가 현대사회에서 불필요하게 되었는가? 아니다. 다만 형식적인 절차는 변했을지 모르지만 그 근본정신에는 변함이 없다.

자, 이제 기능위주로 흘렀던 말 잘하기의 오늘날 교육이 왜 잘못 되었는가를 곰곰이 반성하여 보면서 율곡의 말씀에 귀 기울여 보자.

"세운 바 뜻이 정성스럽지 않은 채 날만 보낸다면 종신토록 무엇을 성취할 것이냐?…부귀를 부러워하며 빈천을 싫어하며 나쁜 옷을 입고 나쁜 음식을 먹는 것을 부끄럽게 여기는가?…의복은 화사할 것이 아니라 추위를 막게 할 뿐이며 음식은 감미로움을 찾을 것이 아니라 주림을 채우게 할 뿐이며 거처는 안일할 것이 아니라 병나지 않게 하면 될 것이다. …나를 훼방하는 사람이 있으면 반드시 돌이켜 스스로 반성하여, 만일에 나에게 참으로 훼방받을 행위가 있었다면 스스로 꾸짖어 잘못을 고쳐야 하지 않겠는가? 만일 나에게 허물이 없는데 잘못을 꾸몄다면 그가 망녕된 사람일 뿐이니 그런 사람에게 어찌 거짓과 참을 따지랴. 헛된 비방은 스치는 바람이거나 허공에 뜬 구름과 같으리니 나에게 무슨 상관이 있으랴."

5장

언어생활과
언어예절

언어생활과 언어예절

사전에 없는 낱말
사골탕, 그리고 갈비와 도가니
'문화'의 의미 한계
말버릇 · 말장난 · 말놀음
우리말 학술용어가 자리 잡지 못하는 까닭
낱말의 낯가림
정중하던 옛 전통 사라지고
'안팎밀이' 문에서 만난 소녀
언어예절의 현주소
표준어를 배우기가 힘든 사람들

사전에 없는 낱말

　올바른 언어문자생활을 위하여 깊이 생각하고 노력하는 분들이 많다는 것은 민족문화의 건전한 발전을 약속하는 아름다운 조짐이라고 생각된다. 며칠 전에는 어느 시골 초등학교 교사로부터 다음과 같은 편지를 한 통 받았다.

　"…제가 우연히 읽게 된 책에 문제점이 있는 낱말이 있어서 이 글월을 드립니다. 서양 사람의 저서를 번역한 것이었는데, 책표지에 '감역 아무개'라고 적혀 있었고, 책의 끄트머리에는 '감역을 마치고'라는 글이 발문의 형식으로 들어 있었습니다. 저는 '번역'이 아니라 '감역'이라고 되어 있는 점이 수상쩍어서 '감역을 마치고'를 읽어 보았습니다. 거기에는 다른 사람이 번역한 것을 감수監修하였다는 내용이 있었습니다. 저는 그 때에야 '번역도 감독을 하는구나'하는 것과 '그 감독자가 번역자를 대신하여 이름을 낼 수도 있구나'하는 것을 알았습니다. 그리고 우리말 사전을 찾아보았더니 '감역監譯'이라는 어휘항목을 찾을 수 없었습니다. 그래서 이 글월을 드립니다. 사전에도 없는 낱말을 그렇게 함부로 쓴다면 우리들의 어문생활은 어찌 되는 것입니까? 선생님의 의견을 듣고 싶습니다."

나는 이 편지를 받고 아직까지 회답을 드리지 못하고 있다. 왜냐하면 그분은 '감역'이라는 낱말의 뜻을 몰라서 묻는 것도 아니고, '감역'이라는 새 낱말을 만들어 사용할 수도 있다는 사실을 몰라서 묻는 것도 아니었기 때문이다. 짐작하건대 그분은 실제로 번역한 사람이 비록 번역실력이 부족하여 다른 사람의 도움을 받았더라도 원래의 번역자 이름을 밝혀야 마땅한 일인데, 그렇게 되지 않은 것에 대해 일종의 분노 같은 것을 느끼지 않았나 싶다. 그렇다면 감역을 했다는 당사자에게 편지를 보내야 했을 것이다. 나는 그 편지의 내용을 상상해 보았다.

'여보시오, 사전에도 없는 새 낱말은 아무나 쓰는 것인 줄 아시오? 그것은 적어도 덕망이 있고 유능한 작가가 새로운 표현을 창조할 때에 자연스럽게 만들어지는 것이오. 일반 언어대중들은 그런 낱말이 생길 수밖에 없었던 필연성에 공감할 때에만 사용할 수 있는 것 아니겠소? 아마 손아랫사람에게 힘든 번역을 시킨 모양인데, 그 번역을 한 사람의 이름은 왜 밝히지 않은 것이오? 번역자가 당신의 제자이거나 학생이라 해도 그런 태도는 부당하기 짝이 없는 것이오. 당신이 스스로 번역을 한 것처럼 '번역 아무개'라 하지 않은 것을 그래도 양심적이라고 보아 줄까요? 정신문화활동에 당신의 짓과 같은 난폭행위가 지속되지 않기 위해서 충고의 글을 쓰는 것이니 깊이 반성하셔서 앞으로는 밝고 깨끗한 문화풍토가 정착되도록 힘을 보태주시오. 부탁이오.'

이렇게 쓰고 싶었던 것은 아닐까? 그러나 그분은 감역자에게 편지를 보내지 않고 우리말을 공부하고 가르치는 나같은 사람에게 가벼운 푸념의 형식으로 글월을 보냈다. 그분의 완곡한 표현방식과 고운 마음씨가 고맙기 그지없다.

세상 사람들의 약점이 되는 아픈 상처를 직접 건드리지 않고 그 아픔을 고칠 수 있다면 그것처럼 좋은 일이 어디에 있겠는가? 그래서 그분은 나를 선택하여 사전에 없는 낱말을 만들어 쓴다는 것이 얼마나 외람된 일인가를 넌지시 세상에 알리려고 하였다. 나도 또한 그분의 방식을 흉내 내어 이렇게 글을 쓰지만 내 경우는 그분의 고운 마음씨를 세상에 널리 알리고 싶은 욕심 때문이니까 그 분이 이 글을 보면 고만 어처구니없다는 듯 허허 웃고 말 것이다.

사골탕, 그리고 갈비와 도가니

일상생활에서 범상하게 보아 넘기기 때문에 잘못 알고, 잘못 쓰는 낱말이 얼마나 많은가를 깨닫고 조심하는 사람은 그렇게 많지 않을 것이다. 며칠 전, 오랜만에 고향친구를 만나 점심을 같이 하였다. 우연히 알게 된 집인데 음식맛이 각별하다면서 인도한 곳은 '사골탕'이라는 것을 전문으로 하는 뚝배기 집이었다.

"자네, 이렇게 맛있는 사골탕을 먹어본 적 있어? 사골이라 하면 넉 사四에 뼈 골骨일 터인즉, 네 가지 뼈를 골고루 넣은 곰국이라는 뜻 아닐까?" 이렇게 묻더니 내 대답도 기다리지 않고 "아마, 머리·등·다리·꼬리쯤 되지 않을까?"하고 대답을 하는 것이었다.

"그렇게 자기가 묻고 대답하려면 묻긴 왜 물어?" 이렇게 나는 웃으며 대답하는 수밖에 없었다. 모처럼 만나서 즐겁게 사골탕을 얻어 먹는 자리에서 '사골은 네 개의 소 다리만을 가리키는 것'이라고 아는 체를 할 수는 없었기 때문이었다. 그러나 소뼈가 화제에 오른 것을 기회로 삼아 뼈에 얽힌 내 경험 하나를 이야기하게 되었다.

"소가 사람에게 유익한 동물이란 것은 두말 할 필요도 없는 일인데 말야. 그처럼 유익하고 친숙한 소 덕분에 인간의 품격이 떨어지는 경우가 생긴다면 자네는 소에 대해 어떤 감정을 가지겠나?"

나의 서론은 사뭇 거창하고 진지했다.

나는 지난 음력 칠월 칠석날 십오 년 전에 돌아가신 나의 장모님을 이장移葬하였다. 무덤을 파헤치고 탈골脫骨이 된 뼈를 하나하나 조심스럽게 걷어 올리는 작업은 임종을 보지 못해 늘 죄 의식을 지니고 있던 아내에게는 그 죄스러움을 씻어 내는 정서적 예식이기도 하였다. 뼈마디가 차례차례 올라왔다. 그 때마다 그것은 돌아가신 분이 생전에 우리에게 남겨 주신 말씀과도 동일시되었고 혹은 돌아가신 분과 함께 했던 추억의 마디들과도 동일시되어, 우리들 자손은 백지 위에 다시 조립되는 유골이 마치 '타임머신'을 타고 찾아온 스무 해 전 살아 계실 적의 장모님인 양 정겨워하였다. 나의 아내는 생전의 어머니에게 하듯 "팔이 잘못 놓이면 불편하시겠지? 머리도 편안하게 눕혀 드려야지" 하면서 뼈마디들을 쓰다듬었다.

그 때, 작업을 하던 일꾼 한 분이 혼잣소리처럼 중얼거렸다.

"갈비는 다 나온 것 같은데 도가니가 하나 안 보이네."

이 말을 듣는 순간, 소뼈에 대하여 붙이던 그런 명칭과, 그것들로 만든 음식이 연상되어 고만 돌아가신 분께 송구하다는 생각이 번개처럼 내 가슴을 때렸다. 나는 짐짓 못들은 척하며 먼 산을 올려다 보았다. 나의 아내도 나와 같은 느낌이었던 것 같다.

"여보, 날씨가 좋아서 작업하여 모시기가 참 수월하네요." 이렇게 딴청을 피웠다. 그러나 결국 성미 팔팔한 내 딸아이가 한마디 하는 통에 그 말이 표면화하고야 말았다.

  "아저씨, 그렇게 말씀하시면 우리 할머니께 불경不敬스러운게 되지 않아요? 자손들을 보아서 예의를 갖추어 말조심을 하시는 게 이런 일에 종사하시는 분들의 기본 도덕 아니에요?"

핀잔을 듣고 난 뒤에야 일꾼들은 '도가니'를 '무릎관절'이라 바꾸어 불렀고 '갈비'를 '늑골뼈'라 고쳐 불렀다.

이제야 알 것 같다. 우리 나라 옛날 어른들이 동일한 사물에 대하여서도 경우에 따라 존대의 표현이 되는 낱말을 따로 마련해 두었던 이유를.

'문화'의 의미 한계

며칠 전 신문에는 일본의 폭력배들이 그들의 조직망을 넓히며 한국에까지 진출했다는 기사를 다투어 실었다. 그런데 거기에는 커다란 활자로 '폭력문화暴力文化전염'이라는 제목이 붙어 있었다.

나는 평소에 '향락산업'이라는 말은 향락을 부추겨 돈벌이를 하는 것을 나타내는 말이니 '향락 돈벌이'라 하고, '퇴폐문화'는 역시 퇴폐를 조장하는 사회분위기를 뜻하는 것으로 보아 '퇴폐풍조' 정도로 쓰면 좋겠다는 생각을 해 오던 터라 '폭력문화'라는 활자를 보자 울컥 울화가 치밀었다. 신문에 쓰이는 용어는 시사성時事性이 있는 것이라 한두 번 쓰이다가 사라지는 수가 있기는 하지만 아무리 그렇더라도 '문화'라는 말 앞에 '퇴폐'는 물론 '폭력'도 올 수 없는 것 아닌가 하는 생각을 하다가 우선 우리말 사전을 찾아보기로 하였다.

〈문화 몡 ① 인지(人智)가 깨고 세상이 열리어 밝게 됨 ② 권력이나 형벌보다도 문덕(文德)으로써 가르쳐 이끌음 ③ 인간이 자연상태에서 벗어나 일정한 목적 또는 생활 이상을 실현하려는 활동의 과정 및 그 과정에서 이룩해 낸 물질적·정신적 소득의 총칭. 특히 학문·예술·종교·도덕 등 인간의 내적 정신활동의 소산을 말함.〉

이러한 사전의 뜻풀이에 따른다면 '문화'는 적어도 도덕적 선善을 추구하려는 인간의 의지가 반영되어 있다. 따라서 그것은 궁극적으로 긍정적 가치평가를 할 수 있어야 한다. 말을 바꾸어 보면 '문화'는 사회가 허용하는 윤리적 테두리 안에서 새로운 정신적 가치를 창조함으로써 기쁨을 누리고자 하는 일체의 행동양태라고 포괄적으로 규정할 수 있을 것이다. 그러니 의식주衣食住와 관련된 생활 전반의 어떤 소재의 낱말도 문화 앞에 놓일 수가 있다. 저고리문화, 신발문화, 김치문화, 된장문화, 벽돌문화, 종이문화,… 이렇게 늘어놓다 보면 안 되는 말이 없을 것 같다. 그러나 '퇴폐'와 '폭력'은 곤란하다. 만일에 '퇴폐문화'와 '폭력문화'라는 말이 부담없이 받아들여진다면 그 다음에는 '범죄문화' '살인문화'라는 말도 괜찮은 말이 될 것이다. 그렇게 될 때에는 '문화'라는 낱말의 뜻풀이도 달라져야 하고, 사전을 고쳐 써야 할 것이지만, 그러기 전에 이미 이 세상이 '폭력'과 '퇴폐'로 말미암아 몰락하고 난 뒤일 것이므로 사전을 고쳐야 할 고민을 하지 않아도 좋을 것이다.

우리들 말言語을 다루어야 하는 사람들은 무엇보다도 언어에 대해 깊은 경외심을 지녀야 한다. 명의名醫는 병을 잘 고치는 의사를 말하는 것이 아니라 치유治愈의 최종 마무리는 하느님 손에 있음을 깨닫고, 환자와 더불어 하느님 앞에 무릎을 꿇는 사람을 일컫는다 한다. 훌륭한 학자는 지식이 풍부하고 저술을 많이 한 사람을 가리키는 것이 아니라, 인격의 완성만이 학문적 업적과 교육적 성과를 판가름하는 궁극의 도달점임을 인식하면서 영원한 학생이기를 자처하는 사람을 뜻하는 것이라 한다.

이러한 논법으로 말한다면 바람직한 언론인은 무어라 하면 좋을까? '무관無冠의 제왕帝王'이라는 낡은 표현은 지나간 시대의 전제군주를 내세움으로써 권력지향의 냄새를 풍기니 사양할 것이고 '민중의 목탁'이라는 말도 일반 대중을 앞장 서서 이끌어 간다는 구시대의 계몽주의 사상을 반영하기 때문에 좋아하지 않을 것이다. 그렇다면 그들은 단지 "언론이 '폭력'으로 변하지 않기를 염원하는 겸손한 '문화인'"이라 할 수 없을까?

말버릇 · 말장난 · 말놀음

오늘날의 기성세대는 대개 집안 어른들의 '잔소리'라는 것을 통하여 가정교육을 받았다. 당장은 듣기 싫은 소리요, 또 때로는 말뜻도 분명히 모르는 것이어서 '잔소리'라 하지만 실은 그것이 "약藥"이요, "힘力"이라는 것을 자라면서 깨닫게 마련이었다.

내가 어려서 자주 듣던 잔소리는 "신언서판身言書判이 반듯해야지." 한다든가. "신언서판이 사람을 알아보는 첩경이니라."하는 말씀이었다.

그것은 몸가짐이나 말하기에 각별한 조심을 당부하는 것이라고 막연히 이해하고 있었다.

코흘리개 시절부터 이런 위압적인 수신修身교육을 받았으니 친구들 틈에 끼어 재치있는 농담 한마디 못하는 것은 당연한 일인지도 모른다. 그렇다고 남들의 해학적인 말솜씨에 웃지도 못하는 꽁생원은 아니지만 농담이나 말장난이 정도에 지나치다 싶으면 심기心氣가 불편해지는 엄격 주의자라는 것 또한 속일 수가 없다. 그래서 내 기준에 의하여 지나치다고 생각된 오늘날의 말쓰임 세 가지를 고발하라면 첫째는 헤픈 말버릇이요,

둘째는 뒤틀린 말장난이요, 셋째는 현학적衒學的인 말놀음이다.

'헤픈 말버릇'은 주로 보도해설을 직업으로 하는 분들이 빠지기 쉬운 함정이다. "막 시작되기 직전입니다." 한다든가 "둘 다 3백 20점으로 거의 비슷합니다."라는 표현을 거침없이 내뱉는다. 준비된 원고가 없이 순발력을 발휘해야 하는 현장중계에서 무슨 말이건 쉬지 않고 꾸며대야 하는 긴박한 사정은 충분히 이해된다.

그러나 정말로 조심할 일은 차라리 잠시의 침묵으로 불안한 휴식을 줄지언정 아무 말이나 토설하여 시청자의 언어감각을 마비시켜서는 안 될 것이다.

'뒤틀린 말장난'은 웃기기를 직업으로 하는 익살꾼개그맨이나 우스개꾼코미디언들이 빠지기 쉬운 함정이다. 우스꽝스러운 표정이나 몸차림을 뺀다면 이야기가 되지도 않는 말을 주고받는 경우가 많아서 우습기는커녕 오히려 어색하고 민망할 때가 많은 것은 논외로 덮어 주자. 우리가 그들의 말재롱에 파안대소하는 때는 대체로 인간의 해맑은 심성을 바탕으로 했을 때이다. 지난해 언제인가 잠시 인기를 끈다하더니 세상에 빈축을 사고 사라진 이야기 쇼토크쇼의 사회자 자니 무언가 하는 분은 은밀한 사석에서나 할 수 있는 음담패설을 거침없이 브라운관 속에 쏟아 붓기도 했었다. 전파 매체를 통하여 세상에 독毒을 뿌린 격이었다.

'현학적인 말놀음'은 공부 많이 한 사람, 지도층에 있는 분들이 빠지기 쉬운 함정이다. 처음부터 속여 먹기로 작정을 하고 덤비는 못된 정치인들의 수사적修辭的 기교는 역시 논외로 한다. 오히려 고뇌에 찬 양심적인 말일 때에 문제가 되는 것이다.

얼마 전 어느 원로학자는 텔레비전 신춘대담에서 '마음을 비운다'는 말이 대단히 위엄한 표현이라고 꼬집었다. 왜냐하면 마음은 언제나 어떤

사념이나 의지로 채워지기 마련인데, 마음을 비운 다음에 청정심淸淨心과
공의심公義心으로 만드는 것이 아니라 탐욕貪慾과 사심私心을 채우기 위하
여 '마음을 비운다'고 말하는 것 같다고 개탄하셨다.

　이 말씀은 물론 지도층 인사들의 잘못된 마음가짐을 공격하기 위하여
사용한 말씀이지만 '마음을 비운다'는 표현의 일상적인 의미를 부정하고,
지나치게 깊은 분석을 함으로써 의미해석에 혼란을 일으키게 하였다.
'마음을 비운다'는 말은 언제까지나 청정淸淨과 공의公義에 바탕을 두고
있어야 할 것 같다.

　얼마나 말하기가 조심스러운가! "말하고 살기가 살얼음 밟기 같다."
하신 어린 시절 어른들의 말씀을 그리워하면서 나는 오늘도 여전히 우리집
아이들에게 눈총받을 잔소리를 준비한다.

　"신언서판이 반듯해야지!"

우리말 학술용어가 자리잡지 못하는 까닭

미국에서 공부하고 돌아온 자연과학도들이 나에게 들려준 농담 한마디.

"우리들이 한국에서 공부할 때하고, 미국에서 공부할 때의 가장 큰 차이가 무엇인지 아세요?"

"글쎄, 미국에선 영어를 쓰고 한국에선 한국말을 쓰는 것이겠지 뭘."

"천만의 말씀이세요. 영어단어에다 우리말 토를 붙이는 것은 한국에서나 미국에서나 똑같은 말버릇이고요 다만 다른 것이 있다면 미국에선 시험답안지에 알파벳으로 이름을 적고 한국에선 한글로 적는 정도가 다른 것이랍니다."

이 이야기는 새롭게 발전하는 자연과학 분야의 전문용어가 우리말로는 거의 표현되지 않는다는 사실을 밝히고 있다.

하루가 다르게 발전하는 선진 과학의 첨단적인 학술용어가 우리말로 적절하게 표현할 수 없다는 것은 당연한 현상이라고 생각할 수도 있다.

그러나 민족문화의 토대를 든든하게 다지려면 첨단과학의 학술용어라 할지라도 끊임없이 우리말로 바꾸는 작업을 해야 한다. 지난 반 세기 동안 우리는 그러한 서양말의 번역에 게을렀기 때문에 지금 외래어 남용이라는 언어의 오염상태에서 헤어나지 못하고 있는 것이다.

전문용어가 아니면서도 언론매체나 지식인들이 즐겨 쓰는 유행어 몇 개를 검토해 보기로 하자.

> **'노 하우'** : 고도의 기술정보시대에 새로운 제품을 생산하는 방법, 기법, 또는 비법秘法을 뜻하는 것 같다. 영어의 Know how어떻게 하는가를 알다에서 온 것으로 일본사람이 즐겨 쓰는 국적 불명의 유행어이다. 쉽게 말하여 '방법'이요, 기교를 부려 표현해보았자 '비밀스런 기술'비술: 秘術 정도면 될 것을 '노 하우'라고 고집하여 쓸 이유가 있는지 모르겠다.
>
> **'바 코드'** : 상품의 국적과 품명과 가격을 표시하는 막대기 부호bar code이다. 공장에서 재고를 파악하거나 큰 상점에서 여러 가지 물건값을 합산할 때에 전산기는 이 부호를 빠른 속도로 읽어내기 때문에 우리 나라에서도 그 이용이 확산되고 있다. 영어가 정착하기 전에 '막대부호'라는 우리말이 통용되었으면 좋겠다.
>
> **'엠 브이 피(M.V.P.)'** : 체육계의 용어로서 '가장 값나가는 사람most valuable person'의 머리글자를 모은 영어낱말이라고 한다. 영문학을 하는 내 친구도 고개를 갸웃거리던 낱말인데 신문의 체육란에는 하루가 멀다 하고 사용된다. '최우수 선수'라는 아주 좋은 우리말을 두고도 꼭 영문으로 M.V.P.라고 적어야 국제체육계에서 낙오가 되지 않는 것인지 모를 일이다.

이런 식으로 검토해 보면 지금 우리가 당장이라도 버려야 할 외국어 낱말은 엄청난 숫자에 이를 것이다. 그러나 그러한 낱말들을 찾아내어 정리하는 작업을 펴기 전에 먼저 해야 할 일이 한 가지 있다. 지식인들이 지녀야 할 건전한 국어의식이다. 민족언어자산을 메마르게 하는 헤벌어진 국어의식을 가진 지식층이 있는 한 국어순화니 국어의 발전이니 하는 것은 기대할 수가 없기 때문이다.

며칠 전 텔레비전에서는 새로이 재상宰相으로 인준될 것이라는 정부의 높은 분이 다음과 같은 실수를 의젓하게(?) 범하고 있었다.

> "그것이 모두 국민들의 포켓에서 나오는 것 아닙니까? … 생산 코스트가 높아지니까 물가가 오르는 것이고…."

그분이 '주머니'나 '비용'이라는 우리말을 몰랐을 리는 없다. 문제가 있다면 그분이 평소에 얼마나 국어사랑에 관심을 쏟고 있었냐에 있는 것이다. 정부차원의 국어정책에 기대를 갖고 있던 분들은 새 재상감의 텔레비전 대담을 들으면서 얼마나 서운하였을까?

낱말의 낯가림

사람들은 대체로 낯을 가린다. 그것은 친숙한 이웃끼리 어울리고자 하는 사회적 현상의 하나이다. 유유상종類類相從이라는 말도 낯가림의 또 다른 표현이다. 순박한 어린이일수록 더 많이 낯을 가린다. 수줍어하기 때문인데 이 수줍음은 긍정적으로 해석한다면, 동질적인 집단 안에서의 친화력이 이질적인 집단에 대해 거부반응을 보이는 것이라고 할 수 있다. 젖먹이 어린이들은 이 낯가림이 더욱 심하다. 낯선 사람은 대면할 수도 없을 만큼 어리고 순수하기 때문이다. 그러니까 순수하면 순수할수록 낯가림은 심해진다.

인간의 성숙은 이 낯가림의 한계를 극복하고 어울림의 폭을 넓혀 가는 일인지도 모른다. 그러나 낯가림을 이겨 낸다고 해서 무분별하게 아무하고 나 어울리는 것은 아니다. 취향이 다른 사람, 이념이 다른 사람, 도덕적으로 결함이 있는 사람과는 어울리고자 하지 않는다. 이것은 자신의 동질성同質性 혹은 고유성을 지키고자하는 본성의 발로이다.

"성姓을 갈면 갈았지 그런 일을 못해요." 이 말은 이 세상에 아무리 나쁜 행동이라 할지라도 그것이 자신의 동질성을 파괴하는 일보다는 나은 것임을 나타낸다. 인간에게 순수하고자 하는 욕구가 얼마나 강렬한가를 짐작해 볼 수 있다.

인간의 생리를 쏙 빼닮은 언어에도 낯가림 현상이 있다. 물론 특별히 낯가림이 심한 낱말이 있고 그렇지 않은 낱말이 있다. 낯가림이 심한 낱말은 사람으로 치면 순수하기 이를 데 없는 어린아이요, 동질성을 고집하는 순결주의자인지도 모른다. 그렇게 낯가림이 심한 낱말은 그 성품에 맞추어 써야 한다. 그것이 그 언어에 대한 예우요, 그 언어를 부리는 주인의 자세다.

얼마 전 텔레비전을 볼 때의 일이다. 인물을 소개하는 대담 프로에서 진행자가 말했다. "○○○ 씨는 10여 년간 미국에 유학하고 최근에 귀국한 재원才媛으로서…" 그 뒷말이 화려한 수식어로 이어졌다. 그런데 그렇게 소개된 인물의 주인공은 놀랍게도 여자가 아니라 남자였다. 그 프로의 진행자는 '재원'이라는 낱말이 '비범한 재능의 젊은이'쯤으로 알았던 모양이다. 그 며칠 뒤, 같은 프로에서 또다시 그 진행자는 나이 지긋한 중년의 신사에게

"자식子息은 몇 분이나 두셨습니까?" 하고 의젓하게(?) 묻는 것이었다. 남의 자녀子女를 높여서 일컬을 때에는 '자제子弟'라고 해야 한다는 것을 모르기 때문이었다. '수재秀才와 재원才媛, 자식子息과 자제子弟' 이러한 한자어는 동의관계同意關係의 낱말이니까 이제는 아무렇게 써도 괜찮은 것인가? '밥과 진지, 나이와 연세年歲, 묻다와 여쭈다' 이러한 낱말도 함부로 섞어 써도 된다는 말인가? 나는 30여 년 우리말을 가르친다고 하면서 무엇을 하였는가?

"모든 낱말은 그 낱말이 지시하는 대상이나 문맥상황에 따라 서로 어울리는 것이 있고, 어울리지 않는 것이 있습니다. '진지'는 '잡수시다'와 어울리고 '밥'은 '먹다'와 어울립니다. 이런 것을 낱말의 선택제약選擇制約이라고 합니다. 낱말의 낯가림이라고나 할까요?"

수업중에 수백 번, 아니 수천 번을 반복하였을 이 말을 나는 입 속으로 중얼거리면서 텔레비전을 끄고 말았다.

이제는 누가 "할아버님 대갈님에 검불님이 붙었어요."라고 말해도 아무도 웃지 않을 세상이 되었다.

국어교육이여! 국어의 장래여!

정중하던 옛 전통 사라지고

　나는 나보다 열두 살이나 나이가 많은 생질甥姪 : 누나의 아들이 있다. 내가 어릴 적에 그 조카님은 우리집에 와서 나를 보면 으레 "애기삼촌 공부 잘 하세요? 요새는 아프지 않으시죠?" 이렇게 말했고 나는 "조카님, 그 동안 평안하셨어요? 누님도 건강하시지요?" 이렇게 서로 높임말을 사용하였다. 아버지는 늘 "남이라면 10년 장일 때나이 많을 때 부모뻘 대접을 하는 것이니, 상경相敬 : 서로 높임말을 씀의 예절을 지키는 것이 옳으니라" 고 말씀하셨었다. 우리들 숙질간이 이제 50대와 60대의 중반을 넘겼지만 어린 시절의 말버릇은 여전할 뿐 아니라 그러한 말씨에서 더욱 은근하고 도타운 정을 느끼기까지 한다.

　또 나는 나보다 꼭 열 살 나이 많은 매부妹夫 : 누이동생의 남편가 있다. 내 누이가 나보다 두 살 아래니까 그들 부부는 12살이나 차이가 난다. 그들 부부는 농담으로 띠동갑이라면서 급할 때는 서로가 반말 비슷한 말씨를 사용하는 경우가 없지 않지만, 그들은 원칙적으로는 서로 "허우"를 한다. 나와 매부 사이에서도 "허우"가 사용된다. 처음엔 내가 높임말로

"해요"체를 사용했으나 저쪽에서 공대말을 듣기가 겸연쩍다고 해서 '허우'
가 되어 버렸다. "허우"는 우리 나라 중부 지방에서 사용하는 "하오"체의
변형으로 반말보다는 높임의 분위기를 살리고 또한 친숙미를 보태는 특이
한 말씨이다.

이러한 말버릇에 익숙한 나는 며칠 전 어느 대학교 게시판에서 나의
언어세계와는 너무도 동떨어진 광고문을 접하게 되었었다.

> 〈91년 퇴물 몰아내기속칭 졸업생 환송회 으흠, 기억을 더듬어 보자, 91년
> 새내기들에게는 병아리 점고신입생환영회를 세 번이나 해 주었으니 이번에는
> 퇴물들을 폐기처분해야 한단 말이것다. 가만 있어라. 퇴물에 속하는 부류가
> 누구누군고? 88학번이면서 우리 캠퍼스에서 밀려날 사람, 또 그 이전 학번
> 이면서 미적미적 궁둥이가 무거운 사람, 꽤 많도다. 우쨋거나 88이전에
> 속하는 모든 이를 폐기처분해야 쓰겄다. 그런데 시간과 장소는 어디던고?
> 문화부장은 날짜, 시간, 장소 및 ₩를 요 밑에 적으렸다.〉 — ○○학과
> 학생회

이 광고글을 읽은 학생들은 필경 재미있고 재치있는 글이라고 좋아하였
을 것이다. 서로서로 마음이 통하고 뜻이 맞아서 킬킬거리며 무슨 명문이
나 짓는 줄 착각하면서 이런 글을 썼을 것이라고 생각되기 때문이다.
그러나 나는 이 광고를 보는 순간, 얼굴에 핏기가 가시고, 가슴속에서는
분노와 울화덩어리가 치받치는 것을 느껴야 하였다.

대학생이라면 모두 스무 살 안팎의 혈기왕성한 청년이요, 민족과 국가
의 장래를 생각하며 스스로 어른스러움을 다져 나갈 때가 아니던가? 돌이
켜 보면 바로 그들이 비통한 목소리로 비민주적인 정치현실에 항거하여
화염병을 던지며 시위를 일삼았던 장본인이 아니던가? 스스로 우국 청년

을 자처하며 기성인들을 매도하던 그 목소리와, 키들키들 웃어 가며 공적公
的인 광고에 익살과 재치놀음의 말장난을 하는 목소리가 아무리 생각해도
같은 사람이라고는 할 수 없을 것 같았다. 그러나 그들은 엄연히 동일한
집단이요, 동일한 사람들이다.

물론 장난기 어린 언어와 행동이 허용되는 경우가 없지 않다. 그것은
사사로운 모임일 때 가능하고, 공식적인 절차가 끝나고 마음을 풀기로
약정한 분위기에서 가능하다. 그런데 우리 젊은 대학생들은 그 경계를
구분하지 못하고 경망하지 않으면 난폭하기로 작정을 한 것 같다. 허나
그렇게 되기까지 구경해 온 것은 또한 우리 기성세대가 아니던가!

'안팎밀이' 문에서 만난 소녀

내가 근무하는 학교의 백여 채가 넘는 건물들은 모두 출입문이 '안팎밀이'식이다. 어느 쪽에서나 밀고 당길 수 있는 이 '안팎밀이'문은 영어로 스윙도어(swing door)라고 하는데 확정된 우리말은 없는 형편이다. 이 안팎밀이 문들은 또 대부분 통짜 유리문이어서 건물 안으로 들어가려는 사람이나 밖으로 나가려는 사람이 반대쪽에서 오는 사람을 살필 수 있다. 당연한 일. 투명문이 아니면 어떻게 안팎밀이를 할 것인가!

이런 안팎밀이 문 양쪽에서 들어가는 사람과 나가는 사람이 맞닥뜨렸다고 하자. 그러면 반드시 한쪽 사람이 양보해야 한다. 누가 양보하는가? 두 사람 중, 문으로부터 한 발자욱이라도 먼 거리에 있다고 생각되는 사람이 한 옆으로 비켜서서 맞은 편 사람이 통과하기를 기다려야 한다.

그러나 만일 학생과 선생님이 안팎밀이 문 양쪽에서 마주 오고 있을 경우에는 어떻게 해야 하는가? 이 때에는 비록 학생이 문에 먼저 도달했다고 하더라도 맞은 편 어른을 존중하는 마음에서 선생님이 먼저 통과하기를 기다리는 것이 전통예절에 맞는 행위일 것이다. 좀더 예절 바른 사람이라면 재빨리 문을 당겨 상대방 어른을 편하게 해 드릴 것이다. 그러나 이렇게 기분 좋은 경험보다는 이마가 깨지거나 코가 터지지 않는 것이 다행스러웠다는 경험을 한 분들이 더 많을 것이다. 이 문제에 관한 한, 나의 동료 교수들은 말이 끝나기 전에 불쾌했던 사례를 털어놓았다.

　지난해 연말, 입학시험이 끝나고 면접을 한 날이었다. 면접을 마치고 나온 내 친구 ㄱ교수는 대단히 불쾌한 표정을 지으며 휴게실로 들어와 차 한 잔을 시켰다. 그러더니 밑도 끝도 없이 "악연惡緣이었어！그건" 이렇게 그는 혼잣소리처럼 중얼거렸다.

　"무얼 갖고 그러나 또…." 가끔씩 불평을 하는 친구인지라 나는 놀리는 기분으로 그를 바라보며 응수했다.

　　"글쎄, 아침에 ×동 현관 안팎밀이 문에서 코가 깨질 뻔하지 않았겠어? 상대방은 면접시험을 치르러 온 여학생이었다구."
　　"그런 봉변이 어디 어제 오늘의 일인가?"
　　"그게 아냐, 그 여학생을 내가 면접했다구."
　　"그럴 수 있지 뭐. 그래 품행란에 'C'라고 썼어?"

　다음은 ㄱ교수와 그 여학생의 대화

　　"졸업년도를 보니 한 해 쉬었구먼,…."
　　"아녜요, ○대학 △△과에 다니는데 옮겨 보려고요."
　　"아니, 그 좋은 대학에서 왜 이리로 옮길려고 해? 합격한다면 작년에는 ㄴ양 때문에 한 사람 떨어진 게 되지 않나?"
　　"…."
　　"아버지 직업을 '공무원'이라고 했는데 좀 막연하지? 구체적으로 말해

줄 수 있겠나?"

"그걸 꼭 말해야 돼요?"

(이 대목에서 그 여학생은 신경질적이 되었다고 한다. 그리고 ㄱ교수는 자기가 도리어 놀랐다고
했다. 면접을 받는 학생의 태도로는 생각할 수 없었을 터이니까.)

"기가 막혀서 얼굴을 빤히 처다보았더니, 그래도 고개는 숙이더군. 그
때에야 옷매무새며 머리모양이며 내 코를 깰 듯이 안팎밀이 문을 밀치던
장본인이란 걸 알았지."

"그래서 악연이라 한 거로군."

나의 말이었다.

"아냐, 그게 아냐!"

그는 한참이나 창 밖을 내다보더니

"그 학생의 아버지가 바로 내 친구 ㄴ교수였네. 이름이 같기에 물었던
것이고…,

그 학생이 나간 뒤에 내 수첩에서 주소와 전화번호를 대조해 보았어….
우린 지금 누구에게 무엇을 가르치고 있지?"

언어예절의 현주소

역사책을 읽으면서 우리가 깨닫게 되는 것은 한두 가지가 아니다. 삶의 슬기를 터득하여 맑고 깨끗한 마음으로 세상을 살아가야 하겠다는 도덕적 각성은 말할 것도 없고, 특정한 시대에 태어나서 그렇게밖에는 살아갈 수 없었던 비극적 인물에 대한 운명론적 체념에 이르기까지 역사(책)는 우리들에게 참으로 많은 지식과 교훈을 선물한다.

그러나 그 많은 선물보따리 속에서 가장 귀중한 선물은 우리가 살고 있는 이 나라, 이 사회, 이 현실이 도도히 흘러가는 우리 나라 역사의 어느 시점에 있는가를 바르게 알도록 우리를 일깨워 주는 일이다. 이러한 일깨움을 바꾸어 말하면 "역사의식을 갖게 하는 일"이라고 할 수 있겠다.

그러면 우리들의 역사의식은 지금 우리 사회의 언어예절, 언어현실을 어떻게 평가하여야 할 것인가? 금세기 초에 이르러 급변하는 세계정세를 바르게 꿰뚫어 보고 재빨리 근대화작업에 손써야 할 시기에 고만 기회를 놓쳐 버려서 우리들의 할아버지와 아버지는 일제 식민지 시절의 설움을 맛보아야 했었다. 그리고 해방이 되었고 새 나라를 세웠다.

그러나 그 해방과 독립은 적어도 겉보기에 있어서는 스스로 민족적 역량을 기울여 얻어낸 성과가 아니라 세계사적 움직임 속에서 거의 타율적으로 생긴 결과였다. 그렇기 때문에 민족 분단이 장기화되어 사실상의 두 나라, 북한과 남한이 어느새 반 세기 가깝게 병존하게 되었던 것이다.

이렇듯 민족의 주체적 역량이 제대로 발휘되지 못한 정치적 혼미 속에서 언어예절, 언어생활도 혼미와 표류를 거듭하였다. 어느 시대나 그 시대에 맞는 바람직한 문화사회의 모범模範 내지는 표준標準이 있는 것이요, 언어는 그 모범이나 표준에 맞도록 표현 되는 것인데 새 나라 새 사회가 주체적 역량을 발휘할 수 없는 불안정하고 미숙한 상태에 있었으므로 이른바 언어문화도 바람직한 상태를 발현할 수가 없었다.

그러나 요즈음에 이르러 온 민족이 서서히 정신을 차리고, 우리들의 현재 위치가 우리 나라 역사의 흐름 속에서 어디쯤에 있는가를 확인해 보려는 움직임을 보이고 있다. 남북한 사이에 통일을 위한 교섭이 시작된 것은 정치적 각성의 징표라고 한다면, "화법話法의 실제와 표준"을 확립하기 위한 '우리말의 예절'이라는 책이 간행된 것은 언어문화적 각성의 징표라고 말해도 좋을 것이다.

그 동안 우리는 단지 살아남기 위한 극한상황과 먹고 살기 위한 생존투쟁의 두 축을 왔다갔다 하였었다. 이러한 형편에서는 의사전달만 하면 되었지 어떻게 말하는 것이 예절바른가를 생각할 수가 없었다. 그러나 이제 절대빈곤은 사라졌고, 일부계층의 과소비가 문제되는 시점에 이르렀다. 그러므로 이제부터는 사람다운 말버릇이 무엇인가를 생각하여야 한다.

"선생님 물어 볼 것이 있는데요."라고 학생이 말했을 때 "선생님 여쭈어 볼 것이 있어서 찾아뵈었습니다."라고 말하는 것이 옳다는 것을 당당하게 일깨워 줄 때가 된 것이다.

지난해 연말에 나온 '우리말의 예절'이란 책을 펼친다. 가정과 사회에서 구분해서 써야 할 부름말호칭어과 가리킴말지칭어, 경어법敬語法, 그리고 일상생활에서 사용되는 여러 경우의 인사말에 이르기까지 언어예절의 모범이 무엇인가를 예시하고 있다. 이 책이 널리 보급되고 언어예절에 대한 인식이 새로워진다면 자기 아내를 가리켜 "내 부인이 이것을 좋아해 서요." 따위의 망발은 조만간 사라질 것이라는 기대를 할 수 있겠다.

표준어를 배우기가 힘든 사람들

가령 전국 각지에서 온 사람들이 오백오십여 년 전의 세종대왕을 만난다면 어느 지방 사람이 세종대왕의 말씀을 제일 먼저 잘 알아들을까? 세종대왕의 말씀에는 모르는 낱말이 하나도 없음을 전제로 하자. 이 물음에 대답하기 위하여서는 우리 나라 말의 말소리가 어떤 특징을 가졌으며, 또 15세기 우리말의 특징을 오늘날에도 가장 많이 유지하고 있는 지역이 어디인가를 알아야만 된다.

대체로 말소리는 음절을 음성으로 나타낼 때, 함께 나타나는 고저高低, 강약强弱, 장단長短 등이 문제가 되는데 이것을 언어학에서는 초분절음소超分節音素라고 한다. 우리말에서도 이 초분절음소로 높·낮이高低와 길·짧이長短가 문제가 된다. 물론 15세기 국어에서도 높·낮이와 길·짧이가 존재하였다.

훈민정음이 창제된 15세기에는 특별히 말소리의 높·낮이가 바르게 말하기의 중요한 척도이었다. 그래서 방점傍點이라 하여 글자 왼쪽에 점을 찍어 말소리의 높고 낮음을 표시하였다. 이것을 성조체계聲調體系라 하였는데,

점이 없으면 낮은 소리 평성平聲이요, 점이 하나면 높은 소리 거성去聲이라 하였다.

그러나 16세기 끝 무렵을 고비로 하여 서울말에서 말소리의 높고 낮음은 변별력을 잃고 오늘과 같은 평판조平板調의 말씨로 바뀌어 버렸다. 이 때에 처음은 낮고 나중은 높았던 말소리는 긴소리長音가 되어 말소리의 길고 짧음만이 현대 서울말에서 음운상의 변별적 특징으로 남게 되었다. 그러므로 서울 사람들은 세종대왕의 말씀을 제일 늦게야 알아듣는 사람이 될 것이다. 그리고 아마도 경상도 사람들이 세종대왕의 말씀을 가장 먼저 바르게 알아들을 것이다. 왜냐하면 15세기 성조체계, 곧 말소리의 높고 낮음과 길고 짧음을 오늘날에도 가장 많이 유지하고 있기 때문이다.

우리 나라를 동서로 가르면 동쪽에 해당하는 함경도 강원도 경상도는 대체로 말소리의 높·낮이와 길·짧이를 모두 가지고 있고, 서쪽에 해당하는 평안도 황해도 경기도 충청도 전라도는 길·짧이만 있고 높·낮이를 잃어버렸다. 따라서 우리말 사투리를 연구하려면 말소리의 높·낮이와 길·짧이를 두루 구별할 수 있는 함경도나 경상도 출신이 유리하다. 반면에 함경도나 경상도 토박이들은 높·낮이가 없어진 서울말을 배우기가 대단히 힘들다. 평판조의 낱말에 경상도식의 높·낮이를 붙여서 발음하기 때문이다.

세종대왕을 만나뵌다면 제일 먼저 대화가 통할 수 있을 것이라는 가상적 잇점은 표준어가 된 서울말을 배울 때에는 치명적 약점이 된다. 이거야말로 경상도 사람으로서는 억울하기 짝이 없는 일이다. 서울말을 바탕으로 하는 표준어가 앞으로도 계속하여 세력을 펼쳐 나갈 것으로 보이는 현재의 형편에서 경상도 출신들의 표준말 익히기는 실로 고통스런 장벽이 아닐 수 없다. 그러나 정말로 고통스러운 장벽은 표준말을 익히기 위해서 사투리를 쓰는 사람들이 그 사투리를 고치려고 노력하지 않는 점일 것이다.

고향을 사랑하듯, 고향사투리도 사랑하여야 할 것이요, 또한 보존하여야 할 것이기는 하지만 단일한 언어문화를 누린다는 차원에서는 자기 고장 사투리와 함께 표준말도 정확하게 할 수 있어야 한다. 아무래도 표준말을 익히는 것이 외국어 하나를 익히는 것보다는 천 배 만 배 쉬운 일이라는 것을 생각하면서….

6장

우리말의 뿌리

우리말의 뿌리

'안전띠'와 '죽순'

한국인의 이름 석 자

현대국어의 뿌리

고향에 돌아온 여인

본적지를 잃은 인삼人蔘

윷놀이의 다섯 사위 '도·개·걸·윷·모'

낱말의 대물림

낱말과 삶의 자취

'소년·소녀'의 옛말을 찾아서

삼각산三角山과 우이동牛耳洞

'안전띠'와 '죽순'

자동차 운전의 안전성을 높이기 위하여 거리 곳곳에 계몽하는 현수막과 입간판이 보인다. 처음에는 "안전벨트를 착용합시다"라고 쓰인 것이더니 어느 틈에 "안전띠를 맵시다"라는 표현으로 바뀌었다. '벨트'라는 낱말이 아직 우리말로 정착한 외래어가 아니고 '착용'이라는 한자말도 편안한 느낌을 주는 표현이 아니라는 생각 때문이었을 것이다. 교통행정을 맡은 이들의 건전한 언어감각에 대해 아낌없는 찬사를 드리고 싶다.

이 기회에 우리는 '안전띠'라는 낱말의 유래를 살펴보기로 하자. '안전'은 물론 한자말이지만 우리에게 대단히 친숙한 낱말이다. 그러면 '띠'는 어떤 가? '허리띠, 머리띠, 가죽띠, 비단띠'같은 낱말에서는 복합어로 나타나지만 '띠'라는 독립형으로도 쓰이는 이 낱말은 흔히 순수한 우리말이라고 생각하는 수가 있다. 그러나 이 낱말의 근원을 캐어 올라가면 한자 '대帶'에 이른다. '혁대革帶, 복대腹帶'같은 낱말에서 앞에 있는 음절의 영향으로 '띠중세어로는 〈찍〉'라는 된소리가 만들어졌고 그것이 다시 '띠'라는 변이형 태로 굳어지면서 고유어로 자리가 잡힌 낱말이다. 이처럼 오늘날 우리가 너무도 당연하다는 듯, 고유어로 알고 있는 낱말들 가운데에는 그 기원을 거슬러 올라가 보면 이천여 년 전 중국문화의 교섭의 결과로 얻은 차용어인 경우가 많다. 자尺, 요褥, 절寺, 邸, 살矢, 붓筆, 먹墨, 되升, 斗, 뵈布, 벼稻, 稗같은 명사는 말할 것도 없고, 글씨를 쓰다書, 적다記, 誌, 옷을 여미다衽, 도끼로 나무를 찍다剔, 바구니를 겯다編, 結, 물건을 저미다鏖, 뛰다跳, 닿다達같은 동사들까지도 오래 전 아주 이른 시기의 한자음에 뿌리를 두고 있다. 채찍策, 소매袖, 袂, 무늬紋, 심지어 이엉蓋, 草, 厂같은 낱말조차도 오래 전에 중국에서 건너온 것이라고 한다면 우리 나라 사람들은 고개를 갸웃거리면서 "그렇다면 도대체 순수한 고유어는 없단 말인가?" 하는 의문을 품을 수도 있을 것이다.

이 때에 우리는 다시 한번 반문하여야 한다. "순수하다는 것은 무엇인가?"하고. 특히 언어의 순수성 또는 고유성이라는 것은 시간의 흐름을 전제로 하는 역사적인 상관관계 속에서만 밝혀지는 상대적인 개념이다. 천년 전에는 낯선 것이었으나 칠백 년쯤 전에는 아주 친숙한 것이 되고, 오백 년쯤 전이면 이미 우리 문화전통의 일부분이 되어 있는 것. 이것이 언어의 경우, 고유성의 문제점을 푸는 열쇠이다.

여러 해 전, 말레이시아 페낭에 머물던 때의 일이다. 한낮이면 섭씨 30도를 웃도는 폭염이기 때문에 시장은 새벽에 서고 아침 10시경이면 벌써 한산한 파장이 된다. 어느 날, 나는 아내와 함께 야채를 사러 새벽장을 찾았다. 부지런한 중국계 상인들이, 역시 부지런한 중국계 농부들이 고산지대에서 특수재배한 야채들을 깨끗하게 정돈해 놓고 있었다. 질퍽한 한국의 야채시장을 보던 눈에 대뜸 이국적인 정취를 느끼게 해 주었다. 마늘·파·고추·무·배추 등 김칫거리를 사고 돌아서려는데, 한쪽 좌판에 죽순竹筍 한 무더기가 쌓여 있는 것이 보였다.

"여보, 저 죽순 좀 보아! 사다가 죽순나물 좀 해 먹을까?" 나는 아내를 보며 이렇게 말하고 나서 "이 죽순을 당신네 혹끼엔福建語 말로는 무어라고 합니까?"하고 물어 보았다. "예, 땍순이라고 해요."

그 때 나는 '대나무竹의 대'조차도 중국 남방계 한자음 '땍'과 관계가 있다는 사실을 알게 되었었다.

한국인의 이름 석 자

우리 한국 사람들은 대체로 성명姓名 석 자를 갖고 있다. 성씨姓氏가
두 자인 경우도 있고, 이름이 외자인 경우도 있어서 김신金信이라든가
선우형순鮮于亨順처럼 성명이 두 자나 넉 자로 표시되는 경우가 없지 않지
만, 성명이라고 하면 석 자로 되어 있어야 일반성을 띤다. 그러면 이
성명 석 자로 우리 나라 사람들이 자신의 동일성을 증명한 것은 언제부터
이며 그것은 어떤 문화전통에 연유하는 것인가?

나는 이런 생각을 할 때마다 서울 서대문 밖 무악재 고개 못미쳐에
세워져 있는 독립문이 연상된다. 내가 가지고 있는 묘한 조건반사 현상의
하나이다. 그 독립문은 누구나 아는 바와 같이 우리 나라가 중국 청淸나라
의 세력권에서 벗어났음을 나라 안팎에 과시하기 위해 1898년에 독립협회
가 국민의 성금을 모아 세운 기념물이다. 수백 년 동안 중국 사신들이
한양에 머무는 동안 유숙하던 모화관慕華館을 헐어 버리면서 우리 조상들
은 어쩌면 외세로부터 영원히 자유롭게 되었다고 기뻐하였을지도 모른다.

그러나 그 뒤의 우리 나라 형세는 어찌 되었었는가? 만일에 무악재

고개 밑에 독립문을 세울 때에, 그것이 북쪽 세력으로부터의 독립일 뿐만 아니라 남쪽 세력인 일본으로부터의 독립을 표상하는 것이요, 더 나아가 우리 민족이 중국문화전통으로부터도 서서히 벗어나는 시발점이라는 생각을 분명하게 가질 수 있었다면 우리 역사의 물줄기가 다른 방향으로 흐르지 않았을까 하고 부질없는 공상을 펼치게 된다. 그 때에 내 사념을 사로잡는 것이 다름 아닌 이름 석 자이다.

우리 조상들이 중국 사람들과 마찬가지로 한자漢字로 외자 성씨에 두 자 이름을 가지기 시작한 것은 삼국시대 초엽부터라고 말할 수 있다. 물론 그 때는 고주몽高朱蒙 김알지金閼智 등 임금의 성명에 국한하였을 터이지만 조만간 나라의 유공자나 귀족들에게 성씨를 선물로 주는 사성賜 姓의 제도가 자리잡으면서 우리 조상들은 중국 사람들과 똑같이 이름 석 자를 갖게 되었던 것이다.

그 후로 이름에 관한 한, 중국 사람과 우리 한국 사람은 구별이 불가능하게 되었다. 그것은 큰 나라 중국을 섬기고 그 문화를 그리워하는 사대모화事大慕華의 풍토 속에서는 오히려 커다란 자랑이요, 영광이었다. 그래서 똑같은 한자로 이름을 적으면서도 "산밑山本, 솔아래松下, 대밭竹田, 시골냇물村川, 우물위井上"같은 것을 성씨로 삼은 일본 사람들을 야만이라 깔보며 우리 조상들은 이름이나마 중국식 허울을 쓴 것에 무한한 자부심을 느꼈었다. 더구나 유교사상이 깊이 뿌리 내리면서 성씨는 영구불변이라는 고정관념이 형성되었다. 그래서 성姓을 바꾼다는 것은 이 세상에서 받는 가장 욕되고 수치스러운 일이라 여기게 되었다.

그러나 생각해 보자. 우리가 언젠가는 반드시 한글만으로 문자생활을 꾸려 가는 날이 올 터인데, 그 때에 정鄭씨는 '나라 정몽주', 정丁씨는 '고무래 정일권', 정程씨는 '길 정서방'하는 식으로 구분할 것인가? 아니면 이른바 한글 종씨宗氏가 생겼다고 좋아하며 대범하게 넘길 것인가? 아니면 중국 사람들과는 구별되는 배달민족임을 밝히기 위하여 다른 표현방식을 모색할 것인가?

어떤 이는 본관本貫을 살려 '김해 김철수, 광산 김영철'이라고 쓰면 어떻겠느냐고 하고, 또 어떤 이는 이름을 한글로 '소담이, 보람이, 진달래'라고 하니 성도 그렇게 바꾸어 '느린徐 꽃나무' '깊은沈 시냇물' '높은崔 진달래'라고 하는 것이 어떻겠느냐고 한다. 세월을 기다려 볼 일이다.

현대국어의 뿌리

　우리 민족의 역사에서 최초의 통일국가가 형성된 것은 고려 태조 왕건이 신라와 후백제를 차례로 병합한 10세기 초엽의 일이었다. 지금으로부터 일천여 년의 세월이 흐른 옛날이다. 그 무렵부터 고려의 서울이었던 개성이 당대 문화의 중심지가 되었고, 개성의 언어는 고려의 표준어 구실을 하였을 것이다. 그러면 그 언어의 실상은 어떤 것이었을까?

　개성은 고구려·백제·신라가 솥발처럼 버티고 있던 삼국시대에 대체로 고구려 영토에 속해 있던 곳이었으므로 그 당시의 개성말은 고구려의 언어를 기본 자산으로 가지고 있었으리라는 추정을 할 수 있다. 그러나 다른 한편 개성문화의 일반적인 성향은 오히려 신라의 전통을 강하게 이어받은 것으로 밝혀지고 있다. 그 실례를 삼국사기의 경순왕조에서 살펴보기로 하자. 신라의 마지막 임금 경순왕이 나라를 고려에 바치기로 하고 경주에서 개성으로 이사하는 장면을 삼국사기에는 다음과 같이 적어 놓았다.

'경순왕 9년서기 9백35년 11월에 태조왕건는 경순왕의 항복하는 글을 받고 대상 왕철 등을 보내어 영접하게 하였는데 왕은 신하들을 거느리고 서라벌을 떠나 태조에게 돌아가 의지하고자 하는데 향차보마香車寶馬가 30여 리에 연하고 도로는 막히고 구경하는 사람은 담을 둘러싼 것 같았다. 태조는 교외로 나와 왕을 맞아 위로하여 대궐 동쪽에 가장 좋은 집 한 채를 주고 장녀 낙랑공주를 그에게 시집 보냈다.'

30여 리에 걸친 향차보마의 행렬은 경순왕이 왕건의 사위가 되는 정치적 사건의 행렬임과 동시에 신라문화의 중심이 경주에서 고스란히 개성으로 옮겨 가는 문화사적 행렬이기도 한 것이다. 그러므로 고려의 정치적·사상적 지향점은 고구려의 웅혼한 기상과 영화를 재현한다는 의미에서 나라 이름까지도 고려라 하였지만 사회적·문화적 제반 현상은 경주의 것을 개성에 옮겨 놓은 것으로 이해하는 것이 좋을 것이다. 언어 현상도 같은 범주에서 해석할 수 있다. 즉 개성의 지배적인 문화어가 신라 경주에서 사용되던 언어로 대체되었으리라는 점이다. 그 특징적인 예를 수사數詞를 통하여 검증할 수 있다.

일찍이 고구려어 수사 네 개가 고대 일본어 수사와 비슷하다는 것이 학자들의 비상한 관심을 끌었었다. 고구려어 수사 3,5,7,10은 각각 '밀密·웇千次·나는難隱·덕德으로 나타나는데 이것들은 고대 일본어 '미ㅌ·이두五·나나ㄴ·도워十'와 너무나도 비슷하기 때문이었다. 고구려어 자료의 상당부분이 신라어와의 공통점을 보이지만 수사가 이처럼 특이하다는 것은 그만큼 고구려어와 신라어가 다르다는 증거이기도 하다.

한편 고려어 자료로 첫손에 꼽히는 계림유사鷄林類事에는 오늘날 '하나·둘·셋·넷·다섯·여섯·일곱·여덟·아홉·열'의 직계 조상임이 분명한 어형을 다음과 같이 보여 준다.

〈'ㅎ둔(河屯)·두블(途孛)·세ㅎ(酒 : 斯乃切)·네ㅎ(遁)·다슷
(打戌)·여(夶逸戌)·닐굽(一急)·여듧(逸苔)·아홉(鴉好)·열ㅎ
(噎)'〉

이것들은 고구려어 수사와는 하나도 일치하지 않으므로 신라어 수사의
계통를 이어받은 것이라고 해석할 수밖에 없다. 그러면 현대국어의 직계조
상은 조선왕조와 고려왕조를 거쳐 통일신라와 삼국시대 신라어가 되는
셈이다.

근자에 북한에서 간행된 책에는 현대국어의 뿌리가 고구려어에 있음을
지나치게 강조하고 있다. 물론 고구려어도 우리 조상의 언어요, 그것
또한 현대국어의 뿌리가 아니라고 말할 수는 없으나, 언어자료를 근거로
했을 때, 신라어를 배제하고 고구려어만을 강조하는 것은 그야말로 학문의
분파주의 이외의 아무것도 아니다.

하루빨리 북한학자들과 마음을 트고 대화를 나누게 되었으면 좋겠다.

고향에 돌아온 여인

전쟁의 회오리가 휘몰고 지나간 폐허 위에서 우리의 가슴을 쥐어짜게 하는 아픔은 무엇인가? 주검인가? 가난인가? 아니다. 죽은 사람을 그리워한다거나 가난한 살림을 꾸려 가야 하는 어려움 같은 것은 결코 아니다. 그것은 죽음을 모면하고 살아남았으나 차라리 죽느니만도 못할 만큼 육체적으로나 정신적으로 상처를 입은 인간의 영혼이다. 그 중에서도 특별히 주목해야 할 한 무리 여성들의 영혼이 있다.

6·25라는 한국전쟁에서는 '양부인' 또는 '양갈보'라 이름하는 여인들의 영혼이 있었다. 그 여인들은 자신의 몸을 방패막이로 하여 외국군인들 위안부가 됨으로써 일반시민생활을 건전하게 유지시켰다는 역기능적인 공로가 있었음에도 불구하고 세상 사람들로부터 따가운 눈초리를 견뎌내야 하는 슬픈 족속이 되었었다. 그들이 온전한 시민으로 재생하기 위하여 치러냈을 고초를 세상 사람들은 알지 못한다. 그리고 일제 식민지 시절, 제2차 대전중에는 '정신대挺身隊'라는 이름으로 붙잡혀 간 여인들이 있었다. 그들은 몸도 마음도 영혼도 온통 만신창이가 되어 사라져 갔다. 어쩌다

고향에 돌아온 여인이 없지는 않았으나 그들의 남은 생애가 밝을 수는 없었다. 대개는 폐인이 되어 골방 구석의 한숨소리로 잦아들고 말았다.

이렇듯 서러운 운명의 여인들이 우리의 과거 역사에는 또 없는 것일까? 없을 수가 없다.

3백50여 년 전, 병자호란1636년에 청나라 되놈 병사들에게 붙잡혀 갔던 부녀자들이 몇 백 명인지 몇 천 명인지 모른다고 한다, 그들은 되놈들에게 몸을 더럽힌 바 되어, 다시는 고향 땅을 밟을 수 없는 신세로 전락하였다. 그들 가운데에는 용케 목숨을 부지하여 고향으로 도망쳐 온 여인이 없지는 않았으나 그들이 고향에서 옛날과 다름없는 인격적인 대접을 받았다고는 생각되지 않는다.

전해 오는 말로는 서울 북쪽 구파발 근처에 큰 연못이 있는데, 되놈 병사들의 막사에서 풀려났거나 도망쳐 나온 여인들이 그 연못에 목욕을 하고 나면 일체의 과거사를 묻지 아니하고 깨끗한 여인으로 대우하였다 한다. 그리고 그런 여인을 '고향으로 다시 돌아온 여인'이라는 뜻으로 '환향녀還鄕女'라 불렀다 한다. 그러나 이 낱말이 오늘날 '화냥년'이란 욕설의 대명사가 된 것으로 보아, 그 비운의 여인들이 진정으로 고향에서 깨끗한 여인으로 환영을 받은 것 같지는 않다.

그런데 '화냥년'의 어원을 거슬러 올라가면 놀랍게도 청나라말 곧 만주어의 '하얀hayan'이란 낱말에 이른다. 이것이 다름 아닌 '음탕한 계집'이라는 뜻의 낱말이다. 되놈들은 우리 나라 부녀자를 능욕하고 그 여인들을 '하얀년'이라 비아냥거리며 놀렸던 것일까?

그 말을 들은 우리 나라 사람들은 '하얀'에 그럴 듯한 한자를 붙여 '환향還鄕'이라고 하여 뜻바꿈을 시도해 보았지만 원래의 의미를 벗어날 수 없었던 것이다. 그래서 '하얀'이란 만주어 차용어가 '화냥년'이란 형태로 변화를 입기는 하였으나 그 원래의 의미는 그대로 유지되었던 것으로 보인다.

17세기 말에 간행된 중국어 어휘집 역어유해譯語類解에 '화냥'의 뜻을 나타내는 중국어는 '양한디養漢的'요, 우리말로는 '화랑花娘'이라 한다고 적혀 있다. '화냥'이란 욕스런 낱말을 어떻게 하든지 감추어 보려는 숨은 의지가 눈물겹다. 그러나 그렇게 한다고 해서 '화냥년' 이란 낱말이 우리 민족의 언어자산 속에 들어오게된 사실이 숨겨지는 것도 아니고, 우리 부녀자의 설움이 씻기는 것도 아니다.

배달의 남정네들이여! 기억할 일이다. 우리가 잘못하면 우리의 누이와 딸들이 또 언제 '하얀년' '화냥년'이 될지 모른다는 사실을!

본적지를 잃은 인삼人蔘

동물학이나 식물학에서는 해당 동식물의 생태와 특징에 따라 매우 상세한 분류작업을 하게 되는데, 그 때에 원산지原産地가 어디냐 하는 것을 중요한 기본 문제로 삼는다. 말하자면 동식물의 경우도 근본을 밝히고 족보族譜를 따지는 것이라 할 수 있다. 따라서 동식물의 이름도 족보를 존중하여 붙이게 마련이다. 그것은 한 지역의 특산물이 그 지역의 언어로 불리는 것이나 마찬가지다.

그래서 '김치'는 '김치'라고 불러야 하며 '코리안 피클'이라 한다거나 '썰티드 베지터블'이라 부를 수 없는 것이며, '불고기'를 '불고기'라 불러야지, '스키야키'나 '로스트 비프'로 부를 수 없는 것이다.

그런데 옛날부터 우리 나라가 원산지로 알려져 있는 '인삼人蔘'은 어쩐일인지 국제적인 통용어가 일본발음에 토대를 둔 '진생Ginseng'이다. 먼저 국어사전에 적힌 바를 살펴보자.

〈인삼(人蔘) 명 (식) [panax, schin-seng]. 오갈피나무과에 속하는 다년
초. 높이 60cm내외이고 근경(根莖)은 짧고 마디가 있으며, 하부에 비대한
백색 다육질의 곧은 뿌리가 있는데 흔히 사람모양임.
...깊은 산의 숲속에 야생하며, 강원. 경기. 평남. 평북. 함남. 함북 및
중국 동북부에 분포함. 야생종을 산삼(山蔘), 재배종을 가삼(家蔘)이라
하는데, 한방에서 뿌리를 강장제의 약재로 귀하게 여기며 널리 재배함.〉

다음은 대영백과사전에 적혀 있는 내용이다.

〈진생(Ginseng. sang). 중국에서 그 뿌리를 약재로 삼고 있는 두 가지
종류의 파낙스(Panax)를 가리키는 일반 명칭.
파낙스 퀑크홀리우스(Panax quinquefolius)는 아메리카 인삼으로 퀘벡.
마니토바 남쪽에서부터 플로리다, 앨라배마, 루이지애나, 알칸사스에 걸
쳐 생산된다. 미국에서는 150에이커 정도가 재배되며 잘 건조된 대부분의
인삼이 홍콩으로 수출되어 동남아지역에 유포된다. 매년 미국에서 수출되
는 인삼은 10만 파운드 정도이다.
파낙스 진생(Panax ginseng). 이 아시아 인삼은 만주와 한국이 원산지이
며, 한국과 일본에서 재배되는데 미국산보다 높이 평가된다. 오래 전부터
중국 사람들은 인삼을 만병통치약으로 여겨왔다. '파낙스'라는 명칭도 만
병통치라는 그리스 어 '파나세아(Panacea)'에 유래한다. 그 뿌리가 사람모
양을 닮았다 하여 중국 사람들 사이에서는 오래 전부터 정력강장제라는
믿음이 널리 퍼져 있다. 미국으로부터 야생 인삼이 동양으로 수출 되기
시작한 것은 18세기 초부터였고 1870년 경에는 미국에서 재배가 되었다.
한국에서는 적어도 금세기 초엽부터 재배되었다.〉

이들 두 사전의 내용을 검토해 보면, 국어사전은 식물학적 관점이 강하고, 백과사전은 경제사회학적 관점이 앞서지만 모두 다 만주와 한국이 원산지라는 사실만은 분명하게 밝히고 있다. 그런데 인삼을 뜻하는 한자에는 '삼蔘'과 '심薓'의 두 개의 글자가 있고, 특히 '심薓'의 경우는 우리 나라 산삼채취인속칭 '심마니'들이 전통적으로 인삼을 지칭하는 '심'을 반영하고 있어서, '삼蔘, 薓'이라는 한자가 이른 시기의 우리 고유어를 나타내는 것이라는 견해까지 있다. 그렇다면 '인삼'을 '진생'이 아니라 '인삼'이라는 우리말 발음을 토대로 하여 국제통용어를 삼아야 할 것 아닌가?

일본 식민지 시절에 잃어버린 것이 어찌 한약재 이름 '인삼' 하나뿐일까마는 지금이라도 인삼의 본적지를 찾아, 온 세상 사람들이 '인삼'을 '인삼'으로 불러 주었으면 좋겠다. 영어로는 'Yinsam쯤으로 표기하고 '진생'을 약화 소멸시키는 작업을 시작해야 할 것이다.

윷놀이의 다섯 사위 '도·개·걸·윷·모'

새해가 돌아오면 즐기는 풍속
노인과 어린애가 어울린다네
여럿이 둘러앉아 말판을 쓰면
변화가 무궁하여 이길듯 지고
지는듯 하다가도 쉽게 뒤집혀
강약의 무상함을 예측 못하네
노인들 흥에 겨워 기운을 빼고
구경꾼은 웃다가 턱이 빠지네.

이 시는 고려 말의 문인 이색李穡이 저포樗蒲놀이의 광경을 묘사한 것인데, 오늘날의 윷놀이를 그린 것으로 생각된다.

새해 정초에 남녀노소의 구별 없이 어울려 즐기는 윷놀이가 우리 나라에 언제부터 자리잡은 민속놀이인가를 자세하게 상고하기는 힘들겠지만 중국의 북사北史나 태평어람太平御覽 같은 책에는 백제에 저포놀이가 있었다 하였으니 대체로 삼국시대에는 오늘의 윷놀이로 생각되는 저포놀이가 널리 퍼져 있었던 것 같다.

이렇듯 오래된 민속이고 보니 그것이 우리 나라 고유의 놀이라고 생각
하는 것 또한 자연스런 일이었다. 그래서 윷놀이의 사위 이름 '도·개·
걸·윷·모'의 어원語源을 무척 오랫동안 우리말에서 찾으려 했었다.

첫번째의 노력은 우리 나라 동물 이름과 결부시키는 것이었다. '도'는
돼지를 뜻하는 옛말 '돝猪'과 발음이 비슷하고, '개'는 두 말 할 것 없이
'개拘'와 같으며, '윷'은 '소牛'와 관련을 짓고, '모'는 '말馬'에 연결시켰다.

옛날 부여夫餘에 여섯 짐승의 이름으로 관직명官職名을 삼은 예가 있으
므로 짐승의 이름이 등급의 수단이 될 수 있음을 짐작하기 어렵지 않다는
첫째 이유에다가 '돼지', '개', '소', '말'의 순서가 그 짐승들의 민첩성과
효용성의 두 가지 면에서 어렴풋이 서열이 매겨질 수 있겠다는 점이 둘째
이유로 작용한 것이었다.

그러나 항상 '걸'은 무엇을 뜻하는지 알 수가 없어서 어떤 이는 우리
나라에 있지도 않은 '코끼리'라 하기도 하였고 어떤 이는 말馬의 한 종류인
'가라말'黑馬 또는 栗色馬이라 하기도 하였다. 또 어떤 이는 '걸' 하나만 한자
'갈羯'에 결부시켜 '양羊'이나 '염소'일 것이라고 하였다.

두 번째 노력은 특별히 노력이랄 것도 없는 것으로 조선시대 책에
나타나는 한자취음漢字取音표기이다.

경도잡지京都雜誌에는 '徒·介·傑·柚·牡'라 적었고, 오주연문장전
산고五洲衍文長箋散稿에는 '都·介·傑·柚·模'라 하였으며 동국세시기
東國歲時記에는 '徒·開·杰·流·牟'라 하였다.

이것들은 윷 사위의 우리말 발음을 한자로 옮겨 적었다는 것 이외에
그 의미를 밝히려는 노력은 보이지 않는다. 그렇다면 '도·개·걸·윷·
모'라는 윷 사위의 이름은 무슨 뜻을 가진 것일까?

이 문제는 윷놀이가 우리 나라 고유의 민속놀이가 아니요, 고대 중국에서 유행하던 저포놀이 가운데에서 네 개의 저포로 다섯 사위를 만드는 사유四維 오채五采의 토착화한 놀이임을 이해하여야만 해결되는 것이다. 따라서 윷 사위의 다섯 가지 이름 '도·개·걸·윷·모'는 놀랍게도 모두 한자에 그 기원을 두고 있다.

'도'는 털빠질 '독秃'이니 모두 엎어지고 하나만 자빠져서 대머리가 하나라는 뜻이고, '개'는 나눌 '개開, 介'이니 엎어지고 자빠진 것이 두 개씩 반반으로 나뉘었다는 뜻이고, '걸'은 말뚝 '궐橛'로서 말뚝 하나만 엎어졌음을 뜻하고, '윷'은 모퉁이 '유維'로서 네 개의 모퉁이가 다 자빠져 드러났음을 뜻하고, '모'는 클 '모牟'로서 모두 엎어져서 점수가 크다는 뜻을 나타내는 것이라 하겠다.

윷놀이 하나를 통해서도 우리는 인류문화의 보편성을 배운다. '유維놀이'가 변해서 '윷놀이'가 되었으니.

낱말의 대물림

언어는 한 세대에서 다음 세대로 전수되는 과정에서 가끔 흥미있는 오해를 발생시킨다. 이 오해는 앞선 세대에서 다음 세대로 낱말의 쓰임이 옮겨 갈 때에 그 의미가 분명하게 전달되지 않는, 이른바 의미의 비지속성 非持續性 현상으로 말미암아 생기는 것인데, 대개의 경우 다음 세대가 그 낱말의 의미를 정확하게 파악하려는 노력이 뒤따르기 때문에 오해의 기간이 빨리 지나가 버리고, 낱말의 쓰임은 정상화되는 것이 보통이다. 그러나 어떤 낱말은 기묘하게도 정상화 과정에서 빠져 나와 의미불명의 낱말로 표류하는 수가 있다.

다음은 30년 넘게 우리말을 가르쳐 온 나와, 내 딸아이의 대화 한 토막.

"연애하는 거야 얼마든지 좋지. 하지만 제 눈에 안경이라고, 청개가 쓰이면 상대방을 객관적으로 관찰할 수가 없단 말이야. 청개가 쓰이지 않도록 조심해야지."

요즈음 들어 딸아이한테 남자친구의 전화가 심심치 않게 걸려 와서 마음이 쓰인다고 하는 제 어미의 말이 생각나는지라 무슨 말 끝에 이렇게 잔소리가 되었다.

"아버지는 저를 그렇게 못 믿으세요?"
"누가 못 믿어 그러나. 확실하게 믿으려고 그러지."
"그러세요? 그럼 청개를 쓰지 않으면 되죠 뭐. 그런데 도대체 청개가 무언지 알아야 쓰고 말고 할 것 아니예요?"

그러고 보니 나는 '청개가 쓰인다'는 말을 입버릇처럼 해 오기는 했으나 정확한 뜻을 생각해 본 적은 없었다. 그것은 아주 어릴적부터 '청개가 씌어서'정확하게 표기하면 '칭게가 씌어서'라는 어구의 형태로, 나의 어머니로부터 자주 들어왔던 관용표현이었다. 문맥으로 보아 시력視力에 장애를 주는 눈병의 한 가지가 아닐까하고 막연한 추측을 한 적은 있으나 그 이상의 확인작업은 해 보지 않았었다.

"글쎄, 옛날부터 할머니한테서 들은 말인데…. 시력을 떨어뜨리는 눈병 아닐까?"

이렇게 말하다가 나는 부지런히 국어사전을 펼쳐 보았다.
아뿔싸! 거기에는 두 개의 '청개'가 있었으나 눈병을 뜻하는 명사는 눈을 씻고 보아도 찾을 수 없었다.

〈청개¹ (靑蓋) 명 (역) 의장(儀仗)의 한 가지. 무과(武科)의 장원(壯元)에
게 풍류와 함께 내리어 유가(遊街)할 때에 앞에 세우고 다니게 한 특례가
있었음.〉
〈청개² (靑芥) 명 (식) 겨자의 한자 이름.〉

이 해설에 따르면 분명히 '청개가 쓰인다'의 '청개'는 청개靑蓋로서 푸른
색 덮개를 씌운 햇볕 가리개 '일산 : 日傘'를 가리킨다. 아마도 무과에
장원급제한 젊은이가 유가할 때에 앞세워 가게 하여 장원의 기분을 돋우는
데 한몫을 거들게 하였던 물건이었을 것이다. 사전에는 물론 일산 모양의
그림도 곁들여 있었다.

그러므로 '청개가 씌어서'라는 말은 무과에 장원급제하였다고 너무 자만
하여 거드름을 피우지 말고 오히려 온공溫恭하고 겸손謙遜하여야 한다는
경계의 의미를 담기 위하여 사용했던 은유적 표현이었음을 알 수 있다.

그러나 어느덧 풍속과 제도가 바뀌고 세월이 흘러 청개를 앞세우고
장원을 뽐내던 유가행렬은 자취도 없어지고, 경계의 뜻을 담았던 은유적
표현만이 입에서 입으로 전해 오다가 드디어는 서른해 넘게 우리말을
가르쳐 온 국어선생도 뜻 모른 채 입에 올리는 말이 되고 말았다.

그러니 우리말 사랑에 특별한 의식을 지니지 않은 세상의 보통 사람들을
어찌 탓할 것인가? 미심쩍은 낱말이 있으면 부지런히 사전을 찾는 버릇을
길들이는 것, 그것만이 낱말의 대물림을 바르게 지키는 길이다.

낱말과 삶의 자취

낱말을 통하여 옛날의 살림살이를 짐작해 보는 학문분야가 없을까? 어원語源을 탐구하는 자리에서 가끔 고고학考古學적 상상을 해 보는 수가 없지 않지만 뚜렷한 방법론과 실증實證을 생명으로 삼는 학문자세는 어원 탐구에서 유혹을 받는 시적 상상력으로부터 벗어나기 위하여 조심에 조심을 거듭한다.

그럼에도 불구하고 우리는 가끔 낱말을 놓고 환상의 날개를 펼친다. 며칠 전에는 어느 시인과 이런 대화를 나눈 적이 있었다.

"무명이 없던 시절에는 무엇으로 옷을 지어 입었을까?"
"'없어서 비단'이란 속담이 있지 않아? 비단이 아니면 짐승가죽, 또는 삼베 같은 것이겠지 뭐."
"가난한 서민이 무슨 비단이야. 움막에서는 초근목피草根木皮로 연명을 하였을 터인데…"
"하긴 그래, 집다운 집을 지니고 산 것이 얼마 안 되었을 터이니까…. 움막이나 굴 속에서 살았다는 분명한 증거가 있거든."

"그래? 그게 무언데?"

"우리말에 '드러눕다'와 '일어나다'라는 낱말이 있지? 들면ㅅ누워야 하고, 일면㎓ 나와야 하는 찌 낮은 굴 속이나 움막이 아니면 이런 낱말이 어울리지 않는단 말야."

"예끼, 이 사람. '들어가다'도 있고, '일어서다'도 있는데 하필 '드러눕다'와 '일어나다'를 가지고 그렇게 해석하는 것이 어디 객관성이 있는 주장인가?

우리는 한바탕 웃고 말았으나 20세기도 막바지에 이른 요즈음에도 여전히 달동네 움막집이 엄존하고 있다는 사실은 그런 해석을 간단히 허망하다고 내칠 수만은 없지 않은가 하는 느낌을 갖게 하였다.

물론 옛날 중국측 역사책에는 우리 동이족東夷族의 주거생활이 혈거穴居 중심이었음을 기록하고 있다.

"성곽을 쌓지 않고, 흙으로 방을 만들었는데 그 모양은 마치 무덤과 같고, 그 위에다 문을 달았다." 〈후한서 동이전〉
"언제나 굴 속에서 살았다. 큰 굴집은 매우 깊어서 사다리 아홉 개를 놓아야 들어갈 만하고 속이 깊을수록 좋은 집이었다." 〈삼국지 동이전〉
"여름에는 나무 위에서 살고, 겨울이면 굴 속에서 산다." 〈진서 동이전〉

그러나 이러한 기록은 대략 이천 년 이전 우리 민족의 생활상이요, 또 그 무렵 다른 민족의 생활도 우리와 별로 다를 것이 없었다고 생각하면 우리 마음이 편안해진다.

그러나, 다시 그러나, 지금 이 순간에도 드러눕기 위하여 들어가고, 일어나기 위하여 일어서는 달동네 움막집은 우리 마음을 편안하게 하는가?

낱말의 어원풀이를 통하여 시적 상상력을 즐기려던 우리의 가슴에는 천 근 납덩이가 매달린다. 그 납덩이를 가만히 들여다보니 '200만 호 아파트 건설. 부실공사 불량 레미콘. 주택조합 분양사기' 같은 낱말들이 박혀 있다. 납덩이의 무게가 왜 더 무거운지를 알 것 같다.

우리의 후손은 이러한 낱말을 놓고 어떤 어원풀이를 하면서 시적 상상력을 펼칠 것인가? 이 삼복더위에 어디에서 겨울바람이 인다. 스산하고 서글픈 한여름이다.

'소년·소녀'의 옛말을 찾아서

며칠 전에 어느 중학교의 영어선생님으로부터 편지 한 통을 받았다. 그 내용은 영어의 보이boy와 걸girl에 대응하는 꼭 맞아 떨어지는 우리말이 없다는 불평이었다. 굳이 들이대자면 '소년', '소녀'가 있지만 그것은 한자 말이고 순수한 우리말이 아니며, '사내아이' '계집아이'라는 말이 없는 것은 아니나 '사내'와 '계집'이라는 남녀의 어른 명칭에 '아이'를 덧붙인 복합어인 데다가 풍기는 어감에 경멸과 비속卑俗이 섞인 듯하여 마땅치가 않다는 것이었다.

이 불평의 글월을 받고 내가 할 수 있었던 것은 고작 우리 나라 옛날 책 속에서 소년과 소녀의 뜻을 가진 낱말의 흔적을 찾아보는 일이었다.

삼국유사 권 4 사복불언蛇福不言조에 보면 다음과 같은 이야기가 적혀 있다.

'경주땅 만선리 북쪽에 한 과부가 살았는데 남편도 없이 아이를 배어 낳았다. 그런데 이 아이가 열두 살이 되었는데도 말도 못하고 잘 움직이지

도 못하였다. 그래서 사람들은 그를 사동蛇童 : 뱀소년이라 불렀다.'

이 이야기는 그 소년의 어미가 죽자 그 소년이 어미의 시체를 업고 활리산 동쪽기슭으로 가서 풀뿌리를 뽑으니 그 속에 별천지가 열렸는데 그 소년이 그 속으로 들어가자 땅이 닫히고 다시 옛모습이 되었다는 불교 설화로 끝맺는다.

우리의 관심은 이 기록에서 '사동'의 주석이다. 거기에는 '소년'을 뜻하는 동童이 "복福 · ㅏ · 巴 · 伏으로 발음한다고 되어 있다. 그러니까 신라시대 에는 '소년'을 '복'이라 하였음을 알 수 있다. 신라 흥덕왕 때에 당나라와의 교역을 확대하고 해상권을 주름 잡았던 장보고張保皐의 다른 이름도 궁복 弓福이라 하였으니 이것도 '활 잘 쏘는 소년'이라는 뜻으로 '활복'이라 하였 을 것 같다.

이 '복'이라는 낱말은 고려시대에 오면 '보기' 또는 '바기'로 나타난다. 1103년에 개성방언을 기록한 것으로 알려진 계림유사에는 '남자아이는 '아들'이라 하고 혹은 '바기'라고도 한다男兒曰丫姐亦曰同婆記고 적혀 있다. 물론 이 해석에는 미해결의 문제점이 없지 않으나 '바기'가 신라시대 '복'의 후대형임에는 틀림없다.

그러면 '소녀'에 대한 기록을 살펴보자. 신라시대 기록은 찾을 수가 없고 고려시대에 오면 계림유사에 다음과 같은 글을 만나게 된다. 〈여자아 이는 '보달'이라 하고 혹은 '죠고만 소이'라고도 한다. '女兒曰寶姐亦曰召 古盲曹兒 : 물론 이 해석은 논란의 여지가 있다〉 여기에서 '曹兒'를 조선시 대에 여인을 가리키던 '소사召史'의 앞선 형태로 추정한다면 '소사' 또는 '소이'라는 낱말은 어른 여자를 가리키는 것이지 소녀를 가리키지는 않았 으므로, 결국 '아들'에 대응하는 '복, 바기라는 말은 있었으나 '보달'현대어

'딸'에 대응하는 독립된 낱말은 없었다는 결론에 이른다.

여자를 남자와 대등한 자리에 놓고 생각하지 않았던 당시의 사회상이 낱말에도 반영된 것이라고 보아야 할까? 오늘날 '복'은 '울보·떡보·느림보'라고 할 때의 접미사 [-보]의 형태로 남아 있는 듯한데, '소이'는 그 흔적을 찾을 길이 없다. 혹시나 '돌쇠·마당쇠·구두쇠'하는 남자 이름의 접미사 [-쇠가 여자를 가리키던 '소이'와 관련이 있는 것이라면 그 낱말이 조선시대 후반에 성전환을 한 것이라고 해석할 수 있겠다. 그러나 이것은 우연한 일치에 지나지 않을 것이다.

나는 끝내 영어선생님에게 답장을 드릴 수가 없었다. 천 년 세월의 숲 속을 거슬러 헤치며 '소년, 소녀'의 고유어를 찾았으나 결국 제자리걸음 '사내아이'와 '계집아이'에 머물고 말았기 때문이다.

삼각산三角山과 우이동牛耳洞

우리 나라 땅이름의 연구는 국어학 속의 고고학考古學이라는 별명을 갖고 있다. 고고학이 땅 속에 묻혀 있는 옛날의 유물유적을 발굴하여 그 당시의 사회와 문화의 실상을 추정하고 해명하는 것처럼 우리 나라의 땅이름을 면밀하게 검토하면 놀랍게도 옛날말의 흔적을 찾아낼 수 있기 때문이다.

우리 나라 땅이름은 한자말로 된 것이 많다. 그러나 원래는 순수한 우리 나라 토박이 말이었는데 삼국시대 이래 한자로 적어 온 관습 때문에 한자로 적혀 온 것도 있다. 그러므로 한자로 적은 땅 이름은 의외에도 순수한 우리말일 수가 있는 것이다.

선조대왕시절에 송강松江 정철鄭澈은 강원도 관찰사가 되어 서울을 떠나면서 다음과 같이 관동별곡을 읊었다.

〈고신거국孤臣去國에 백발도 하도할샤 동주東州 ㅣ 밤 계오새와 북관정北寬亭에 올라ᄒ니 삼각산三角山 제일봉이 ᄒ마면 뵈리로다.〉

또 인조대왕시절에 청음淸陰 김상헌金尙憲은 청나로 붙잡혀 가면서 이렇게 읊었다.

〈가노라, 삼각산아 다시보쟈 한강수야 고국산천을 써나고쟈 ᄒ랴마는
시절이 하 수상ᄒ니 올동말동ᄒ여라〉

이렇듯 옛날 우리 조상들은 서울을 떠날 때마다 서울을 표상하는 대표적인 낱말을 삼각산으로 삼고 있다. 그러니 이 "삼각산"을 소재로 하여 우리말 고고학을 해 보는 것도 의의가 있을 것이다.

흔히 북한산北漢山이라고도 부르는 이 산은 서울시 도봉구 우이동牛耳洞과 경기도 고양군 신도읍의 경계선상에 837m의 높이로 우뚝 솟아있다. 서울근처에서는 가장 높은 산이기도 하려니와 '백운대白雲臺' '국망봉國望峰' '인수봉仁壽峰'의 세 봉우리가 나란히 기암괴석을 자랑하고 있는 것도 이 산의 매력이다. 그 세 봉우리 때문에 삼각산이란 이름을 얻게 된 것이리라. 그러나 지금은 동네이름으로만 남아 있는 우이동牛耳洞의 '우이'도 '삼각'이 나타내고자 했던 세 봉우리의 뜻이라고 하면 모두 어리둥절할 것이다. 이제 그 사연을 풀어보자.

'삼각三角'에서 '삼三'은 '세 봉우리'의 '세'라는 '뜻'을 빌어온 것이고, '각角'은 '귀퉁이'라는 낱말의 '귀'라는 '발음'을 빌어 온 것이다. 그러나 '각角'이 나타내는 뜻을 아주 무시한 것은 아니다. '각'은 보통 '모서리'를 뜻하는 것이지만 삐죽 뻗친 모서리를 '귀퉁이'라고도 하였으므로 '귀'가 높이 솟은 것을 뜻하기도 하였다고 할 수 있다. 즉 '세 개의 귀' 또는 '세 개의 뿔'이라는 뜻을 나타내기 위하여 '삼각'이란 글자를 빌어 왔던 것이다. 그러면 '우이牛耳'는 어떠한가. '우牛'는 '소 우'자이므로 뜻으로 읽을 때에는 '소'라 읽는다.

202 한국어, 우리말 우리글 1 - 수필로 읽는 국어이야기

그것이 관형사가 되어 다른 낱말 앞에 올 때에는 '쇠고기, 쇠기름, 쇠가죽'에서처럼 '쇠'가 된다. 이 '쇠'는 '세'와 발음이 비슷하다. '이耳'는 '귀 이'자이므로 뜻으로 읽을 때에는 두말 할 것도 없이 '귀'로 읽힌다. 결국 '삼각三角'이나 '우이牛耳'는 모두 세 개의 봉우리를 뜻하는 서로 다른 표기 '세 귀'이었음을 알 수 있다.

우리는 향찰鄕札이라는 한자차용 표기체계가 신라시대의 향가를 적기 위해서만 쓰인 것이라고 알고 있다. 또 이두吏讀라는 표기체계가 고려나 조선왕조시대에 금석문이나 하급관리들의 공문서에 통용되던 글로서 한문도 아니요 우리글도 아니라는 것으로 알고 있다. 물론 이러한 지식이 틀린 것은 아니지만 그 원리는 한자의 뜻과 음을 빌어 적는 것으로서 오늘날 우리가 일상으로 사용하는 땅이름에도 여전히 남아 있다는 것을 알아야 하겠다.

'우이동 삼각산'은 이천 년 전부터 거기에 그 이름으로 흥망성쇠의 우리나라 역사를 지켜보고 있었던 것이다.

7장

역사속의
우리말

우리말의 뿌리

낱말이 증명하는 가까운 나라
가장 오래된 우리 나라 고문서古文書
몽고외래어 '수라'와 '보라'
오랑캐의 감투
삼전도비三田渡碑를 바라보며
'물레'와 '씨아'의 영웅, 문익점
중앙아시아의 고려말
우리들의 성명 석 자, 그 미래는
이름이나 바꾸어 볼까
사모님과 아주머니

낱말이 증명하는 가까운 나라

1980년대 후반에, 우리 나라 고대사 분야에는 조용한 파문을 일으킨 사건이 연이어 세 번씩이나 발생하였었다. 첫번째는 단양신라적성비丹陽新羅赤城碑의 발견이고, 두 번째는 울진봉평신라비蔚珍鳳坪新羅碑의 발견이며, 세 번째는 영일냉수신라비迎日冷水新羅碑의 발견이었다. 발견될 때마다 우리는 지금까지 알고 있던 비석보다는 앞선 시기에 만들어진 것이 아닌가 하는 흥분을 감추지 못하게 했던 이들 비석은 대체로 6세기 초엽에 세운 것으로서, 임금의 권위와 나라의 위세를 과시하는 순행비巡行碑의 성격을 갖는 것들이다.

지금부터 천 5백 년 전, 이들 비석을 세울 당시에 신라의 임금과 백성들은 그 비석이 영원토록 세운 자리에서 위엄을 드러내며 남아 있기를 기원하였을 터이지만, 그러나 그 비석들은 조만간 땅에 묻혀 사람들의 기억에서 사라져 버렸고, 무상한 세월은 몇 번씩이나 생겼다가 없어져 버리는 왕조王朝의 순환을 지켜 보고 있었다. 이제 천 5백 년이나 지난 오늘날, 우리에게 다시 발견된 바 되어, 우리가 그 비문을 판독하면서 느끼게 되는 것은 잊혀졌던 옛날 일을 조금 더 자세히 알게 되었다는 지적知的 호기심의 충족이 아니라, 도대체 인간사에서 부질없이 추구하는 권세가 얼마나 허망한 것인가 하는 것과, 인간은 그저 인간일 뿐이라는 초월적인 깨달음이다.

그러나 물론 이러한 깨달음은 구체적인 지식을 근거로 한다. 울진봉평 신라비를 두고 생각해 보자. 이 비는 524년에 그 때 임금 법흥왕法興王이 당대의 귀족관료들과 함께 거벌모라居伐牟羅 남미지男彌只사람들 마을에 순행하여 별교령別敎令 : 일종의 특별시행령을 내리고 제사를 지냈다고 하는 내용을 담고 있다. 6세기 초엽 신라사회에 대하여 아는 것이 별로 없는 우리로서는 일차적인 관심이 '거벌모라'라는 지명과 '남미지'라는 집단에 쏠린다. 그 중에도 특히 '거벌모라'가 주목의 대상이다. '모라'는 일본서기 日本書紀에 '마을'을 나타내는 낱말로 자주 나올 뿐 아니라 현대 일본어 '무라ムラ : 村'와도 일치하는 낱말이기 때문이다.

일본어와 우리말 중에서, 같은 뿌리에서 나온 것으로 '섬島'과 '시마', '밭田'과 '하다케' 등 몇몇 개가 알려져 있었지만, '마을'을 나타내는 '무라'의 옛 형태가 6세기 신라의 비석에서 발견되리라고는 생각하지 못했었다.

여기에서 우리는 잠시 천 5백 년 전 비석에서 눈을 돌려 시공時空의 한계를 뛰어넘어야 한다. '모라' 또는 '무라'라는 낱말이 한반도에서 쓰이던 때에, 일본과 한국은 서로 얼마만큼의 친밀성을 유지하고 있었는가? 그런 데 지금은 얼마나 멀리 있는가? 민족의 형성과 변천은 몇 천년을 단위로 동질성과 이질성을 논의할 수 있는 것인가.

우리 중에는 일본을 가깝고도 먼나라로 생각하는 사람이 많다. 앞서가 는 기술공업국이요, 배울 것이 있다는 점에서 일본을 가까운 나라로 생각 해야 한다는 사람이 있는가 하면, 일제통치의 과거에 집착하면서 배타적 감정을 앞세우는 사람도 있다. 그러나 고고학적 차원에서 인류사를 바라보는 시각에서는 일본은 가깝고도 또 가까운 나라일 뿐이다. 그렇다고 우리가 새삼스럽게 일제시대에 저들 군국주의자들이 통치수단으로 이용했던 한일동조론韓日同祖論을 찬성하는 것은 천만 아니다.

흘러간 낱말을 살펴다보면, 이웃한 나라끼리는 본질적으로 이웃사촌이라는 점, 그리고 일본은 그 중에서도 더 가까운 이웃이었음을 확인하게 된다는 것을 강조해 두고 싶을 뿐이다.

가장 오래된 우리 나라 고문서古文書

옛날 물건을 정성들여 보존하려는 마음도 부족한 터에, 잦은 병화兵火의 회오리 북새 통에, 종이에 적힌 우리 나라 옛날 문서들은 대개 무심하게 잊혀져 없어지거나 불길에 휩싸여 사라져 버렸다. 그래서 조상의 문화유산을 정리하려는 사람들은 어쩌다 남아 있는 옛날 문헌을 대하면, 그것은 종이쪽지에 적힌 글발이 아니라 금덩이에 박혀 있는 금강석을 얻은 것보다도 더 소중하게 여기며 기뻐한다.

그러면 현재 우리 나라 안에서 가장 오래된 옛날 문적文籍은 무엇일까? 그것은 1979년에 국보 196호로 지정된 신라사경新羅寫經이다. 이 문서는 신라 경덕왕景德王 13년서기 754년에 작성된 것으로 일본 정창원正倉院에 보관되어 있는 신라장적新羅帳籍 보다 꼭 1년이 앞선다. 만일에 이 신라사경이 세상에 알려지지 않았다면 우리 나라 고문서 가운데 가장 오래된 것이 일본에 있다는 서글픔을 면하지 못하였을 것이다. 그러나 국어학도들에게 있어서 이 신라사경의 가치는 그것이 현전하는 가장 오래된 문서라는 점에보다도 그 문서 끝에 이두로 적힌 발문跋文이 있다는 점에 있다.

이 글은 정확하게 말하면 신라화엄경사경발문新羅華嚴經寫經跋文이라할 수 있겠는데 그 내용은 대략 다음과 같다.

〈천보天寶13년경덕왕 13년, A.D. 754 갑오甲午년 8월 초하루부터 다음 해을미乙未년 2월 14일까지 두루마리 일부 部를 완성하였다. 이 사업을 이루고자 발원한 이는 황룡사皇龍寺의 연기법사緣起法師인데, 첫째는 은혜를입은 아버지를 위한 것이요, 둘째는 법계法界의 일체 중생이 모두 성불하게하고자 하는 것이었다. 이 두루마리경을만드는 절차는 다음과 같다. 닥나무뿌리에 향수를 뿌려 가며 나무를 키운 다음에 여린 닥나무 껍질을 벗기고벗긴 껍질을 잘 다듬는다. 종이 만드는 이, 경문을 베끼는 이, 경심經心을만드는 이, 불보살을 그리는 이, 심부름하는 이들이 모두 보살계菩薩戒를받게 하고 부처님께 공양한 밥을 먹게 한다. 또 모든 종사자들이 만약대소변을 보거나 누워 잠을 자거나 음식을 먹을 때에는 반드시 향수를사용하고 목욕을 하게 한다. 그래야만 작업장에 나아갈 수 있다. 경을베낄 때에도 순정淳淨의식을 치르다. 새로 지은 깨끗한 겉옷·속옷·어깨걸이·천관天冠등을 장엄하게 갖춘 두 명의 청의동자靑衣童子가 관정침灌頂針을 받들고 뒤이어 네 명의 기악인伎樂人이 기악伎樂을 하며 한 사람은향수를 길에 뿌리고 또 한 사람은 꽃을 뿌리며 한 명의 법사는 범패梵唄: 불교찬송가를 부르며 나아간다. 그리고 여러 필사筆師들이 각기 향화香花를받들고 부처님을 찬송하며 행진하여 작업장에 도달하면 모두 삼귀의三歸依를 염하며 세 번 정례頂禮 : 이마를 땅에 조아려 예배함하고 불보살에게 화엄경을공양한 다음에 자리에 올라가 경을 베꼈다. 경심經心을 만들거나 부처님과보살상을 그릴 때에는 청의동자와 기악인의 행렬을 빼고 나머지 순정의식은 위와 같이 하였다. 경심 안에는 한 알의 사리를 넣었다.〉

얼마나 장엄하고도 경건한 의식을 행하였던가. 그리고 그 마음가짐은 얼마나 정성스러웠던가.

　지금 이 신라사경은 영구보존 처리를 하여 삼성문화재단에 보관되어 있거니와 이것이 앞으로도 오래오래 보존되려면 이 경을 베낄 때의 정성 못지 않은 정성이 또한 필요할 것이다. 그리고 이제부터라도 또 정성을 쏟으면 어디에선가 천 3백 년 전 혹은 천 4백 년 전의 문서가 불쑥 나타나지 않을까? 꿈결 같은 마음을 가다듬는다.

몽고외래어 '수라'와 '보라'

지금으로부터 7백20여 년 전인 고려 원종元宗 9년A.D. 1269 왕세자 왕심 王諶은 서른네 살의 나이에 연경燕京 · 元나라 수도 · 지금의 北京으로 원나라 세조世祖 홀필열에게 인사를 드리러 떠났다. 좋게 말하여 입조入朝라 하였 으나 인질이 되어 원나라로 살러 가는 것이었다. 다음 해에 잠시 귀국하였 다가 그 다음 해에는 다시 가서 홀필열의 딸, 제국대장공주와 결혼을 시켜 달라고 사정사정하여 허락을 받고 호복胡服에 변발辮髮차림으로 돌아 왔다. 그는 물론 두 명의 고려인 아내가 있었다 그 해에 다시 들어가 연경에서 살다가 원종 15년A.D. 1274 5월에 제국대장공주와 결혼하고, 6월에 부왕 원종이 돌아가자 몽고인 부인과 함께 개경으로 돌아와 임금의 자리에 앉으니 그가 충렬왕忠烈王이다.

이렇게 왕세자가 원나라 서울에 인질로 잡혀가 살다가 원나라 공주를 아내로 맞이하고 본국의 임금이 승하하면 왕노릇하러 개경으로 나오는 것은 그 후 공민왕恭愍王 때까지의 관례가 되었다. 몽고장수 살례탑이 고려에 쳐들어온 해A.D. 1231로부터 원나라 연호 사용이 폐지된 공민왕

18년A.D, 1369까지를 원나라에 시달린 것으로 친다면 1백30여 년이요, 초기에 항거하던 기간을 뺀다하여도 줄잡아 1백 년 남짓 고려는 원나라 지배 아래 신음하였다. 이 기간 동안 우리 민족은 처음으로 중국 이외의 민족언어를 외래어로 받아들이는 경험을 하였다.

충렬왕의 아들 충선왕은 일생의 대부분을 원나라에서 살았기 때문에 나중에 임금이 되어 개경에 돌아왔으나, 정치에는 뜻이 없어 결국은 아들 충숙왕에게 임금자리를 물려주고 원나라에 들어가 살다가 거기서 죽었다.

이러한 분위기에서 몽고외래어는 고려의 상류사회를 휩쓸었을 것이다. 그러나 조선왕조 시대의 문헌을 통해, 현재 확인할 수 있는 몽고외래어는 40개 정도에 지나지 않는데 그것은 크게 네 가지 계열로 나뉜다. 첫째는 말馬의 종류를 구분하는 낱말, 둘째는 매鷹를 구분하는 낱말, 셋째는 군사軍事용어, 넷째가 일반용어다. 몽고는 유목민족이요, 기병騎兵 편제가 발달하였을 터이니, 말을 구분하는 낱말이 많았을 것은 당연한 일이겠고 또 당연히 그것들이 고려에 들어 왔을 것이다. 매鷹를 구분하는 이름이 발달한 것은 역시 매사냥이 당대에 크게 유행하였기 때문이다. 말은 오늘날 자동차에 해당한다면 매는 골프쯤에 해당한다고 할까?

그러나 이들 몽고외래어 가운데, 오늘날까지 일반인에게 알려진 낱말은 단 두 개 '수라' '보라'가 아닌가 싶다.

'보라'는 '보라색'이라고 할 때의 그 '보라'로서 '보라매'라는 매 이름으로 우리말 속에 들어와 색깔이름으로 정착하였다. '보라매'는 가슴털이 보라색을 띤 매의 일종을 일컫는 낱말이다.

'수라'는 다 아는 바와 같이 임금님의 진지를 가리키는 낱말이다. 원래 '술런sülen'이라는 몽고어에서 온 것으로 원뜻은 탕湯을 나타내는 낱말이었다. 어째서 '탕'을 뜻하는 낱말이 임금님의 진지 전체를 가리키는 것으로 바뀌었는지는 확실치 않다. 요즈음에도 제사를 지낼 때에 '밥'을 '메'라 하고 '국'을 '탕'이라 한다. 임금님 진지도 이런 식으로 '탕'을 몽고어 '술런'으로 불렀을 것이다 그런데 오늘날 '설렁탕'이라 하는 것도 그것이 곧 '탕'이요 '설렁'이 몽고어 '술런'과 발음이 비슷한 점으로 보아 그것 역시 '술런'을 기원으로 하는 낱말이 아닌가 하는 생각을 갖게 한다. 고려를 1백 년 이상 지배했던 몽고는 6백 년 세월이 흐른 지금 우리 나라에 겨우 '보라색', '설렁탕'을 남겨 놓았을 뿐이다.

오랑캐의 감투

이웃한 민족과의 문화적 접촉은 필연적으로 언어의 접촉을 동반한다. 그것은 외래어를 주고받는 일이다. 더구나 같은 지역 안에서 서로 밀고 밀리면서 삶의 터전을 마련했던 경우에는 이웃 민족으로부터 빌어다 쓴 차용어가 역사적으로 중요한 의미를 갖기도 한다.

우리는 만주족으로부터 몇 개의 낱말을 차용借用하였다. 그들 만주족은 한때 청淸나라를 세워 중국천하를 호령하기도 했으나 지금은 중국의 신장 지역에 겨우 3만여 명이 집단을 이루어 살면서 그들 언어의 가냘픈 명백을 유지하고 있다고 한다. 그들은 상당히 이른 시기부터 만주 동북부와 함경 도지역을 생활터전으로 삼고 우리 민족과 끊임없는 힘겨루기를 하여 왔었다. 숙신肅愼 읍루挹婁 물길勿吉 말갈靺鞨 여진女眞 등 명칭을 바꾸어 가며 우리 조상들과 어울려 살기도 했고 또 위협을 가하기도 하였다. 그러는 동안 그들은 점차 영락하여 이제는 역사상의 뒤안길로 물러갈지도 모르게 되었지만 우리가 그들로부터 차용한 몇 개의 낱말은 두고 두고 기억하여야 할 것이다.

첫째는 "발구"라는 낱말이다. '눈 쌓인 산간지방에서 말이나 소가 끄는 썰매'를 가리키는데 이 낱말은 '발위'라는 변이형을 거쳐 '바리'라는 형태가 되어 '마소 한 마리가 실을 수 있는 짐의 단위'를 가리키는 것으로 변하였다.

둘째는 '두만강'의 이름에 나오는 "두만"이다. 여진말로는 일만一萬을 '투먼'이라 하는데 여러 골짜기 물이 모여 큰 강이 되었으므로 '투먼강'이라 하였다는 기록이 있다. 15세기 우리말에 '즈믄一千'이라는 낱말이 이 여진어와의 관계를 생각하게 한다.

셋째는 현대 한국어에서 가장 인기를 끌고 있는 낱말 '감투'이다. 흔히 높은 벼슬자리를 뜻하는 추상 개념으로만 사용되지만 원래는 머리에 쓰는 모자의 한가지였다. 먼저 사전에 쓰인 설명문을 읽어 보자.

〈감투 圀 ① 머리에 쓰는 의관(衣冠)의 하나. 첫불처럼 결은 말총이나 혹은 가죽, 헝겊 등으로 탕건(宕巾) 비슷하게 만들었는데 앞뒤턱이 없이 민틋하게 만든 것. 원래 벼슬 아니한 평민이나 중들이 썼음. ② 〈속〉 탕건 ③ 복주감투 ④ 벼슬.〉

이 설명문에 따르면 "감투"는 평민이나 불교 승려를 표상하는 낱말은 될지언정 고위관직高位官職을 뜻할 수는 없는 것임을 알 수 있다. 그럼에도 불구하고 지금 우리는 "감투"로 하여 많은 사람들이 울고 웃는다. 옛날 말이면 모두 중국어에서 들어온 것이라고 생각했던 정약용丁若鏞은 그의 저서 '아언각비雅言覺非'에서 '감토甘土'라고 쓰는 것은 잘못이며 중국말로는 '감투'라고 한다 하여 이 낱말이 중국어인 양 설명하고 있다. 그러나 만주어 감투帽, Kamtu가 중국어에서 왔다는 증거는 아직 발견되지 않는다.

그런데 한 가지 재미있는 것은 "오랑캐"라는 낱말이다. 이 낱말은 '미개한 주변민족'의 뜻으로 널리 사용되고 있는데 사실은 '옛날 두만강 일대에 살던 여진족女眞族의 명칭'이다. 그렇다면 결국 "감투"는 오랑캐들이 즐겨 쓰던 말총모자라고 말할 수 있겠다.

국회의원 선거, 대통령 선거 등 감투잡기 경쟁이 치열해지는 요즈음 우리는 냉정하게 생각해 보아야 한다. "감투"라는 낱말이 또 한번 의미 변화를 한다면 언젠가는 "사람답지 않은 이들이 따라 잡으려 했던 별볼일 없는 직업"쯤으로 될지도 모른다는 것을.

삼전도비三田渡碑를 바라보며

우리 나라 사적史蹟 101호가 무엇인지 모르는 사람이라도 병자호란 마무리 과정에서 참패를 인정하며 우리의 임금님 인조仁祖대왕께서 남한산성에서 나와 청태종淸太宗에게 머리를 조아린 삼전도三田渡가 어디에 있는 줄은 알고 있을 것이다. 지금은 서울시 송파구松坡區로 편입된 옛날 광주군 중대면 송파리 한쪽 둔덕에는 한강의 물줄기를 굽어보며 이른바 삼전도비三田渡碑라 부르는 대청황제공덕비가 우뚝 서 있다. 이것이 바로 대한민국 사적 101호이다.

높이 395cm, 폭 140cm의 장대한 몸집으로 한강머리에 버티어 서 있는 이 비석은 350여 년의 비바람에 씻기면서도 여전히 그 시절 청나라의 위세를 자랑하고 있다. 이 비석 앞면에는 만주문자로 20행, 몽고문자로 20행이 새겨져 있고, 후면에는 대청황제공덕비大淸皇帝功德碑라는 한문제목 옆으로 24행의 한문이 새겨져 있다. 세 가지 문자가 모두 같은 내용인데 그 글을 지은 이는 그 당시의 이조판서 이경석李景奭이다. 청나라의 강압에 못 이겨 눈물을 머금고 이 치욕의 글월을 매만졌을 이경석의 심정을 헤아리며 비문의 첫머리를 읽어 보기로 하자.

〈대청국 성황제의 공덕비. 대청국의 숭덕崇德 원년 겨울 섣달에 인관화성仁寬和聖 황제는 화친을 파괴한 것은 우리쪽이었다고 크게 진노하여 무기를 갖추고 동쪽으로 진격하여 오니 모두 두려워 맞서지 못했다. 그 때에 우리 임금은 남한성에 있으면서 봄날 얼음 위를 밟듯, 세월을 보냈다. 50일째 되는 날 동남쪽 여러 고을 군사들이 연이어 패배하였고 서북방의 장수들도 산골짜기로 도망가서 한 발자국도 나오지 못했다. 성중의 양식도 떨어졌다. 그 때에 대군이 성을 공략하는 것은 북풍에 가을낙엽 떨어지는 것 같고, 불화로가 새털을 태우는 것 같았다. 성황제는 죽이지 않고 가르치는 것이 도리라 여겨 조칙을 내리되, '투항하면 살릴 것이나, 그렇지 않으면 전멸시킬 것이라'하니 여러 장수들이 성황제의 뜻을 받아 우리 임금께 전했다. 우리 임금은 "내가 대국에 강화한 지 10년에 잠시 곤혹하여 하늘의 정벌을 받고 만백성의 재난을 불러왔다. 오로지 내탓이다. 그런데 성황제는 오히려 죽이지 않고 깨닫게 하니 내 어찌 감히 위로는 조종의 사직을 보존하고 아래로는 백성을 보호하기 위하여 황제의 뜻을 받들지 않겠는가"고 말하며 죄를 청하니 성황제는 측은히 생각하고 위로하고자 하여 한 번 만나니 마음속에 친부모를 뵙는 듯하였다.〉

이 비문은 계속해서 우리 임금과 신하가 어리석고 부족하여 대청황제의 너그러운 마음을 상하게 하였고 그 결과가 삼전도 나루터에서 머리를 조아려 신하의 예를 갖추게 하였으니 이것은 대청황제의 더할 수 없는 은덕임을 누누히 강조하고 있다.

이렇듯 승승장구하던 청나라, 그리고 그들 만주족은 지금 어찌 되었는가? 그 나라가 통틀어 300년도 버티지 못했다는 것은 전혀 들먹일 필요가 없다. 더구나 청나라의 마지막 임금 선통제宣統帝의 파란만장한 일생은 더더욱 들먹일 필요가 없을 것이다. 흔히 부의溥儀라는 이름으로 알려진 그는 최근 '마지막 황제'라는 영화로 말미암아 이 세상에 더욱 분명하게 알려진 바 되었다. 문제는 만주의 한 구석에서 일어나 중국은 물론 동북아시아에 위세를 떨치던 그 기세당당한 만주족이 지금은 자기네 말을 할 줄 아는 사람조차 찾아보기 힘들게 되었다는 사실이다. 만주문자를 알고 쓰는 사람이 없음은 더 말할 필요도 없다.

오늘도 삼전도에는 대청황제공덕비가 비를 맞고 서 있다. 이 세상에는 이렇게 사라져 버린 언어, 문자, 민족도 있는 법이라고 외치는 모습으로.

'물레'와 '씨아'의 영웅, 문익점

을지문덕이며 강감찬이며 이순신같은 분을 기리는 까닭은 무엇인가? 외국의 침략으로 온 나라가 곤경에 빠져 있을 때에 신명身命을 바쳐 나라와 민족을 구하였기 때문이다.

우리는 그분들을 '민족의 영웅'이라고 칭송하기까지 한다. 그러면 '민족의 영웅'이라는 칭호는 그와 같은 군사적軍事的 위인偉人에게만 해당되는 것일까? 의식주衣食住의 어느 분야에서 우리 민족에게 커다란 공헌을 한 분이 있다면 그런 분에게는 '민족의 영웅'이란 칭호가 부당한 것일까? 군사적 위업 못지 않게 경제적·산업적 위업도 인정되어야 하는 것 아닌가? 이러한 의미에서 우리는 고려 말의 선비 문익점文益漸을 '민족의 영웅'으로 추앙하여야 한다. 그리고 그분의 업적과 관련된 낱말도 살펴보아야 한다.

〈문익점1329-1398 고려 말의 학자. 문신. 자는 일신日新, 호는 삼우당三憂堂. 강성현江城縣 : 지금의 경남 산청 출생. 숙선淑宣의 아들. 공민왕 9년1360 문과에 급제. 김해부사록金海府司錄 순유박사 등을 지냈고 1363년 좌정언左正言으로 서장관이 되어 계품사 이공수李公遂를 따라 원나라에 갔다. 이 해에 최유 일파가 덕흥군德興君을 받들고 원나라 군사를 이끌고 쳐들어 왔다가 최영·이성계 등에 패배하였는데, 익점은 이에 가담한 바 되어 그 곳에서 운남雲南으로 유배되었다. 그 후 3년 만에 풀려 본국으로 돌아왔 으나 파직되었다. 익점이 중국 검남劍南 땅에 있을 때, 목화씨를 얻었는데 당시 중국은 목면木棉의 수출을 금하였기 때문에 그는 그것을 붓두껍 속에 감추어 가지고 귀국하였다. 그는 고향에 내려와 장인 정천익과 함께 목화재배에 힘써 뒷날 우리 나라 의료衣料와 경제에 큰 공헌을 하였다. 조선조 세종 때에는 영의정으로 추증되고 부민후富民侯에 봉해졌다.〉

인명사전에 적혀 있는 이 짧은 글은 민족의 살길이 오로지 경제부흥에 있는 현대의 시점에서 다시 한번 면밀히 검토되어야 할 것 같다. '무명', '목화', '베', '실', '물레', '씨아', '베틀'같은 낱말과 함께 말이다.

'무명'은 한자어 '목면木棉'의 중국음 '무미엔'의 한국식 개주음改鑄音이며 '목화木花'는 한국 한자음으로 부른 한자어이다. 물론 그 낱말의 기원은 중국에 있다. '베'는 한글로 적히기 때문에 고유어처럼 보이지만 이것도 한자어 '포백布帛'에서 나온 것일 가능성이 크다. '백帛'의 현대 중국음은 '바이pai'이고 '포布'의 옛날 중국음은 '부오puo'이다. '실' 역시 '사絲'의 중국 음 '시sī, si'와 깊은 관련이 있다.

'물레'와 '씨아'는 순수한 고유어로 생각된다. '물레'는 한자어로는 방차紡車라 하여 솜뭉치에서 실을 자아내는 연장인데 '가래鍦, 고무래, 굴레轡,

얼레' 등의 낱말과 같이 '-애/-에' 접미사를 가지면서 '-래/-레'로 끝나는 부류의 낱말인 듯하나 오늘날 '실을 잣다'는 의미로 '무르다, '물르다'라는 낱말이 없어서 그 분명한 어원은 알 수가 없다. '씨아'는 요즈음에도 '씨앗, 씨앗씨, 씨아시'라는 사투리 형태가 있으므로 '씨를 뽑아 낸다'는 '씨+앗이'에서 끝음절이 줄어든 것이라고 할 수 있다. '베틀'은 물론 '베'와 '틀'의 복합어이다.

우리가 알아야 할 낱말은 여기에 그치지 않는다. 1950년대까지만 해도 익숙하게 사용했던 광목廣木이니 옥양목玉洋木이니 하는 낱말들이다. 무명천의 질質이나 폭幅에 따라 붙여졌던 이런 낱말은 화학섬유·합성섬유가 판을 치면서 사라졌지만 자연섬유의 우수성이 재평가되는 미래의 어느 날엔가는 두 번째의 부민후富民侯 : 백성을 풍요롭게 한 분, 또 다른 문익점 선생이 사용할는지도 모르기 때문이다.

중앙아시아의 고려말

 '칠천만 동포'라고 하는 말이 이제는 전혀 귀설지 않다. 온 세상 곳곳에 퍼져 살고 있는 우리 민족이 어림잡아 칠천만이 되기 때문이다. 그 중에는 소련 영토 안에 살고 있는 수십만의 동포도 포함되어 있다. 소련의 서남부 지역 중앙아시아에는 터키계 민족이 몰려 사는 우즈베크 공화국과 카자흐 공화국이 자리잡고 있는데, 서남쪽으로는 아프가니스탄·파키스탄과 연접해 있고 동남쪽으로는 중국의 서북단 신강성과 맞붙어 있는 지역이다. 유라시아 대륙의 한복판, 하늘과 맞닿은 산이라 하여 천산산맥이라 부르는 험산준령의 서쪽, 한반도로부터는 수만 리 떨어진 궁벽한 초원이다. 거기에 우리 동포가 30만 정도 몰려 살고 있다.소련 안의 전체 한인 수는 약 40만 : 2억8천7백만 소련 전체인구로 보면 적은 숫자이지만 그래도 1백여 개 민족 가운데서 28번째로 큰 민족이라 한다 우즈베크 공화국에는 수도 타슈켄트에, 카자흐 공화국에는 크즐오르다주 딸리꾸르간주, 그리고 수도 알마아타가 그들의 주요 거주지역이다.

 그들은 원래 시베리아 동남단 연해주 지역 블라디보스토크에 19세기 후반부터 함경도로부터 옮겨 살던 우리 동포였는데 스탈린이 통치하던 1937년 가을에 강제로 집단이주되어 정착한 사람들이다. 이주 당시의 1세들은 많이 타계하였고 현재의 동포들은 그들의 2세와 3세라고 한다. 그들은 할아버지 할머니의 조국을 '고려'라 부르고, 스스로를 고려 사람이라 생각하면서 '고려말'을 사용하고 있다.

그러나 한반도와의 연락이 두절된 상태에서 소련연방 표준어인 소련말과 그들 공화국의 공용어인 우즈베크 말이나 카자흐 말의 곁다리로 쓰기 때문에 어쩔 수 없이 잊혀지고 변질된 것이 많이 생겼다. 그래도 알마아타 시에는 고려인 전용극장이 있고, 한글신문 '레닌기치'가 발행될 뿐만 아니라 고려말로 방송하는 라디오방송시간까지 갖고 있다니, 그 민족적 저력에 경탄을 금할 수 없다. 이제 그들이 쓰는 말 몇 마디를 옮겨 본다.

> "인제야 오심둥? 이제야 오십니까?"
> "차나 한 잔 마시깁소. 차나 한 잔 마십시다"
> "아슴챠니꼬마. 대단히 고맙습니다"
> "그 사람이 무스게라 함둥? 그 사람이 무엇이라 하였소?"
> "지내 덥어서 혼났으꾸마 합데. 몹시 더워서 혼났어요 하더군요"

함경도 사투리를 바탕으로 하는 이 몇 마디 중에 우리의 관심을 모으는 한마디는 '아슴챠니꼬마'이다. 어째서 이 말이 '고맙다'는 뜻이 되었는가? 좀더 검토해야 하겠지만 짐작되는 최초의 낱말은 '안심安心찮다.'일 것 같다. '다른 사람에게 폐를 끼쳐서 마음이 편치 않다'는 애초의 뜻이 발전하여 '고맙다'는 뜻으로 굳은 듯하다. 재미있는 의미변화를 하였다. 이 의미변화는 어려운 이민생활의 고초를 딛고 일어서서 잘사는 소수민족이 된 것이 자랑스럽고 고맙다는 뜻을 숨기고 있는 것 같기도 하다.

이 알마아타의 고려말에서 또 주목되는 낱말은 '엽전'이다. '고려사람' '조선사람'을 가리키는 말이지만 얕보는 뜻을 지닌 것이 아니라 '돈 많은 사람'이라는 뜻으로 사할린 지역에서부터 사용되던 말이라 한다. 근검한 우리 민족의 기질을 긍정적으로 표현한 것이어서 기분이 좋다.

얼마 전에는 이들 지역에서 한글 학교 선생님들이 모국을 방문하여 우리 역사와 우리말 연수를 받게 되었다는 소식을 신문에서 보았다. 중앙 아시아의 고려말이 오십여 년 만에 서울말과 만난 것이었다.

우리들의 성명 석 자, 그 미래는

윤동주의 시 '별을 헤는 밤'을 읽다가 우리들의 이름을 생각하게 되었다.

〈어머님, 나는 별 하나에 아름다운 말 한마디씩 불러 봅니다. 소학교
때 책상을 같이했던 아이들의 이름과 佩패 鏡경 玉옥 이런 이국異國소녀들의
이름과 벌써 애기 어머니된 계집애들의 이름과 가난한 이웃사람들의 이름
과 비둘기 · 강아지 · 토끼 · 노루 · 프란시스 참 · 라이너 마리아 릴케. 이
런 시인의 이름을 불러 봅니다.〉

우리들은 우리의 성명 석 자를 사랑한다. 이 성명 석 자는 우리 존재의
절대성과 유일성을 증명하는 단 하나의 고유명사이기 때문이다. 그러나
어느 날 우연히 동명이인同名異人이 있다는 것을 알게 되었을 때, 혹은
전화번호부를 뒤적이다가 자기와 똑같은 이름을 쓰는 사람이 수십 명이나
된다는 것을 발견하였을 때, 우리는 성명 석 자가 정말로 자기를 드러내는
고유한 징표인가를 의심하게 될 것이다.

먼저 성씨姓氏부터 살펴보자. 최근 경제기획원 조사통계국이 실시한 인구 센서스에 따르면 2백72개의 성씨에 3천4백35개의 본관이 있는 것으로 되어 있다. 그 중에 金·李·朴·崔·鄭 등 성씨가 전체 인구의 절반을 넘어서고 있다. 그런데 우리 민족은 이 성씨에 대해 무서운 고집을 가지고 있다. 자신의 결백과 진실을 증명하고자 할 때 "이것이 거짓이라면 내가 성姓을 갈겠다."고 맹세한다. 이러한 성불변姓不變의 원칙은 혈연상의 뿌리의식과 함께 우리 사회의 도덕적 기초를 형성하는 중요한 요소로 작용한다. 이렇게 본다면 성씨는 자기만 지닌 고유한 것이 아니요, 자신의 가문家門과 혈통을 나타내는 집단개념이다.

그러면 두 글자로 된 이름은 어떤가? 그 중의 하나는 할아버지·아버지·아들·손자로 이어 내려가는 서열표시의 이른바 항렬行列자이다. 그러므로 이것도 자기 자신만이 지닌 고유한 것이 아님을 알 수 있다. 마지막으로 남은 하나의 글자가 자기의 고유한 이름일 것 같다. 그러나 여기에도 문제가 있다. 뜻이 좋은 글자를 고르다 보니 모두들 비슷비슷한 글자를 선택하였기 때문이다. 어느 중학교 선생님은 남자와 여자의 이름에 자주 쓰이는 글자를 각각 14개씩 추려 내어 다음과 같이 짝을 맞추어 놓았다.

철룡영일학성광 哲龍永日學成光
현덕동국춘호정 賢德東國春浩正
  〈밝은 용 영원토록 학문 성취 빛나고 어진 덕성 동쪽나라 봄빛이 퍼졌구나〉
순옥화영자숙희 順玉花英子淑姬
난향선미정경애 蘭香善美貞卿愛
  〈순한 옥, 예쁜 꽃 모두 맑고 깨끗하고 난초 향기 아름다워 벼슬아치

사랑하네〉

물론 이 뜻풀이는 억지로 꿰어 맞춘 것이지만 그 글자들을 가만히 들여다보면 우리가 자기의 고유한 이름이라고 고집하는 글자도 너무나 공통성이 많음에 놀라게 된다. 이렇게 제한된 한자의 울타리 속에서 우리의 이름이 기를 펴지 못하고 있는 한, 우리는 동명이인同名異人이 수십 명, 수백 명씩 되는 것을 피할 수가 없게 되어 있다.

원래 우리 민족이 성명 석 자를 갖게 된 것은 중국문화에 심취하던 과거의 역사 때문이었다. 우리의 선조들은 어떻게 하면 우리가 중국 사람과 생활과 생각이 같은가를 드러내 보이려고 애썼다. 그러나 이제 세상이 바뀌어 가고 있다. 특별히 양반인 체하여 남의 집 족보에 자기 이름을 끼워 넣을 필요도 없어졌고 또 그럴 사람도 남아 있지 않다. 게다가 앞으로의 세상에서는 한자漢字도 점차 없애 버리겠다고 하는 움직임이 있으니, 일이백 년만 지나도 우리의 이름을 '성명 석 자'라고 표현하지도 않을 것이고 '성姓을 갈 놈'이라는 욕설도 옛날 이야기가 될지도 모르겠다.

이름이나 바꾸어 볼까

　기구한 운명을 한탄하던 사람이 이름이나 바꾸면 운수가 트일까 하여 작명소를 찾아가는 일이 있다. 이 때에 새 이름을 지어 주는 성명철학자가 어떤 해설을 붙이느냐 하는 문제와는 상관없이 새 이름의 주인공은 새로운 이름과 더불어 전개될 아름다운 미래에 가슴을 설렌다. 새 이름에는 과거의 그늘진 추억을 씻어 내는 활력소가 들어 있기 때문이다. 그러면 그 활력소에는 무엇이 있는가? 거기에는 낡은 이름에 붙어 있던 슬픔과 고통을 잊어버리게 하는 신선한 발음이 있고 산뜻한 심상心像으로 떠오르는 새 뜻이 담겨있다.

　이러한 이름 바꾸기는 운명의 개조를 희망하는 사람들이 자기 이름 석 자를 바꾸는 일에 국한되지 않는다. 이 세상의 모든 낡은 명칭들이 기회만 있으면 새로운 음상音相과 의미意味로 변신하고자 노력한다.

　한때, 부엌데기에 지나지 않았던 '식모食母'는 '가정부家政婦'로 변신함으로써 당당한 직업인이 되었고, 또 한때 아래채 행랑방의 식객이나 다름없던 '운전수運轉手'는 '기사技士님'으로 탈바꿈함으로써 서양 중세기의 기사

騎士가 된 듯한 기분을 누리게 되었다.

지위地位 격상格上을 시도하고 나온 분들은 여기에 그치지 않는다. '간호부'는 '간호사'가 되었고 '사법서사司法書士'는 '법무사法務士'가 되었다. 그들이 새 이름과 더불어 옛 심부름꾼의 모습을 벗어버렸음은 두말 할 필요도 없다.

어찌 특정 직업인의 명칭뿐일까 보냐. 대학의 학과學科 명칭도 한몫 끼여든다. 상대적으로 인기가 적었던 학과가 새롭게 몸단장을 하고 나서는 것이다. 그래서 '요업공학과窯業工學科'라는 명칭의 학과는 '무기재료공학과無機材料工學科'로 바꿈으로써 사기 그릇이나 굽는 과라는 허물을 벗을 수 있었고, 책이나 분류하면서 책먼지나 마시는 것으로 알았던 '도서관학과圖書館學科'는 '문헌정보학과文獻情報學科'로 개칭됨으로써 정보화 시대에 걸맞는 신예 인기학과로 떠올랐다.

이 때에, 이름을 바꿨기 때문에 실체의 속성이 바뀐 것인지, 실체의 속성이 바뀌었기 때문에 이름을 바꿀 수밖에 없었던 것인지 판별해 낼 수는 없다. 어느 것이 먼저인지는 알 수 없으나, 닭과 달걀의 관계처럼 맞물려 돌아가는 것만은 분명하다.

이렇듯 세월이 흐름에 따라 사물의 명칭은 끊임없이 새로운 몸단장을 하면서 변신을 거듭하여 왔다. 과장하여 말한다면, 인류문화의 변모는 이름바꾸기의 역사라고 할 수 있을 것이다.

비근한 예를 하나만 더 생각해 보자. 옛날 우리 선조들이 '뒷간'이니 '측간厠間'이니 하고 부르던 것을 한참 동안 '변소便所'라고 했었다. 그러더니 언제부터인가 '세수간洗手間' '화장실化粧室'로 바꾸어 불러왔다. 그런데 조금 운치 있는 접객업소에서는 얼마 전부터 '해우소解憂所'라는 꽤 노골적인, 그러나 해학과 글사랑을 겸한 명칭을 사용하고 있다. 몇 해 전 제주도 여행중에 처음으로 '해우소'를 만났을 때, 나는 "허허, 그렇지, 그렇지, 근심거리를 풀어 주는 곳이구 말구." 이렇게 그 익살스런 새 이름에 찬사를 보내며 용변을 마친그러니까 근심을 풀어 버린 시원한 기분을 토로했었는데, 요즈음 이 명칭이 서울에서도 심심치 않게 보인다. '화장실'의 운명도 멀지 않았나 보다.

그러나 우리가 정말로 근심을 풀기 위해 바꾸어야 할 이름들은 투기投機니, 퇴폐頹廢니, 유괴誘拐니 하는 이 사회의 부조리현상들이 아닐까? 그렇지만 슬프게도 우리는 안다. 명칭이 바뀐다 하여도 그 본성은 결코 바뀌지 않는 사물도 존재한다는 것을.

사모님과 아주머니

며칠 전, 캐나다에 사신다는 분으로부터 한 통의 편지를 받았다. 존경하는 선생님의 부인을 부르기 위해 마련된 '사모님'이라는 호칭이 아무 데서 아무에게나 품격을 잃고 사용되는 사실에 분노를 터뜨리면서 바로잡을 길이 없겠느냐는 호소를 하고 있었다. 그 글월의 일부를 옮겨 본다.

〈70년대만 해도 그다지 흔하게 쓰이지 않던 '사모님'소리가 80년대에 들어서면서부터는 아무에게나 쓰여서 어색하게 느껴질뿐만 아니라 불쾌하기까지 합니다. 상대편에서 존경의 마음을 나타내고자 할 때에는 불러서 좋고 들어서 흐뭇할 수도 있겠습니다. 그러나 그렇지 않을 때에는 아부하는 행위이거나 넉살 좋은 행위에 지나지 않습니다. 그렇게 생각지 않으세요? 요즈음 이 곳에서도 한국 텔레비전 드라마의 비디오 테이프를 종종 보게 되는데, 거기에서도 그 '사모님'이 귀에 거슬립니다. 나이 많은 남자 어른이 새파랗게 젊은 여자에게 부르는 경우, 또 자가용 운전기사가 주인 여자에게 부르는 경우 같은 것입니다. 이런 장면이 나올 때마다 저는 드라마 이야기의 흐름마저 깨뜨리는 것 같아 불쾌하기 그지없습니다. 이럴 때에 '아주머니'라는 호칭을 쓰면 얼마나 좋을까요? …중략…

몇 해 전, 한국엘 나갔었지요. 동대문시장 비단전엘 들렸던 때였습니다. 비단가게 앞에 들어서자마자 양쪽에서 마치 군대사열이나 하는 것처럼 "사모님, 구경하세요"하고 일제히 합창을 하는 것 아니겠어요? '어머나 …별일이야. 언제 봤다고 사모님이야…' 달음질 치듯 그 골목을 빠져 나와 다른 골목으로 들어섰지만 거기에서도 마찬가지더군요.〉

나는 이 편지를 읽으면서 내 어린 시절의 사건 한 토막이 생각났다. 골목길에서 놀고 있는데 어떤 부인이 아기를 데리고 지나가고 있었다. 그런데 그 부인의 저고리 뒷등에 울긋불긋한 검불이 붙어 있었다. 그래서 나는 별생각 없이 "아주머니, 저고리 등에 검불이 붙었네요."하고 큰 소리로 알려 드렸었다. 그 때 마침 어디에 갔다 오시는 길이었는지 내 어머니가 우리들 노는 데로 다가오시는 중이었다. 나는 반가워서 "엄마, 어디 갔다 오세요?" 또 소리를 칠 수밖에. 그러나 어머니는 눈짓을 해 우리집 대문 앞으로 나를 불러 세우시더니 이렇게 물으시는 것이었다.

"너 아까 지나가던 부인을 그전부터 알고 있니?"
"아니요."
"그럼 어째서 알지도 못하는 사람 보고 '아주머니'라고 불러? '아주머니' 란 말은 아주머니뻘이 되는 집안 사람이거나 아주 친한 동네 어른에게나 쓰는 말이란다. 그냥 '여보세요'라고 하는게 좋단다."

벌써 나의 어머니는 고인이 되셨고, 이 한 토막의 사건도 오십년 가까운 옛날 일이 되었다. 그러니까 오십 년 전쯤에는 '아주머니'라는 호칭도 시장바닥이나 길거리에서 함부로 사용할 수 없는 품격이 높은 낱말이었음을 알 수 있다. 그런데 이제는 '아주머니'는 싸구려 낱말이 되었고 '사모님' 쯤은 되어야 겨우 쓸 만한 낱말이 된듯싶다. 그러나 그 '사모님'이란 낱말에도 덤핑싼 값으로 팔아 넘기기현상이 나타나기 때문에 캐나다에 사시는 부인이 걱정하는 글월을 쓰시게 되었다. 그런 의미에서 낱말가치와 화폐가치와는 서로 통하는 면이 있는 것 같다. 세월이 흐를수록 돈의 가치가 떨어지듯이 낱말의 가치도 자꾸만 떨어져 가기 때문이다. 그러다가는 '사모님'이란 낱말도 시들해져 무언가 다른 낱말로 바꾸어야 할 것 같다.

8장

민족과
삶의 자취

민족과 삶의 자취

꽃 이름과 민족정서
유행어를 통해 본 현대사
맞서기를 피하는 간접대화
풍자와 해학과 개작한 시詩들
어떤 뜻을 취할 것인가
하늘·사랑·법·술수
모순어법矛盾語法의 존재이유
숨겨 적은 추모의 마음
속담에 나타난 과학정신
민족성과 민족감정

꽃 이름과 민족정서

    일상으로 쓰는 낱말들이 어떤 부류에 속하는가를 식별한다면, 우리들의 일상생활이 어떤 사고방식 또는 생활관에 바탕을 두고 있는가를 알아낼 수 있다는 언어학 이론이 있다. 이 이론은 많은 논쟁을 거치면서 상식적인 수준의 인정은 항상 받고 있다.

    벌써 여러 해 전이지만 문학작품에 나오는 식물의 이름이 시대에 따라 어떻게 변모하였는가를 살핀 연구 보고가 있었다. 이 보고서는 한시漢詩를 대표하는 작품으로 두시언해杜詩諺解, 시조時調를 대표하는 작품으로 가곡원류歌曲源流, 현대시를 대표하여 민중서관 한국문학전집의 현대시선現代詩選을 선정하고 이들 세 작품집에서 꽃 이름을 중심으로 한 식물의 이름을 뽑아 냈는데, 빈도수가 많은 것부터 나열하면 다음과 같다.

    한 시 : 죽竹, 유柳, 조藻, 송松, 봉蓬, 형荊, 연蓮, 맥麥, 국菊, 모茅, 매梅.
    시 조 : 버들, 솔, 대, 도화, 매화, 국화, 오동, 행화, 단풍, 수박, 벼, 이화,
             박, 대추, 오이, 고사리.

현대시 : 장미, 살구꽃, 플라타너스, 솔·소나무, 모란, 국화, 갈대, 들국화,
해바라기, 코스모스, 진달래, 포도, 복사꽃, 연꽃, 칡, 느티나무,
민들레, 보리, 버드나무.

두시언해로부터 현대시에 이르는 약 오백 년 동안 중국적인 문학정서에
서 어떻게 한국적인 문학정서로 변모하여는가를 짐작할 수 있다.

첫째로, 세 가지 시 문학 장르에 두루 공통되는 것은 솔松과 국화菊花인
데, 이른바 사군자四君子라 일컫는 매란국죽梅蘭菊竹에서 현대시에까지
생명을 유지하는 것은 '국화'라는 점.

둘째로, 현대에 이르러 장미, 플라타너스, 코스모스같은 유럽풍의 식
물·꽃 이름과 들국화, 진달래, 느티나무, 민들레 등 한국풍토에 어울리는
식물·꽃 이름이 함께 나타난다는 점.

우선 이런 것이 특징적인 변화로 손꼽는다. 민족정서가 외래문화를
적극적으로 수용하면서도 독자적인 고유의 영역을 어떻게 수립하여 가는
가를 잘 보여 준다고 할 수 있다.

그런데 최근에 이르러 국민의 상당수가 도시로 몰려들고 주거 양식도
아파트로 바뀌면서 우리가 쉽게 접할 수 있는 꽃 이름·풀 이름조차
모르는 어린이가 많다고 근심하는 소리가 들린다.

울바자를 밀치고 들어서면 장독대, 장독대 옆엔 손바닥만한 꽃밭, 거기
에 마당을 기어가듯 퍼져 있는 채송화, 그 사이로 듬성듬성 봉선화꽃이
피었고, 키가 큰 맨드라미는 울타리 밑에 물러서 있는 시골집 마당 풍경을
지금은 어디에서 찾을 수 있을까?

팬지, 바이올렛, 글라디올러스같은 꽃들을 플라스틱 화분에 심어 베란
다에 놓아둔 오늘의 어린이들은 어떤 아파트풍의 정서를 가꾸고 있을까?

그들은 새로 나온 개나리 가지를 꺾어 연하지도 딱딱하지도 않은 중간 도막을 내어 다시 그 끝껍질을 얇게 벗겨낸 풀피리를 입에 물고 소리를 낼 줄 아는가? 가을철 분꽃을 따서, 길이를 조절하여 높은 음과 낮은 음을 짝맞출 줄 아는가?

옛날 정서에만 집착하는 노인들은 온상재배로 자란 물오이처럼 허여멀쑥하게 키만 큰 요즈음의 어린이들을 보면서 한숨이 태산같다.

그러나 그들도 민족정서의 큰 울타리를 벗어나지는 않을 것이다. 우리는 인내롭게 그들이 어떤 시를 지을 것인가를 지켜 보아야 한다. 그렇지만 그냥 내버려 두어서는 안 될 것이다. 봄철이면 민들레·할미꽃의 정취를 느끼도록 들판에 나가는 기회를 만들어 주어야 하고 뻐꾸기 우는 수풀 밑에서 송아지 울음소리를 듣게 해야한다.

만일에 우리가 그런 일에 실패한다면 미래의 시에서는 전자오락실의 뽕뽕거리는 잡음이 들려 올지도 모르는 일이니까.

유행어를 통해 본 현대사

1945년 광복 이후 60년 가까운 세월을 살아오면서 우리는 숱한 유행어를 만들어 냈다. 이러한 유행어는 일반 서민이 정치·사회의 비리非理에 대한 냉소冷笑적 비판의식을 표출한 것이 많기 때문에 그것은 곧 한 시대의 특징을 살펴보는 데 좋은 길잡이가 될 수 있다. 다시 말하여 한 시대를 휩쓰는 유행어가 그 시대의 역사적 안목을 충실하게 반영한다고는 할 수 없겠지만, 최소한 그 시대의 현실감각만은 나타낸다고 할 수 있다.

이러한 뜻에서 흘러간 유행어를 점검한다면 현대사의 얼룩들을 생생하게 되짚어 볼 수가 있을 것이다. 편의상 10년 단위로 나누어 보기로 하자.

▶ 1940년대: "소련에 속지 말고 미국은 믿지 말자."
　　　　　　"왜 째려봐! 근사하게 차려 입고 새치기하면 다야!"

하루 아침에 삼천만 민족이 식민지 질곡에서 남북분단의 이산가족으로 전락한 '38따라지'의 시절. '이데올로기'가 무엇인지도 모르는 한 가족

안에 형님은 '빨갱이'가 되고 아우는 '반동분자'로 몰렸다.

> ▶ 1950년대: "왜 인상 긁어? 수지 맞히는 게 최고라구."
>   "배때기에 철판 깔았어? 싹 꺼지지 못해!"
>   "높은 자리에 있을 때 한번 봐 주슈."

　국민의 아버지로 추앙받으며 미국에서 돌아온 이승만 박사가 무수한 정치 테러의 지뢰밭에서 혼자 살아 남아 초대 대통령으로 10년 세도를 누렸다. 6·25의 참화를 겪은 뒤에 잿더미 위에서 '꿀꿀이죽'을 먹으며 허기를 달랬으나 세상 돌아가는 것은 '빽'과 '사바사바'뿐인 듯하던 암울한 시절, "요새, 아다라시가 어디 있노?"하는 비탄의 함성과 "각하, 시원하시겠습니다"하는 아부의 교성이 제 1공화국의 교향악을 연주하고 있었다.

> ▶ 1960년대: "때묻은 사람 물러가라, 민생고를 해결하자."
>   "좋아하시네, 배워 남주나?"
>   "왕년에 ○○한번 안해 본 사람 있나? 웃기지 말라구."

　구악을 씻어 내겠다는 신선감과 '하면 된다'는 자신감을 동시에 풍기며 검은 안경으로 표정을 감춘 박정희 장군이 18년간 군사정권의 기반을 다진 전반기이다. '정보정치'니 '인간개조'니 하는 위협적인 분위기에서도 '보릿고개'라는 원색적인 가난은 몰아냈다. 학원가의 데모, '정치교수' '입시지옥' '호남 푸대접'같은 말이 민족국가의 장래를 가늠할 변수로 등장하였다.

▶ 1970년대: "○○하는 거 있지. 못말려."
　　　　　　"별로야, 별볼일 없어."
　　　　　　"그 후진 놈, 손 좀 봐줘."

조국근대화니, 새마을사업이니 하는 의욕적인 간판을 내걸고 '유신체제'가 구축된 시절, 비밀리에 남·북한 대표가 서울과 평양을 다녀가는 최초의 정치적 '깜짝 쇼'가 벌어졌고, '부동산 투기'와 '민주화 운동'이 본격화되어 돈의 흐름과 권력의 흐름에 동맥경화현상을 드러냈다.

▶ 1980년대: "아직도 강북에 사십니까?"
　　　　　　"아직도 운전면허증을 안 따셨어요?"
　　　　　　"내가 입만 뻥끗하면 모두 다쳐요."

'서울의 봄'이라 부르던 민주화 바람은 '정의사회 구현'과 '선진 조국'을 부르짖는 제 5공화국의 탄생으로 된서리를 맞았고 급기야는 사회정화 차원의 해직공무원과 해직교수가 나온 시절, 노태우 선언이 제 6공화국의 싹을 트이게 하고 5공 시절의 대통령은 현대판 귀양살이 백담사 은둔이 시작되었다.

겉으로는 '88올림픽'으로 민족의 저력을 보이는 듯했으나 끝없는 '노사분규'로 공장들은 문을 닫았다. 유사 이래 처음인 여소야대與小野大 국회에서, 유사 이래 처음으로 '청문회'라는 것이 열려 이제야말로 새 시대가 펼쳐지려는 것인가 하는 헛꿈을 키워 주었다.

▶ 1990년대: "이제야 알았어? 왜들 야단이야."

　고급공무원의 부정, 국회의원의 뇌물여행, 대학교의 입시부정 등이 터지자 시민들이 중얼거리는 말이라고 한다. 그러나 이러한 중얼거림에는 분명히 우리 나라가 밝은 미래를 향하고 있다는 신음 섞인 기쁨을 감추고 있다.

맞서기를 피하는 간접대화

"없어도 있는 것처럼, 있어도 없는 것처럼." 이렇게 말하면 재산이나 돈에 관련된 이야기 같지만 이것은 우리 한국 사람들이 즐겨 쓰는 간접대화 양상을 표현하는 말이다.

대화對話라는 것은 마주 보는 양쪽 사람이 눈길을 맞추며 의견을 교환하는 말하기이다. 이 때에 이야기를 나누는 당사자들이 자기의 주장을 정면으로 내세우는 사회풍토에서는 명실공히 1:1의 대화가 이루어지지만 '나'보다는 '우리'를 앞세우고 또 신분상의 등급이 문제되는 풍토에서는 필연적으로 1:1의 대화형식에 어떠한 변형이 발생할 것이라는 추측을 할 수 있다.

옛날 어른들은 남의 집 대문 앞에서 "이리 오너라, 주인어른 계시냐고 여쭈어라." 이렇게 큰 소리로 말하면 대문 안에서는 주인 마님이 "아직 아니 들어오셨다고 여쭈어라."하고 대답하였다. 이것은 집안에 심부름하는 노복奴僕이 제 3자로 들어 있다는 상황에서 이야기를 주고받는 대화의 변형이었다. 동네 골목에서 아낙네 둘이 언성을 높여 말다툼을 할 때에도 자기의 정당성을 제 3자의 개입을 통하여 입증하려는 말버릇을 발견할 수 있다. "길을 막고 물어봐요. 누가 옳은가."하고 공격하면 "아, 그럽시다. 물어봅시다."하고 맞받아 응수한다. 누군가 두 사람 사이에 증인처럼 서있음을 전제로 삼자는 말이다. 부부싸움을 할 때에도 남편에게 대드는 아내가 "이 양반이 사람을 치네요."하면서 동네 사람 누구에겐가 호소하는 형식의 말을 하는 수도 있고 "세상이 무섭지도 않아요?" 하면서 남의 이목耳目을 앞세워 자기가 옳음을 밝히는 수도 있다. 제 3자가 없건만, 있는 것처럼 가정하고 그 제 3자를 끌어들이는 화법이다.

이렇게 제 3자를 끌어들이기는 자연스럽게 대화의 상대방을 제3자로 만들어 버리고 독백처럼 허공에다 대고 상대방을 공격하는 방식으로 발전하였다. 상대방이 있건만 없는 것처럼 상대방을 돌려 세운다. 완행열차 3등객석에서 자리다툼을 하던 두 사람이 말다툼을 하다가 결판을 낸 뒤에도 마지막에 가서 한쪽 사람이 "세상 오래 살다 보니, 별 미친 놈 다 만나 보겠구먼."하고 상대방이 들으라고 투덜대는 장면을 목격한 적이 있을 것이다. 이것은 형식상으로는 독백이지만 내용상으로는 대화의 끝부분으로서 상대방 돌려 세우기의 화법이라고 할 수 있다. 버릇없는 손자녀석이 할아버지에게 "할아버지, 누가 그러는데 할아버지는 어려서 심술쟁이였다면서요?"한다든가, "사장님, 사장님을 사기꾼이라고 매도하는 분이 있다면 사장님은 어떻게 대처하시겠습니까?"하는 식의 말버릇도 있는데 이것은 말하는 사람이 엄연히 말을 하고 있으면서도 없는 것처럼, 대화의 뒤쪽으로 숨어 버리는 화법이다.

이처럼 제 3자 끌어들이기, 상대방 돌려세우기, 스스로 숨어버리기의 화법들은 개인주의가 성숙하여 1:1의 대화가 엄정하게 유지되는 사회에서는 발생하기 어려울 것이다. 그렇다고 해서 우리 민족, 우리 사회가 반드시 개인주의를 바탕으로 하는 서구 민주주의사회보다 뒤떨어진 사회라고 생각할 필요는 없을지도 모른다. 그러나 우리 민족은 전통적으로 사생활보장私生活保障을 원칙으로 삼는 이른바 '프라이버시privacy'를 인정하지 않았으니 변칙적인 간접대화가 앞으로도 정당성을 가질 것이라고 고집해서는 안된다. 그리고 또 교통법규를 위반한 자가운전자가 교통순경으로부터 '딱지벌금납부고지서?'를 받으면서 행여 마음속으로라도 "에이, 재수없는 날이군!"하는 푸념을 늘어놓아서도 안 될 것이다.

풍자와 해학과 개작한 시詩들

어느 시대, 어느 사회가 평화와 행복만이 깃든 낙원이었을까? 그런 시절, 그런 고장이 없었다면 인생살이는 불교에서 말하는 것처럼 결국 고통의 바다라 할 수밖에 없겠는데, 그 고통의 바다 한복판에서 우리는 회한悔恨을 씹는 네 가지 방법을 익혀 왔다고 한다.

첫째는 회한을 조용히 받아들이는 수용受容의 길이고, 둘째는 회한에 맞서는 대결對決의 길이며, 셋째는 회한에 녹아 어울리는 화합和合의 길이고, 넷째는 회한을 뛰어넘는 승화昇華의 길이다. 회한을 수용할 때에는 우수憂愁가 깃들고, 회한에 대결할 때에는 풍자諷刺가 발생한다. 회한과 화합할 때에는 해학諧謔이 생기며, 회한을 승화시키려 할 때 초월적인 참선參禪의 자세를 갖춘다.

이렇게 한恨스러움을 맞이하는 네 가지 처방 가운데에서 우수와 참선의 길에는 입을 다물고 고요히 몸을 사리는 자태姿態가 있을 뿐이지만 풍자와 해학의 방법에는 반드시 말을 해야만 한다.

특별히 세상이 어수선할 때, 그러니까 한 사회가 누적된 경직성과 침체

성으로 말미암아 백성 가운데에는 억울한 일이 많고, 세상 돌아가는 것은 한심스럽기 짝이 없는 병리病理현상으로 가득 찰 때, 그런 때에 풍자와 해학은 장마철에 봇물 터지듯 흘러 넘친다.

김삿갓이라 하는 방랑시인이 팔도강산을 유랑하여 걸식하던 시절은 조선왕조가 말기의 징후를 보이며 서서히 무너져 내리던 19세기 중엽이었다. 오늘날 김삿갓이 지었다고 전해지는 대부분의 파격적인 시들은 세상을 꼬집는 풍자가 아니면 짐짓 너스레를 떠는 해학의 시들이다. 그 시들이 김병연金炳淵이라는 한 사람의 작품으로 전해지고 있으나 사실에 있어서는 김삿갓의 입을 빌려 그 때의 사람들이 한풀이를 했던 것이라고 생각해 볼 수도 있다.

요즈음 들어 얼굴 없는 시인이 세상에 대고 주먹질하는 시가 생기더니 또 언제부터인지 세상 사람들이 좋아하는 명시名詩에 가탁假託한 개작시들이 사람들의 입에서 입으로 재미삼아 전해지고 있다고 한다. 몇 수 옮겨 보기로 하자.

청와대 달 밝은 밤에 집무실에 홀로 앉아
휘청이는 조국 안고 깊은 시름하다가
그렇다 해결방법은 범죄전쟁뿐이로다

야당인들 어떠하리, 여당인들 어떠하리
유신본당 5공본류와 합당한들 어떠하리
이렇게 구르다 보면 다음 차례 아니오랴

강의듣기 지겨워 가실 때에는
말없이 고이 보내 드리오리다

휴강에 결강 에프 킬라 학점
아름따다 성적표에 뿌리오리다
신청한 과목마다 놓인 경고장
사뿐히 즈려보고 생각하소서
공부하기 지겨워 가실 때에는
죽어도 F학점 드리오리다

님은 갔습니다.
아, 아, 사랑하는 나의 님을 갔습니다.
까만 산 빛을 깨치고 단풍나무 숲을 향하여 난 백담사 길을 걸어서
참아 떨치고 갔습니다.
황금의 꽃같이 굳고 빛나던 옛 서슬은 차디찬 티끌이 되어 한숨의 미풍에
날아갔습니다.
날카로운 첫 쿠데타의 추억은 나의 운명의 지침을 돌려놓고 뒷걸음쳐서
사라졌습니다.
나는 향기로운 권력의 말소리에 귀먹고 꽃다운 명예의 얼굴에 눈 멀었습
니다.
우리는 만날 때에 떠날 것을 염려하는 것 같이 떠날 때에 만날 것을
믿지 않습니다.
제 곡조를 못 이기는 분노의 노래는 님의 침묵을 휩싸고 돕니다.

자, 이러한 개작시들은 단순한 해학이요, 풍자인가? 아니면 이 시대의
징표를 말해 주는 서민의 함성인가?

어떤 뜻을 취할 것인가

"'순진純眞하다'는 말에 '어수룩하다'는 뜻이 들어 있을까?"

"글쎄, 그럴 것 같은데…, 순진한 사람은 속여 먹기 쉽지 않아?"

"그럴까? 순진하기 때문에 오히려 남에게 속을 수 없을 만큼 깨끗하고 슬기로운 것 아닐까?"

어느 날 봄비는 지하철 차칸 안에서 고등학교 2학년쯤 되어 보이는 학생 둘이서 낱말의 뜻을 놓고 이야기를 나누고 있었다. 하나의 대상에 대하여 상반된 견해를 갖고 있는 사람들이 허심탄회한 심정으로 의견을 나누는 것을 보니 내 마음도 저절로 흥겨워졌다. 그 때 나는 이규보李奎報의 '경설鏡說'이란 글을 연상하였다.

《한 거사居士가 거울을 하나 가지고 있는데 먼지가 끼어서 흐릿한 것이 꼭 구름에 가린 달빛과 같았다. 그러나 아침저녁으로 들여다 보고 얼굴을 가다듬으며 소중히 하였다. 손님이 보고 묻기를 "거울이란 얼굴을 비추는

> 것이요, 또 군자가 그 맑음을 취하는 것인데, 지금 그대의 거울을 보니
> 그 흐린 것이 안개 낀 것과 같은데도 그대는 오히려 늘 비춰 보고 있으니
> 그것은 무슨 까닭인가?"하였다. 거사는 이렇게 대답하였다. "거울이 맑으
> 면 잘생긴 사람은 좋아하지만 못생긴 사람은 싫어한다. 세상에 잘생긴
> 사람은 적고 못생긴 사람은 많으니 못생긴 이가 맑은 거울을 보면 화가
> 나서 깨뜨릴지도 모른다. 그러니 먼지 끼어 흐린 것만 못하다. 겉은 깨끗하
> 지 않을지라도 그 맑은 본성은 없어지지 않으리니 훗날 잘생긴 사람을
> 만나 다시 갈고 닦아도 늦지 않다. 아, 옛적에 거울을 보는 사람은 그
> 맑은 것을 취했으나 나는 거울을 보며 그 흐린 것을 취하나니, 그대는
> 무엇을 이상스럽게 여기는가?》

　이 글은 물론 외형보다는 내실內實을 소중히 하면서 겸허謙虛에 바탕을
둔 수양修養의 자세를 강조한 것이지만, 똑같은 대상을 어떤 관점에서
이해하느냐에 따라 그 대상의 의미가 달라질 수 있음도 보여 주고 있다.
　그 날 저녁이던가? '파한破閑'의 의미가 우리가 통념으로 이해하고 있는
것보다는 훨씬 심오한 것임을 발견하였다. 이인로李仁老의 파한집破閑集
끝 부분을 읽으면서 나의 고정관념이 무너져 내리는 순간이기도 하였다.

> 《내가 '한閑'이라고 한 것은 대개 세상일을 원만하게 마치고 은퇴하여
> 수레를 푸른 들에 놓아두고 마음에 더 이상 구할 것이 없는 사람과, 삶의
> 터전을 산수간에 잡고 배고프면 먹고 피곤하면 자면서 세상일에 아무런
> 거리낌이 없는 사람이라야 그 한가함의 참맛을 누릴 수 있다는 뜻으로
> 쓴 말이었다. 그러므로 이 파한집을 읽으면 '완전한 한가함'이 어떤 것인지
> 를 깨달을 수 있을 것이다. 대개 세상의 티끌과 부질없는 수고에 시달리고

명예와 지위에 골몰하여 권세와 이윤에 따라붙으며 동서로 바삐 뛰던 사람이 하루 아침에 그 자리를 잃으면 외모는 한가로운 것 같으나 마음속은 평화를 잃고 불안하여 그 한가함이 병이 된다. 그러나 이 책에 눈을 붙이면 그 거짓된 한가로움에서 오는 병을 고칠 수 있을 것이다.》

그러므로 '파한'이란 말은 심심풀이나 심심파적의 놀이가 아니다. 세상을 떳떳하게 살았다는 자신감을 가지고 세속의 번거로움을 벗어난 사람이거나, 처음부터 세속을 등지고 산수간에 묻혀 인생을 즐기는 사람만이 '한'의 참맛을 즐길 수 있다는 것이고 그 '한'의 완미한 경지에 도달하는 것이 다름 아닌 '파한'이라 하겠다.

우리가 표면적으로만 바라보고 이해하는 것이 어찌 이런 낱말의 의미에 국한된 것이겠는가. 의견을 달리하는 사람들의 가슴속도 들여다볼 줄 알아야 할 것이다.

하늘·사람·법·술수

바람직한 세상이란 도대체 어떤 것이냐고 묻는다면 사람들은 한마디로 대답하지 못한다. 그러나 어떤 사태가 벌어졌을 때, 그것이 바람직한 세상에 어울리는 것인지 아닌지는 즉시 판별한다. 사람들은 그러므로 어떻게 사는 것이 바람직한 세상에 적합한가를 알고 있는 셈이다. 또한 바람직한 세상에서 얼마만큼 멀리 떨어져 있는가 하는 것도 알고 있다.

옛날 어른들은 말씀하셨다. "하늘도 무심하시지…." 이렇게 말씀하실 때에는 하늘을 우러러 눈길을 모으시며 천지신명께 탄원하는 자세가 되셨다. 그것은 천재지변이요 불가항력의 재난이어서 아직 인간의 잘못 때문이라는 생각이 드는 것은 아니었다. 그럼에도 불구하고 혹시나 인간의 잘못에 대해 하늘의 진노하심인가 여기어, 지나간 삶의 자세를 돌이켜 보며 그 사태를 겸허하게 받아들이며 체념을 익히셨다.

그러나 사태의 얼크러짐이 인간 심성에 연유한다고 판단되었을 때, 옛날 어른들은 이렇게 개탄하셨다. "사람으로서야 어찌…" 말끝을 흐리시며 눈을 감으셨다. 인간에 대한 기대가 허물어졌다는 실망의 탄성이기는 하지만 그래도 아직은 사람다움으로 돌아올 수 있으리라는 희망이 완전히 사라져 버렸다고는 할 수 없었다. "잘못했습니다. 다시는 이런 일이 없겠습니다." 이렇게 무릎을 꿇고 사죄의 말씀을 올리면 "그래, 그러면 없었던 일로 하자." 못 이기는 체, 외면했던 자세를 바로 잡으시고 즉시 "배고프지? 밥 먹어야지." 하신다든가 "그 옷매무새가 뭐냐?"하시며 딴청 피는 핀잔을 주시기도 하였다. 용서와 사랑이 한데 녹아 흐르는 장면이었다.

다시 사태가 악화되어 인간적인 해결이 불가능해졌을 때, 그때에 가서야 옛날 어른들은 말씀하신다. "아니, 이런 법法이 어디 있는가?" 여기에서는 이미 인간 심성에 호소하고자 하는 인정人情의 차원을 넘어선다. 법이 규정하는 바를 따라 처리되기를 바라는 단호함이 엿보인다. 그러나 그것은 사람 하나를 잃었다고 하는 허탈함과 죄책감을 아울러 나타내고 있다. "무슨 수數가 없겠는가?" 이렇게 돌아서서 말씀하시며 사람도 살리고 일도 해결하는 방도를 찾고자 하셨다. 그것은 어디까지나 사람 만들기에 주안점을 둔 말씀이었다. 그러나 '수數'라고 하는 것은 '술수術數'를 뜻하는 것인즉 문제해결의 방안으로서는 가장 낮은 단계임을 숨길 수 없다.

환갑의 늙은 스승이 스무 살 안팎의 어린 학생들에게 이리저리 끌려 다니며 밀가루와 계란세례(?)를 받는 불상사가 발생하였다. 91년 6월 3일, 외국어대학교 마당에서 벌어진 사건이었다. 사람들은 모두 말한다 "이럴 수가 있는가?" 그러나 그것은 '수數'풀이로 해결할 문제가 아니다. 사람들은 또 말한다. "이럴 법이 있는가?" 그러나 그것은 '법法'으로 해결될 문제가 아니다. 어떤 분은 말하리라. "사람이라면 그래서는 아니 되느니…" 아마도 이런 분은 그 패륜의 어린 학생들이 언젠가는 올바른 사람으로 되돌아오리라는 희망을 갖고 있는 듯하다. 또 어떤 분은 말씀하시리라. "하느님도 무심하셔라. 어찌 이런 사태가…"

이 때에 이르러 우리는 문제해결의 핵심에 이른 것은 아닐까? 거기에는 우리들 인간의 공통적인 과오에 대한 깊은 통찰이 있고, 인간의 오만함과 방자함에 대한 하느님의 분노를 느낄 줄 아는 인간적 겸허가 담겨져 있기 때문이다. 제 잘못이 무엇인지를 깨닫도록 인간을 빚으신 조물주에게 점점 더 두려울 뿐이다.

모순어법矛盾語法의 존재이유

지난 초여름의 어느 주말, 한가한 마음으로 '욱풍·황묘자 부부 서화전'이 열리는 화랑을 들어서고 있었다. 오래 걸릴 줄 알았던 회의가 일찍 끝났기 때문에 마침 회의장에서 가까운 화랑으로 발길을 돌릴 수가 있었던 것이다. 그 때 나는 안내 광고판을 보고 그 전시장을 찾았을 뿐, 욱풍·황묘자 부부가 어떤 분인지는 전혀 모르고 있었다. "'욱풍'은 아호를 썼는데, '황묘자'는 왜 본명을 썼을까?" 이렇게 생각하면서 전시장 안의 작품을 둘러보았다. 그림은 욱풍의 것이었고, 서예는 황묘자의 것이었다. 그런데 황묘자의 글씨를 보니 해행전예楷行篆隷 등 서체가 다양했는데 운필運筆의 기교라든가 글씨의 기상이 아무리 보아도 여자의 글씨가 아니었다. '황묘자라면 분명 여자일 터인데 무슨 여자가 이렇게 호방한가?' 나는 입속으로 중얼거리며 전시장 입구로 돌아 나와서 "여기에 혹시 황묘자씨가 계십니까?"하고 물어 보았다. 안내를 맡은 분이 "바로 저분입니다." 하는 쪽을 바라보니, 거기에는 팔순은 넉넉히 되어 보이는 작달만한 키의 중국 노인이 서 있지 않은가! 그때의 당혹감. 그것은 의식의 현기증 같은 것이었다.

일제시대에 태어나서 초등학교를 다니다가 8·15광복을 맞은 나는 '춘자, 화자, 순자, 묘자'같은 이름은 당연히 여자에게만 붙인다는 고정관념에 빠져 있었던 것이다. 그 때 문득 노자老子·장자莊子·공자孔子·맹자孟子의 이름이 떠오른 것이 다행이라면 다행이었을까?

이처럼 판에 박힌 고정관념의 일상으로부터 우리를 해방시키고자 할 때, 우리가 찾아야 할 것은 무엇인가? 만일 우리가 언어를 통하여 고정관념을 벗어나 보고자 한다면 우리는 가까운 책방에서 한 권의 시집詩集을 골라야 하리라. 그리고 그 시집 속에서 일상의 언어논리가 파괴된 뒤에 피어오른 심상心像의 꽃향기를 만날 수 있으리라.

시詩의 언어가 누리는 일차적인 특권은 모순어법矛盾語法을 가장 자연스럽게 거느릴 수 있다는 점이다. 가장 단순한 모순어법은 '애늙은이' '늙은아이' 같은 말이다. '늙은아이'는 어린이를 지시 대상으로 하지 않는다는 점에서 한국어의 일상적인 문법을 위반하고 있다. 그것은 늙은이를 가리킨다. 마찬가지로 '애늙은이'는 어린이를 가리킨다. 한 단계 발전하면 '현명한 바보, 뜨거운 추위'같은 표현이 나타난다. '현명한 바보'는 바보인가? 현자賢者인가? 생각에 혼란이 오고 의식의 마비를 느낄 수 있다. 이 때에 우리는 정신을 차려야 한다. 여기에서 쓰러지면 우리는 고정관념의 일상에서 한걸음도 벗어나지 못할 것이기 때문이다.

'불타는 냉소冷笑, 잔인한 친절, 침묵의 화려함, 터지는 고요' 등 어느 쪽으로 해석해야 할지 망설여지는 표현 앞에서 논리적 사고가 부질없다는 것을 깨닫는 순간, 드디어 우리는 향기를 듣고聞香 소리를 보는視聲 공감각共感覺 통제의 경지에 들어선다. 그러면 '천천히 서둘러라' '울음으로 웃는다'같은 표현은 거부감이 생기지 않는다.

이제 우리는 '눈부신 어두움'쯤은 자연스럽게 수용할 자세가 되어 있다.

그러면 다음 말이 들려 온다. '나는 아무것도 모른다는 것을 안다' 소크라테스의 독백이었던 것 같다. 또 들린다. '선禪은 아무것도 가르치치 않는다는 것을 가르친다.' '죽기 전에 죽으면 죽어서도 죽지 않는다.'

이렇게 우리가 시詩의 행간에서 세상만물이 몇 개의 낱말 속에 녹아드는 것을 지켜 보노라면 그제서야 우리가 허둥지둥 한 권의 시집을 고르기 위하여 책방 안의 서가를 기웃거렸다는 것조차 부질없이 보이지나 않을 것인지….

숨겨 적은 추모의 마음

그는 연못가 긴 의자에 앉아서 과자부스러기를 던지고 있었다. 먹이를 좇아 금붕어떼가 넘실거리며 몰려들었다. "무엇을 하고 계십니까?" 내가 웃으며 다가가니 "금붕어들이 나를 좋아해요." 그는 돌아다보지도 않고 과자봉지에 손을 넣는 것이었다. 며칠 전 학교구내 자하연이라는 연못가에서 만난 김 교수의 모습이다.

재작년 아내를 잃은 그는 원래의 고요한 성품이 더 고요해져서 그렇게 한운야학閑雲野鶴처럼 물가에 앉아 금붕어와 대화하는 시간이 많아졌다.

그 날 저녁 나는 집에 돌아와 서가에 꽂아 두고 읽지 않았던 그의 책 '영어발달사'를 펼쳐 들었다그는 중세영어를 전공한 영어학의 권위자이다. 그의 외로움을 위로하고자 하는 숨은 뜻이 있었던 것 같다.

겉표지를 넘기고 다시 속표지를 넘겼다. 머리말이 나왔다. 대강 훑어보고 책장을 넘기려다가 그 머리말이 적힌 반대쪽, 그러니까 속표지의 뒷면 하단 오른쪽에 8포인트짜리 작은 활자로 글자 몇 개가 찍혀 있음을 발견하였다.

〈In memoriam ○○○ (1937~1989)〉

가슴이 콱 매이며 핑그르르 눈물이 돌았다. 만일에 내가 김 교수 부인의 이름을 몰랐다면 이렇게 숨어 있는 반 줄짜리 헌정기獻呈記에 마음이 쓰이지는 않았을 것이다. 한국적 선비기질 때문에 내놓고 아내를 추모追慕할 수는 없고 그렇다고 한평생 자기의 궁벽한 학문을 뒷바라지하다가 먼저 떠나 버린 아내에 대한 그리움과 고마움을 나타내지 않을 수 없는 갈림길에서 김 교수가 취한 이 겸허와 성실.

이 때에 우리 나라 최초의 한글 비석 영비靈碑가 생각난 것은 무슨 연상작용인지 모르겠다. 흔히 '영비'로 불리는 이 한글비는 1536년中宗 31年 嘉靖十五年에 세운 것으로, 지금 도봉구 중계동 야산에 있다. 조선조 중종 때에 승문원承文院 벼슬을 지낸 이윤탁李允濯이라는 분의 묘비이다. 비석 네 면 가운데 왼쪽 면에 다음 같은 글귀가 새겨져 있다.

〈靈碑 녕혼 비라. 거운 사르믄 지화롤 니브리라. 이는 글모르는 사름드 려 알위노라〉
신령한 비석입니다. 건드리어 성나게 한 사람은 재앙을 입을 것입니다. 이것은 한문 모르는 사람에게 알리는 글입니다.

4백 55년 전에 부모의 묘소가 길이 보존되기를 비는 이윤탁의 자제들이 한문을 모르는 나무꾼이나 목동들에게 무덤주위를 더럽히지 말라는 경고의 뜻을 나타내고자 하여 마련한 글귀이다. '글'이라고 하면 '한문'을 뜻한다는 것과 '거우다'가 '건드리어 성나게 하다'라는 낱말이라는 것 등의 옛말 지식 이외에 옛사람들이 부모님 묘소를 얼마나 정성들여 보존하고자 하였는가를 헤아릴 수 있는 비석이기도 하다.

원래 문자의 생성과 발달이 오래오래 기억하고자 하는 인간의 욕구에 바탕을 둔 것이라고 한다면, 그리고 기억해야 할 대상은 결국 우리가 정을 붙였던 사람들, 부모·스승·배우자들을 중심으로 번져 가는 것이라고 한다면, 문자는 본성적으로 종교적 도덕적 가치실현의 도구라 아니할 수 없다.

'내가 지금 무슨 생각을 하고 있지?'

나는 서둘러 '영어발달사'의 책장을 넘긴다. 김 교수가 '인 메모리얌'이라는 글귀를 그의 책 속표지 뒷장에 숨겨 찍으면서 마음 속으로 빌었을 기도문을 상상하면서.

'이 책은 제가 사랑하는 아내를 추모하는 신령한 책입니다. 누구든지 이 책을 읽으면 영어에 대한 해박한 지식이 날로 늘어 갈 것입니다. 제가 아내를 추모하는 정이 깊어 가듯이…'

속담에 나타난 과학정신

사과가 떨어지는 것을 보고 뉴턴이 만유인력의 법칙을 발견하였다고 한다. 그러나 뉴턴이 이 법칙을 언급하기 전에도 익은 사과는 나무에서 떨어졌었고 그리고 세상 사람들은 그것을 구경하면서 살아왔다. 이처럼 너무도 자명하고 보편적인 현상은 아무도 주의를 기울여 살피지 않았지만, 천재의 눈빛을 받는 순간, 진리의 옷을 입고 세상 사람들을 놀라게 한다.

우리가 일상으로 사용하는 속담은 그것이 지닌 비유의 기능 때문에 그 속담이 생성되던 당시의 생생하던 사실적 진술의미는 잊혀진 채 사용되는 수가 있다. 그러나 속담의 사실적 진술을 면밀하게 검토해 보면 거기에 어떤 것은 뉴턴의 사과처럼 자명하고도 보편적인 자연법칙이 숨겨져 있다. '등장 밑이 어둡다'고 하는 너무도 분명한 사실적 진술은 원래 가까운 데에 있는 사물이나 사건에 대해 사람들이 더 이해가 부족하다고 하는 인간의 어리석음을 풍자하는 말이 아니었다. 문자 그대로 등잔불이 켜져 있는 등잔 밑, 가까운 곳이 등잔에서 멀리 떨어진 등잔 둘레보다 어둡다고 하는 물리적 현상의 사실적인 진술이다. 이 사실적 진술은 '빛의 직진'이라는 자연법칙을 말하고 있다. 만일에 빛이 직진하지 않는다면 이 세상에 그림자는 존재하지 않을 것이다.

'얕은 내도 깊게 건너라' 이 명령형의 속담은 냇물을 건너는 방법으로 이해되기보다는 일을 처리할 때 신중하고 겸허하라는 도덕성의 강조로 받아들여지고 있다. 그러나 이 말은 얕아 보이는 냇물이 실제로 깊다는 것을 일깨우는 사실적 진술이다. 즉 빛이 물을 통과할 때 굴절된다는 자연법칙 한 가지를 냇물 건너기에 응용하여 말한 것일 뿐이다.

'바늘구멍에 황소바람'이라는 말도 '바늘'이니 '황소'니 하는 낱말만 '작다' '많다'로 바꾼다면 명징한 사실적 진술이요, 흐르는 물체의 이동량을 설명하는, 이른바 '베르누이 정리定理'의 알기 쉬운 표현이라고 할 수 있다. '유체流體는 단위시간당 통과하는 양量이 같다'고 하는 '베르누이 정리'는 강江폭이 좁은 곳에서 물살이 빠른 것을 경험한 사람들에게는 쉽게 이해될 것이다. 삼복더위 여름철에 높은 건물 양 옆에 낀 골목을 걸어본 사람은 그 곳이 넓은 길보다 시원한 것을 경험했을 것이다. 넓은 길을 통과하던 바람의 일정량이 똑같은 시간 안에 골목길을 빠져나가려면 속도가 빨라져야 할 것 아닌가? 그래서 '가지 많은 나무에는 바람 잘 날이 없다'도 알기 쉬운 표현이라고 할 것이다.

'낮말은 새가 듣고 밤말은 쥐가 듣는다'고 하는 말도 어째서 '새'와 '쥐'가 동원되었는지는 살펴볼 필요가 있다. 낮에는 소리가 지열地熱의 영향으로 실제로 위로 올라가는 현상이 발생하며, 밤에는 지열이 식으므로 땅바닥으로 깔린다. 그러니 올라간 소리는 '새'가 들을 것이요, 깔린 소리는 '쥐'가 듣게 되는 것이다. 아파트에 사는 사람들은 그리고 일상으로 목청을 높여 말하기를 즐기는 사람들은 한 번쯤 생각을 가다듬게 하는 속담이다.

이렇게 속담을 검토하다 보면 우리 조상들의 과학적 슬기에 감탄하지 않을 수 없다. 그런데 웬일로 자연과학은 발달하지 않았을까? 자연현상의 사실적 진술을 자연탐구의 재료에 이용하지 않고 시詩적으로 변용시켜 비유와 풍자의 도구로만 사용하려 하였기 때문일까? 그러면 이제부터라도 최소한 속담이 물리학 연구를 위한 동기유발의 재료가 된다는 것만이라도 알리는 운동을 펼쳐야 하겠다.

민족성과 민족감정

고유한 문화전통과 오랜 역사를 갖고 있는 하나의 민족이 이웃 나라의 침략을 받아 굴욕적인 피지배의 쓰린 고통을 겪었다. 침략자에 대한 평가는 당연히 부정적인 방향으로 전개될 것이다.

지난 1950년 여름, 우리 나라가 6·25의 참화로 시달리던 같은 시기였다. 모택동이 이끄는 공산 중국은 티베트를 개화시킨다는 명분을 앞세우고, 슬며시 군대를 투입하여 티베트의 공산화작업을 착수하였다. 그로부터 1959년 4월, 이 나라 사실상의 임금이요, 최고위직 승려인 제 14대 달라이 라마'달라이'는 '큰 바다'라는 몽고어이고 '라마'는 '스승'이라는 티베트어이다는 24세의 나이로 티베트를 탈출하여 지금까지 49년이란 긴 세월, 인도에서 망명생활을 하고 있다. 그는 '유배생활속의 자유Freedom in Exile'라는 제목을 붙인 자서전에서 다음과 같이 중국 사람을 묘사한다.

〈벌컥벌컥 화를 잘 내는 버릇도 중국인에게는 흔한 특성이란 것을 곧 알아챘다. 그래서 감정을 잘 다스리거나 철저히 숨기는 서양 사람들은 중국인에게 공손한 태도를 취하는 것 같다.〉

〈내가 티베트의 극동지역 타쉬키엘을 방문했을 때, 수천 명의 사람이 나를 찾아와 경의를 표하였다. 나는 그들의 뜨거운 사랑에 깊이 감동하였다. 그러나 중국당국은 내가 실제로 도착한 날보다 일주일 늦게 온다는, 거짓 정보를 흘렸다는 얘기를 나중에 듣고는 심한 배신감을 느끼지 않을 수 없었다. 그들은 우리 국민들이 나를 만나지 못하게 하려고 날짜를 속였던 것이다.〉

〈오랜만에 티베트국민을 만나 보니, 우선 표정만 보아도 우리 티베트인들이 중국인들보다 훨씬 행복하다는 것을 알 수 있었다. 우리 티베트 사람들은 아무리 가난하여도 중국의 빈민만큼 비참하지는 않다. 적어도 티베트에는 전족纏足이나 궁형宮刑같은 야만적인 습속은 없다.〉

〈우리 티베트 사람 푼촉왕갈은 누가 보더라도 성실하고 헌신적인 공산주의자였다. 그럼에도 불구하고 그가 독자적으로 티베트공산당을 조직했다는 이유로 투옥되어 1970년대 말까지 감옥생활을 하였다. 이 사건은 나로 하여금, 중국 지도부가 인류의 복지세계를 위하여 애쓰는 진정한 의미의 공산주의자들이 아니라는 사실을 깨닫게 해 주었다. 그들은 철저한 국가주의자들이요, 공산주의를 가장한 쇼비니스트들일 뿐이었다.〉

요컨대 중국 사람들은 화를 잘 내며, 거짓말을 잘 하고, 아랫사람에게 가혹하고 야만적이며 자기민족만 생각하는 국가주의자들이라는 것이다.

나는 달라이 라마의 처지가 된 기분으로 그의 자서전을 읽으면서, 어느 틈엔가, 달라이 라마가 중국 사람에 대하여 느끼는 감정 비슷한 것을 우리 나라 사람들이 일본 사람에 대하여 품고 있을 것이라는 생각을 하게 되었다. 생각이 여기에 미치자, 그것이 과연 온당한 것인가를 곰곰 따져 보지 않을 수 없었다. 그리고 이렇게 결론을 내리게 되었다. 민족감정이라는 것은 서로 이웃하여 살면서 겪게 되는 역사적 경험에 바탕을 둔 어쩔 수 없는 편견이다.

〈민족성이란 것도 특정한 역사적 상황 안에서 당시 사회에 적응하기 위하여 발생한 비교적 지속성이 있는 집단성향이다.〉

매 맞은 사람이 때린 사람을 향하여 웃는 얼굴로 "당신 참 좋은 사람이군 요."라고 할 수는 없겠지만 "당신같이 나쁜 사람은 이 세상에 없을 것이요." 라고 말하기 전에 왜 매를 맞았는지를 검토해 보아야 할 것이다.

우리는 이제 감정에 사로잡혀 일본을 욕하지 말 일이다. 무역역조貿易逆 調와 기술후진技術後進이 전적으로 우리 책임임을 통감하고 우리 스스로를 채찍질하여야 한다. 달라이 라마의 글을 읽으며 얻은 소득이다. 이것을 타산지석他山之石이라 하던가?

9장

외래어
수용受容문제

외래어 수용受容 문제

납덩이에 입힌 금빛
망령처럼 떠도는 낱말
남녀평등과 아내 · 남편
이름과 함자銜字, 휘자諱字
외래어 선호의 뿌리
외래어는 어떻게 토착화하는가
요즈음 대학생들의 우리말 사랑
하나 · 둘 · 셋과 일 · 이 · 삼
우리말 사랑, 그 중용의 슬기
한자말 쓰기를 벗어나려면

납덩이에 입힌 금빛

일상회화에서 외국어 낱말을 즐겨 섞여 쓰는 사람이 늘어 간다. 개인적인 자리에서라면 개인의 문제로 돌려 버릴 수도 있으나 텔레비전의 공개토론이나 공적인 면담의 경우는 일반에게 끼치는 악영향이 크게 염려되지 않을 수 없다.

작년 여름, 미국 여행중에 우리 유학생의 어떤 모임에서 나는 옛날이야기 하나로 외국어 낱말의 남용을 다음과 같이 풍자한 적이 있었다.

〈수만 냥의 돈을 가진 부잣집에 낯 모를 손님이 찾아와 돈 삼천 냥만 꾸어 달라고 청하였다. 집 주인이 무엇을 믿고 꾸어주느냐고 어처구니없다는 듯 웃었다. 손님은 주인보다 더 크게 어이없다는 듯 너털웃음을 웃고 나서 자그마한 보따리를 풀기 시작하였다. 거기에는 비단 천으로 여러 번 싸고 다시 나무상자 안에 소중하게 담겨 있는 주먹만한 금덩이가 들어있었다.

"주인어른, 내가 돈 몇천 냥을 쓰려고 이 금덩이를 팔 수는 없지 않습니까? 이것을 담보로 잡힐 터이니 융통을 부탁합니다. 계약날짜에 어김없이 이자를 붙여 돌려 드리겠습니다."

이 말을 들은 주인은 삼천 냥을 내어주고 금덩이를 보관해 두었다. 며칠 후 금광을 하는 조카가 집에 들렀다. 그 때 이야기 끝에 금덩이를 내보이고 감정을 청했다. 아뿔사, 조카의 감정 결과는 그 금덩이가 납덩이에 금칠을 입힌 가짜라는 것이었다.

부자 주인은 한참을 꿈쩍도 하지 않고 생각에 잠겨 있다가 조카를 바라보며 입을 열었다.

"자네는 이 일을 절대로 발설하지 말게, 곧 임자가 찾으러 오겠지." 마침 그다음 날은 동네에 큰 잔치가 벌어졌다. 주인은 그 잔치에서 술을 많이 마신 뒤에 갑자기 술상을 내리치며 통곡을 하였다. 사연을 묻는 동네 사람들에게 주인은 넋두리를 늘어놓았다.

"이런 기막힌 일이 어디 있겠소. 며칠 전에 어떤 손님이 나에게 금덩이를 맡기고 돈 삼천 냥을 꾸어 갔는데 누가 알았는지 그 날 밤 그 금덩이를 훔쳐갔단 말이오. 이제 손님이 찾아와 금덩이를 내놓으라면 나는 어찌 하오. 내 재산을 몽땅 내놓아도 모자랄 터이니…어이 어이."

발 없는 말이 천리를 간다고 돈을 꾸어간 손님에게도 이 소문이 들어갔다. 손님은 의기양양하여 주인을 찾아왔다.

"주인어른, 꾸어주신 돈은 잘 썼습니다. 이제 기일도 가까웠으니 약속대로 돈 삼천 냥과 이자를 받으십시오. 그리고 제 금덩이를 돌려주십시오."

주인은 난감한 듯, 돈을 받아 챙긴 뒤에 눈을 감고 한참이나 앉았다가 머뭇거리며 말문을 열었다.

"진실로 당신처럼 신용을 지킨다면 이 세상이 얼마나 명랑하겠습니까? 감사합니다." 그러고는 금고 속에 고이 간직했던 금덩이를 내어 놓았다.〉

나는 이 이야기의 마무리를 다시 다음과 같이 정리하였다.

"우리말은 토씨만 가져다 쓰면 되는 줄로 아는 지각없는 유학생들은 이 이야기의 사기꾼 손님과 같습니다. '그 사람, 우리말이 빨리 생각나지 않으니 그럴 수도 있겠지'하면서 너그럽게 보아 줍니다. 그러나 세월이 지날수록 겉멋이 들었다고 판단하게 되고 드디어는 결정적인 어느 순간에 인격이며 지성이며 학력이 납덩이에 금물을 입힌 가짜라는 것을 폭로하게 됩니다."

나의 이야기를 재미있어 하면서 잔잔한 웃음을 흘리던 그 자리의 젊은 유학생들은 어느 틈에 저녁노을처럼 붉어 오는 낯빛을 하면서 이렇게 용서를 청하는 것이었다.

"선생님, 죄송합니다. 저희들의 무심한 말버릇을 고치겠습니다."

망령처럼 떠도는 낱말

여러 해 전에 들은 얘기다.

방언方言조사를 나간 어느 교수님이 학생들과 더불어 조사대상이 되는 시골마을의 이장里長댁에 민박을 하기로 결정되었다. 마침 이장님댁은 그 마을에서 행세하는 집안인지라 생활형편도 넉넉했고, 집안식구들도 기품이 있고 친절하였다. 그런데 그 날 저녁에 예상치 못했던 일이 벌어졌다.

바깥채 사랑방에 조사원 학생 서너 명을 거느리고 다음 날부터의 조사계획을 의논하던 교수님은 이장님의 춘부장春府丈어른의 방문을 받으신 것이었다. 점잖은 노인이 의관衣冠을 갖추고 들어오시므로 그 교수님은 즉시 웃저고리를 입고 윗목으로 물러섰다가 주인집 어르신네가 좌정坐定하시기를 기다려 공손히 큰절을 올렸다. 그러고는 옛날 법도대로 수인사修人事를 하게 되었다.

"○○대학교, 국문과에 있는 ○○○입니다. 폐를 끼치게 되어 송구하기 그지없습니다."

"원 천만에 말씀이오. 워낙 누추한 시골이라 불편함이 많을 게요. 양해하시오. 나는 ○○○이라 하오. 그래 성씨姓氏가 ○씨이면 관향貫鄕은 ○○이시겠군."

"그렇습니다."

"그 집안이라면 누대累代로 명문거족이 아니오? 우리집의 광영이올시다. 그래 시하이시오?"

이 대목에서 문제가 발생하였다. 불행하게도 그 교수님은 '시하侍下'집안에 조부모님이나 부모님을 모시고 있음라는 낱말이 무엇을 뜻하는 말인지를 몰랐던 것이다.

"네? 시하라구요?"라고 엉겁결에 반문을 하였지만 그 교수님은 아이구 이게 무슨 망신인가? 마음속으로 외치며 가물가물 의식을 잃는 것 같은 기분이었다고 한다. 그 때에 주인댁 노인은 헛기침을 한두 번 하더니 "홈, 구존俱存하시군. 엄친嚴親께서는 춘추春秋어찌 되시오?" 아마도 주인댁 노인은 "네, 시하입니다. 두 분 부모님을 모두 모시고 있습니다." 이렇게 알아들은 것처럼 하고 다음 말을 해서 무안함을 면케 하였던 것이리라.

이쯤에서 우리는 두 분의 대화내용을 중단하기로 하자. 그 날 저녁, 어린 학생들 앞에서 체면을 잃은 교수님은 자신의 생활문화가 옛날 양반풍습의 끄트머리를 붙들고 있는 주인댁 어른과 얼마나 많은 차이가 있는가를 학생들에게 힘주어 설명하면서 자신을 변명하였지만 그렇다고 잃어버린 체면이 회복되는 것 같지도 않았고 자신의 마음이 편안해지지도 않았다고 한다.

그것은 온전히 '시하'라는 낱말 하나 때문이었다. 오늘날에 와서는 시효時效를 상실하여 일상의 언어생활에서는 자취를 감추어 버린 낱말이 망령亡靈처럼 되살아나서 사투리 조사를 나간 국어학 교수의 위신을 떨어뜨린 것이었다.

이 때에 우리는 그 국어학 교수의 빈약한 어휘실력을 탓하면서 "그래도 못 알아들은 당신이 잘못이오."라고 질책할 것인가, 아니면 "아니, 사람을 보고 말씀을 하시지. 요즘 세상에 그렇게 문자를 쓰시면 어떻게 하십니까? 세상이 변했으니 시류時流를 따라 쉬운 말로 말씀하셨어야지요."라고 시골 노인을 넌지시 공격할 것인가?

격에 어울리지 않게 한자말을 많이 섞어 쓰는 사람을 보면 나는 이 이야기가 연상된다. 계절에 따라 옷을 갈아입듯이, 시대에 따라 말투가 바뀌는 것은 예부터 자연스럽게 지켜온 법칙이다. 그 마을에서 방언조사가 실패하였다는 후문도 밝혀 두어야겠다.

남녀평등과 아내·남편

옛날, 행세하는 양반 집안에서는 신분身分과 서열序列을 나타내기 위하여, 사람을 가리키거나 부르는 말을 구분하였다. 가령 '엄마'라는 낱말은 서모庶母를 가리키거나 부를 때에 사용하였는데, 어떤 경우에도 그 서모에게 '어머니'라는 낱말을 쓸 수는 없었다. 적서嫡庶를 엄격하게 갈라 놓던 봉건사회의 질서가 호칭呼稱에 반영된 예라 하겠다.

이러한 사회적 관습과 전통은 언어에만 국한된 문제는 아니었다. 벼슬의 높고 낮음에 따라 몸치장이나 장신구에도 차이가 있었다. 옷감의 품질이나 색깔에도 구분이 있었다. 가옥의 규모, 분묘의 크기에도 차이가 있었다. 그 때에는 차별이 없는 것은 아무것도 없었다고 말해야 옳을는지도 모른다. 중국의 임금은 황제皇帝라 하였고, 우리 나라의 임금은 한 등급이 떨어지는 제후諸侯라 하여 임금을 상징하는 문양文樣에도 차별을 두었다. 그래서 중국의 제왕은 용龍으로써 권위를 나타냈고, 우리 나라 조선왕조의 임금님들은 봉황鳳凰으로써 위엄을 드러내는 징표로 삼았었다.

남존여비男尊女卑의 사상도 무엇이건 차등을 두려고 하는 봉건주의식

생각과 무관한 것이 아닐 듯싶다. 이것은 한걸음 더 나아가 부부夫婦사이의 가리킴 말에도 반영되었다. 아내가 외부 사람에게 남편을 가리켜 말할 때에는 '우리집 주인' '바깥주인' '주인어른'이란 지칭指稱을 사용하여 남편을 웃사람으로 모신다는 점을 분명히 하였으나, 남편이 아내를 제삼자에게 가리켜 말할 때에는 '집사람', '안사람'정도에 머물고 말았다.

만일에 어떤 사람이 '우리집 안주인'이라는 말을 썼다면 그것은 하인이 주인집 마님을 가리키는 말로 이해할지언정 자기 아내를 지칭한 것이라고는 생각할 수가 없었다.

이제 세상은 많이 바뀌어서 남녀평등을 부르짖는 세태가 되었다. 그러나 세상 사람들은 입으로는 말하고 관념적으로는 인정하지만 실제의 생활에서는 여전히 '주인양반'과 '집사람'이라는 지칭을 사용하면서 옛날 버릇과 의식을 깨끗하게 벗어 버리지 못하고 있다. 조금 젊은 세대에서는 이 어설픈 형편을 숨겨 보려는 책략으로 영어를 사용함으로써 더 큰 실수를 범한다. 즉 남편을 가리켜 '허즈번드'라 하고 아내를 가리켜 '와이프'라 하는 것이다. '허즈번드'를 줄여서 '허즈'라고 멋을 부리는 경우까지 있다. 오죽 답답하고 궁하면 영어를 빌려다 쓰겠느냐고, 그 궁여지책에 대한 옹호론을 폄직도 하다. 만일에 그 옹호론이 정당한 것이라면 저 신라시대에 그 아름답고 당당하던 고유어를 비속卑俗한 의미의 낱말로 전락시킨 과거의 잘못을 또 되풀이하는 결과가 될 것이다. 사람을 가리키는 고대어에 '-방, -지, -한'같은 접미사가 있었다. 그런데 이들의 품격이 어떻게 상실되었는가를 보자.

'서동방薯童房·서방書房'에 쓰이던 '-방'은 '비렁뱅이·앉은뱅이'의 '-뱅이'로 전락하였고, '막리지莫離支·세리지世理智'에 쓰이던 '-지'는 '이치·그치·저치'하는 데 쓰이는 '-치'로 품위를 잃어버렸다. '거서간居西干·마립간麻立干·서발한舒發翰'에 쓰이던 '-한'·'-간'도 '불목한伐木漢·원두한園頭漢'에 쓰이는 비천한 계층의 직업인을 가리키는 '-한'으로 평가절하가 되었다. 한자를 받아들여 '시인詩人·소설가小說家·학자學者'같은 말을 좋아하면서 '-인人·-가家·-자者'가 '-뱅이·-치·-한'을 뒷전으로 몰아낸 것이라고밖에 달리 생각할 수가 없다.

이러한 때에 '아내'와 '남편'이라는 낱말이 영어의 '와이프'와 '허즈번드'에 완벽하게 대응한다는 생각을 못하는 까닭은 무엇일까?

어떤 멍청한 사람은 제 아내를 친구에게 소개하면서 "내 부인이야, 많이 좀 사랑해 줘."라고 했다던가?

이름과 함자衡字, 휘자諱字

　음력 설날이 민속명절이라는 이름으로 다시 부활하면서 복고조復古調의 전통문화가 활발하게 논의되기 시작하였다. 그 대부분이 가족 중심주의에 뿌리를 두고, 집안의 촌수寸數를 따지거나 그 촌수에 따라 서로 어떻게 부르는가를 밝히는 지칭指稱, 호칭呼稱의 문제, 그리고 집안 어른의 이름을 어떻게 표현하는가 하는 것들이다. 보는 시각에 따라서는 긍정적인 면도 있고 부정적인 면도 있을 것 같다. 그러면 부정적인 요소는 무엇인가 한두 가지만 생가해 보기로 하자.

　첫째, 이중과세二重過歲를 조장함으로써 과소비풍조를 더욱 부채질한다는 점이다. 그렇지 않아도 근검절약이 요구되는 시대에 일요일을 포함하여 나흘간이나 업무를 중단한다는 것은 국민경제에 미치는 영향이 매우 클 것이라고 생각된다. 노는 날이 많다 하여 한글날을 공휴일에서 없앤 정부가 어쩐 일로 음력 설날을 앞뒤로 하여 사흘간이나 휴무일로 정한 것일까? 신정新正과세를 공식적인 것으로 하였다면 구정舊正은 설날 하루만을 휴일로 삼아 전통적으로 차례茶禮를 지내던 집안의 묵은 풍습을 지키게 하는 정도에서 그쳐야 할 듯싶다. 나라가 전쟁에 시달려 곤궁하던 50년 전, 이중과세를 죄악시하던 때를 살아온 60대 이상의 어른들은 올해의 음력설날이 반드시 기쁘지만은 않았을 것이다.

둘째, 복고조의 전통용어를 부활시킴으로써 한자문화의 굴레를 결과적으로 강화하게 된다는 점이다. 이웃이나 집안어른들을 찾아뵙고 인사를 여쭙는 일이야 얼마든지 권장할 일이지만 그런 경우에 촌수도 따지기 어려운 먼 일가 어른에게 집안어른의 이름을 구분하여 말하라는 해설과 계몽이 과연 시의時宜를 얻을 것인가는 의문이 아닐 수 없다.

텔레비전에서 어떤 분은 말씀하셨다. "아버지나 할아버지가 살아 계실 때는 그 이름을 함자銜字라 하고 돌아가신 뒤에는 휘자諱字라 합니다." 이 말을 틀렸다고는 할 수 없지만 불완전한 설명임에는 틀림없다. 즉 '함자'니 '휘자'니 하는 말은 아버지나 할아버지 등 직계조상에게만 쓰는 말로 잘못 알아들을 수 있다. 누구든 윗사람의 이름은 모두 '존함尊銜'이나 '함자'라는 낱말로 표현할 수 있는 것이요, 또 '휘諱'는 봉건왕조시대에는 살아 계신 임금의 이름에도 적용한 것임을 알려주어야만 그 낱말을 바르게 이해할 수 있기 때문이다.

이 문제는 자연스럽게 한자교육의 강화를 유도한다. 민족문화의 미래가 한글전용을 목표로 하는 것이라면 '함銜·啣'과 '휘諱'의 한자교육을 전제로 하는 구시대 유교儒敎문화의 잔재를 강조할 필요가 있는 것일까?

이런 때에 지방紙榜을 한글로 쓰는 움직임이 생겼다는 것은 매우 고무적이다. '현고학생부군신위顯考學生府君神位'보다는 '돌아가신 아버님 혼령을 모신 자리'라고 쓴 것이 더 좋다는 생각을 하기 전에 우리는 과연 '현고학생부군신위'의 뜻이 무엇인가를 물어야 한다. 아마도 '학생'이 관직서열을 생명으로 여기는 옛날 유교사회에서 벼슬하지 않은 백두白頭의 선비를 일컫는다는 것을 아는 사람은 별로 많을 것 같지 않다.

민족문화의 장래가 바른 길을 잡기 위해서는 한자漢字가 누렸던 자리를 한글이 받아들였을 때 세상 사람들이 거부반응을 느끼지 않아야 한다.

그러므로 우리는 빌어야 한다. '함자' '휘자'를 써야 할 자리에 '이름'이란 낱말을 쓴다는 것도 망발이 안 되는 세상이 하루 속히 다가와야 한다는 것을. 이것은 물론 한자교육의 당면과제와는 별도의 문제이다.

외래어 선호의 뿌리

외래어를 즐겨 쓰는 사람이 많아지고 있다. 외래어를 즐긴다는 것은 무엇인가? 그것은 좋게 본다면, 우리보다 앞선 문화를 동경하고 그러한 선진문화로 발돋움하고자 하는 발전의지의 언어적 표출현상이다. 그렇다면 외래어 사용을 무조건 나쁘다고만 나무랄 일은 아니지 않은가? 그래서 나는 옛날 우리 조상이 얼마나 중국문화를 그리워하고 또 그것과 같은 수준에 이르고자 애썼는가를 살펴보기로 하였다.

먼저 세종의 한글창제에 반대하여 임금께 상소문을 올렸던 최만리崔萬理의 주장부터 들어 보기로 하자. 그는 상소문에서 이렇게 말하였다.

> "역대로 중국 사람들은 모두 우리 나라가 기자箕子가 남긴 풍속이 있다 하고, 문물과 예악禮樂을 중화中華에 견주어 말하기도 하였습니다. 그런데 이제 따로 언문諺文을 만드는 것은 중국을 버리고 스스로 이적夷狄과 같아 지려는 것으로서 이른바 소합향蘇合香: 위장을 편케 하고 정신을 맑게 하는 약재을 버리고 당랑환螳螂丸: 버마재비가 굴리는 작은 말똥을 취함이오니 어찌 문명의 큰 흠절이 아니오리까."

다음으로 내 시선을 붙잡은 것은 홍만종洪萬宗의 순오지旬五志였다. 이 책은 글자 그대로 저자 홍만종이 보름 동안에 완성했다고 전하는 책으로 속담을 수집한다든지 민족사의 주체성을 강조한다든지 하여 비교적 중화 중심사상으로부터 벗어난 것으로 알려져 있는 책이다. 그런데 다음 문장은 무엇인가?

> "이두吏讀와 언문諺文 이 두 가지 문자는 중국에는 없는 것으로 우리 나라에서 처음 만든 것이다. 비록 우리말을 통하고 일반 사무를 처리하는 데에는 매우 중요롭다 하지만 만일 중화 사람들이 이것을 본다면 문자가 같지 않다는 비웃음을 면하지 못할 것이다."

씁쓸한 심정으로 유형원柳馨遠의 반계수록磻溪隨錄을 뒤적여 보았다. 그런데 이게 웬일인가? 그는 실학實學의 기초를 쌓은 학자로서 평생 벼슬을 살지 않았으니 무언가 다른 이야기를 할 줄 알았는데, 그는 한걸음 더 나아가서 중국어 교육의 강화를 다음과 같이 주장하고 있었다.

> "중국어 학습을 강화하기 위하여, 오품五品 이하의 문관에게는 해마다 섣달에 승문원承文院에서 중국어 교과서 두 권과 이문吏文 : 관리들이 사용하는 사무용 한문을 일정량 암송하는 시험을 보게 한다. 능통한 사람에게는 상으로 한 품계를 올리고, 불합격된 사람은 한 등급을 강등시킨다."

더욱 놀라운 것은, 유형원 자신은 평생토록 중국여행을 해 보지 않았건 만 그가 46세 되던 해, 여름에 중국 복건성福建省에서 표류되어 온 사람이 있다는 말을 듣고 그 중국 사람이 서울로 압송되기 전에 찾아가 중국말로 묻고 대답하다가 명明나라의 왕통王統이 끊이지 않았음을 알고 기뻐하며 시를 지어 서로 위로하였다는 사실이었다. 이것은 그 당시 중원中原땅에 군림하면서 우리 나라에도 종주국 노릇을 하던 만주족, 청淸나라에 대한 저항의식을 나타냈다고 하는 일면이 없지 않으나, 어찌되었거나 조선왕조 오백 년 동안에 중국과 중국문화에 대한 선망과 동경은 끈질기고도 줄기찬 것이었다.

그리고 한동안 또 일본과 일본문화에 대한 엎드러짐은 얼마나 심하였던 가! 이렇게 본다면 요즈음 우리 나라 지식인이 서양문화를 선호選好하고 그 쪽의 언어를 무분별하게 받아들이는 현상은 그래도 옛날보다는 심한 것이 아니라는 생각을 떨쳐버릴 수 없다. 무언가 조금씩은 나아진다는 믿음이 있기 때문에….

외래어는 어떻게 토착화하는가

코흘리개 시절, 나는 엄마의 친정 나들이 때마다 치마꼬리에 싸여서 외갓집을 즐겨 따라다녔다. 서울 하고도 서대문 밖, 에우개阿峴마루터기에서 굴레방다리 쪽으로 내려가다가 왼쪽 샛길로 들어서면 초가집과 기와집이 듬성듬성 뒤섞이어 십여 채 모여 있는 마을이 나오는데, 거기에 나의 외갓집도 끼여 있었다. 진흙을 이겨 돌맹이를 쌓아 만든 얕으막한 담장을 끼고 돌면 언제나 솟을대문이 활짝 열려 있고 그 앞에 뚱보 외할머니가 서계시다가 "어이구, 심서방네 귀공자 오시는가"하며 나를 반기셨다.

그 외할머니가 외숙모 몰래 꺼내 주시는 겨울 연시軟柿, 외할아버지가 사 주시는 군밤, 외삼촌이 지갑을 열고 꺼내주시는 엽전 한 닢, 외숙모가 내주시는 유과油菓 등등, 외갓집에서 수지 맞추는 일거리는 한둘이 아니지만 50년 세월이 흐른 지금, 우리말을 공부하다가 생각해 보면 그 때 받은 선물은 의외로 우리말에 대한 놀라운 깨우침이었다.

해마다 음력 사월 초파일이면 모랫내를 지나서 큰 절로 재齋구경을 갔다. 그 큰 절을 외할머니는 '경텟절'이라고 하셨고 외할아버지는 '정토사

淨土寺'라 말씀하셨다.

"할아버지, 왜 정토사를 할머니는 꼭 경텟절이라고 해요?"

"응, 그것은 이담에 네가 커서 한문을 배우면 저절로 알게 되느니라."

나는 그 때 외할아버지의 말씀에 불만이 많았지만 사실은 절이름에 큰 관심이 없었던 터라 그 후로 흐지부지 잊어버리고 말았었다. 그러다가 '구개음화'라는 음운현상을 배울 때 '기름油'이 '지름'으로 바뀐다는 것, 또 이렇게 'ㄱ'이 'ㅈ'으로 발음되는 말을 'ㄱ'으로 잘못 바꾸어 놓은 '역구개음화逆口蓋音化'현상이 생긴다는 것도 알게 되었다. 그래서 '점심點心'이란 말을 엉뚱하게 '겸심'으로 바꾸어 놓는 일이 일어난다는 것을 이해하게 되었다. 그러므로 '정톳절'은 '경퇴절, 경텟절'로 바뀔 수가 있었던 것이다.

중국어로부터 새로운 어휘를 수입하던 시절, 그 중국 기원의 외래어가 중국어라는 껍질을 벗어 버리고 고유어처럼 보이는 새 단장을 하는 과정은 낱말마다 사정이 조금씩 다르기는 하지만 새로이 탈바꿈을 한 낱말은 절대로 한자어로 되돌아가지 못하는 운명이 된다. 그러므로 현대어를 자세히 검토해 보면, 하나의 낱말이 두 가지 형태로 존재하는 것을 발견할 수 있다. 하나는 한국 한자음으로 맞게 고쳐놓은 가짜 고유어 즉 의사고유어擬似固有語이다.

'빙자憑藉'와 '핑계', '형용形容'과 '시늉'은 이러한 낱말의 대표적인 예이다. '빙자'와 '핑계'는 문법적 특성이 약간 다르기는 하나, 다른 일을 방패막이로 내세운다거나, 남의 힘에 의지하여 빠져 나간다는 점에서 의미상의 동질성을 보인다. 그렇다면 이 두 낱말은 원래 하나의 낱말일 수밖에 없다. '빙자'의 중국어 발음은 '핑제ping tsie'이다. 여기에서 '제'가 '계'로 바뀌는 것은 '점심'을 '겸심'으로 바꾸는 것과 같은 역구개음화 현상의 결과이다.

따라서 '빙자'와 '핑계'는 원래 중국어를 기원으로 하여 우리말에서 두 가지 형태로 갈라져 나간 낱말임을 입증한다. '형용形容'의 중국어 발음 역시 고유어처럼 보이는 '시늉'과 거의 비슷한 '씬용'이다. '씬용'이란 발음에서 중국냄새를 빼 버린 것이 다름 아닌 '시늉'이 되었다.

이렇듯 옛날 우리 조상은 중국어를 들여다가 교묘하고도 자연스런 방법으로 때를 벗기어 우리말 어휘를 늘려 나갔던 것이다.

요즈음 대학생들의 우리말 사랑

　대학교가 민족 문화의 요람이요 진리탐구의 도량道場 : '도장'을 도량이라 읽음 임을 확인하는 방법이 한 가지 있다. 그 대학교에 우리말 사랑을 위한 학생단체가 있는가를 찾아보는 일이다. 어느 대학교엘 가든지 대학구내 어딘가에 '고운말 쓰기 동아리'라든가, '국어순화 연구회'같은 이름의 간판이 붙어 있고, 그 간판이 붙어 있는 근처 어딘가에는 고쳐야 할 말버릇이나 글쓰기 버릇에 관한 계도용 알림판이 눈에 띄기 마련이기 때문이다. 이것은 우리 나라 대학교가 민족문화의 창달을 위하여 올바른 길을 착실하게 걸어가고 있다는 명백한 증거이다.

　여름방학중이라고는 하여도, 계절 강좌가 열렸기 때문에 거의 평상시와 다름없이 붐비는 대학구내에서 한 학생이 지나가는 사람들에게 인쇄물 쪽지를 나누어 주고 있었다. 나는 그 쪽지를 받으며 '운동권 학생들이 외쳐대는 정치적 선전물이겠지'라고 여기면서 그 종이 쪽을 들여다 보다가 깜짝 놀랐다.

　'뜻깊은 우리 속담을 하나라도 더 알아 둡시다'라는 머리글 밑에 재미있는 속담과 그 해설이 소개되어 있었다. 몇 개 옮겨 보기로 한다.

- ▶ 중이 되고 나니 고기가 흔하다.
  필요할 때는 없다가 필요 없으니 많이 생긴다는 뜻
- ▶ 뜨거운 음식 목구멍 넘긴 다음
  아무리 어려운 일도 한 고비만 지나가면 어려움을 잊게 된다는 뜻
- ▶ 돈은 나누지만, 복도 나누랴?
  돈은 나누어 쓸 수 있으나, 복은 해당자만 누릴 수 있다는 뜻
- ▶ 싱겁기는 바다도 못 본 놈일세
  소금구경도 못했는지 아주 싱거운 사람이라는 뜻
- ▶ 오뉴월의 새 사돈
  식량이 떨어져 곤궁할 때에 찾아온 어려운 손님이라는 뜻

며칠 뒤에는 같은 자리에서 다음과 같은 새 쪽지를 또 받았다.

〈우리말의 주인이 됩시다. 우리 대학 관악에 우리 것은 얼마나 됩니까? 우리가 이름을 짓고 우리가 아끼는 것은 얼마나 될까요? 오늘부터라도 하나씩 하나씩 우리 것을 찾아서 우리의 이름을 붙여 주기로 합시다. 그래서 여기가 우리의 배움터요, 우리의 공간임을 선언합시다. 먼저 식당이름을 지어 봅시다. 아래의 이름 가운데 좋다고 생각되는 것에 ○표를 하시거나, 더 좋은 이름을 생각하신 분은 빈 칸에 적어 주세요. 한자어나 외래어도 우리의 정서에 맞기만 한다면 별 문제는 없을 것입니다〉

이러한 제안설명 밑에는 '다모임, 모람터모인 사람들의 터, 언덕방, 돌뫼식당, 샌님밥집, 대장간, 감골식당' 등의 식당이름 후보 명단이 적혀 있었다. 대학생들의 그 순박하고 깔끔한 언어감각을 확인하면서 날아갈 듯 상쾌한 기분이었다. 더구나 '한자어나 외래어도 우리의 정서에 맞기만 하다면'

수용할 수 있다는 균형 잡힌 언어의식이 대견하기 그지 없는 것이었다.

　우리말 사랑이라고 하면 무조건 토박이 말을 찾아 쓰고, 만들어 쓰는 일이라고 생각하면서, 동시에 외래어는 덮어놓고 안쓰는 것이 제일이라고 믿는 사람들이 많은 터에, 한자어와 외래어도 받아들이겠다는 대학생들의 자세는 정말로 마음 든든한 것이었다.

　누가 요즈음의 대학생들을 철부지 데모꾼으로 몰아붙였는가? 그들은 역시 우리 민족의 미래를 밝게 펼쳐 나아갈 희망의 등불인 것을.

하나·둘·셋과 일·이·삼

일사분란한 규칙에 따라 생활하기를 좋아하는 규범적인 사람들은 언어에 불규칙현상이 존재한다는 사실에 대하여 대단히 언짢은 감정을 가지고 있을 것이다. 때로는 짜증스럽기도 할 것이다. 그러나 사람들이 만들어 쓰는 것이면서도 제멋대로 변화하고, 제멋대로 불규칙현상을 보이면서 살아 나가는 것이 인간의 언어이다.

숫자를 나타내는 우리말은 두 가지가 있다. 한 가지는 하나·둘·셋으로 나가는 고유어 계열이고 또 한 가지는 일·이·삼으로 진행되는 한자어 계열이다. 물론 한자어 계열은 중국 문화의 접촉에 의해서 처음에는 외래어의 성격을 띠고 사용되었을 것이지만 이제는 당당히 한자어라는 독립된 어휘로 우리말 속에 자리잡고 있다. 그런데 이들 '하나·둘·셋 …'과 '일·이·삼…'은 서로 좋은 사이가 아니다. 동일한 숫자개념을 나타내면서 경쟁하기 때문이다.

사람을 셀 때, '한 명, 두 명, 세 명, 네 명'은 자연스러운데,' 일 명, 이 명, 삼 명, 사 명은 어쩐지 이상하다. 그러나 숫자가 많아지면 한자어 계열이 자연스럽다. '열 명, 스무 명,… 아흔아홉명' 까지는 고유어가 버티지만 '백 명'이상은 한자어가 득세한다.

시간을 헤아릴 때 '한 시, 두 시, 세 시, 네 시'는 자연스러운데 '일 시. 이 시, 삼 시, 사 시'는 어쩐지 이상하다. 그러나 '열두시'가 넘어가면 '열세 시, 열네 시'는 쓰이지 않고, '십삼 시, 십사 시'라고 해야 오히려 자연스럽다.

고층건물의 층수를 셀 때 '한 층, 두 층, 세 층'은 어쩐지 이상하고 '일 층, 이 층, 삼 층'해야만 제대로 된 말처럼 들린다.

이렇게 따져 나가면 적은 숫자에서는 '한・두・세・네'가 우세한 것 같지만 숫자가 많아지면 '일・이・삼・사'가 단연 기세를 떨친다.

어떤 이는 말할 것이다. 한 개・두 개・세 개・네 개 그러지, 누가 일 개・이 개・삼 개・사 개 그러느냐고. 그러면 다른 이는 이렇게 맞설 것이다. 일 원・이 원・삼 원・사 원 그러지, 누가 한 원・두 원・세 원・네 원 그러는 사람 보았느냐고.

나이를 말할 때 어떤 이는 쉰 살 이후부터 특이한 표현을 한다. 쉰한 살, 예순두 살, 일흔세 살이라고 말하지 않고 오십한 살, 육십두 살, 칠십세 살이라고 한다. 십 단위는 한자어를 쓰는 묘한 복합표현이다. 이렇듯 숫자를 나타내는 고유어와 한자어는 서로 쓰임의 영역을 나누어 가지고 있기는 하지만 전반적으로 '한・두・세'가 '일・이・삼'에 몰리고 있다는 느낌을 준다. 가령 숫자를 나타내기 위하여 만국 공통의 아라비아 숫자를 적어 보자. '1,2,3,4,…' 그러면 열 명 중 아홉 명은 별생각 없이 '일,이,삼,사,…' 로 읽어 나갈 것이다.

'일・이・삼'이 세력확장의 징후를 보인 재미있는 예는 1896년에 간행된 독립신문에서 찾을 수 있다. 그 무렵의 우체시간표 광고문은 다음과 같다.

　　〈한성닉외 모히는 시간. 오전 칠시 십시 오후 일시 사시, 전흐는 시간.
오전 구시 정오 십이시 오후 삼시 륙시〉

　이런 표현이 입말口語로도 사용되었다는 확증이 없으므로 그것은 단지
글말文語이 아닐까 여겨지기도 하지만 '일·이·삼'은 '하나·둘·셋'을
지속적으로 밀어붙였음을 보게 된다.

　한자말보다는 고유한 우리말을 살려 쓰자는 움직임이 싹트는 요즈음,
일·이·삼에 밀리는 하나·둘·셋의 세력강화를 위해서는 어떤 일을
할 수 있을지 생가해 보아야 하겠다. 그러나 "맥주 이십 병 사 오너라"
대신에 "맥주 스무 병 사 오너라"를 법률로 규정할 수 없는 것인즉, 우리는
하나·둘·셋과, 일·이·삼의 대결을 끝까지 지켜 보는 수밖에 없다.

우리말 사랑, 그 중용의 슬기

우리는 가끔 우리말 우리글을 바르게 알고 바르게 사용하자는 학생들의 모임이나 일반시민의 활동이 소개되는 신문잡지를 보면서 가슴 뿌듯한 감동을 맛본다. 우리말과 우리글은 언어문자의 순결을 강조하기 때문이다. 그러나 언어현실을 조금만 주의깊게 관찰해 보면, 그토록 순결을 강조하는 외침은 아랑곳하지 않은 채, 우리말과 우리글은 제 나름의 혼탁한 물줄기를 만들며 유유히 흘러가고 있는 것 같다.

어떤 이는 이렇게 힘주어 말한다. "민족정기를 바르게 지키고 발전시키려면 말과 글의 순결이 앞서야 한다. 민족의 영혼은 말쓰기에 감추어져 있기 때문이다." 또 다른 이는 느긋한 표정을 지으며 이렇게 말한다. "말이란 의사소통의 도구 이외에 다른 것이 아니다. 외래어가 많이 쓰이는 것은 표현의 다양성 확보라는 점에서 긍정적인 평가를 받아야 한다."

이렇게 상반된 주장을 들으면 우리가 취해야 할 길은 그 어느 쪽도 아니라는 생각을 굳히게 된다. 세상살이의 어떤 분야에도 극단적인 구석으로 치달려서는 아니 될 것이기 때문이다. 지나치게 순결을 강조하다 보면

근친결혼의 결과처럼 바보 자식을 낳을 염려가 있는 것이요, 또 분별 없이 혼혈현상을 묵인한다면 그것이야말로 제 핏줄을 잃어버리라는 것 또한 분명한 일이다. 그러면 어떻게 하여야 우리말을 바르게 발전시키기 위한 중용의 슬기를 발휘할 것인가?

우리는 이 중용의 슬기를 찾기 위하여 우선 잘못된 생각 한두 가지를 지적하기로 한다.

어느 우리말 바로쓰기 모임에서는 책임 맡은 이들의 명칭을 다음과 같이 지었다. 고문顧問을 '돌봄빗', 회장會長을 '으뜸빗', 부회장을 '버금빗', 학술담당을 '배움빗', 홍보담당을 '알림빗' 등. 이들 명칭은 순수한 한글표기요, 옛말 살려 쓰기 정신의 반영이어서 재미있기는 하나 사회적 공인이나 일반의 호응을 얻기는 어렵다는 점. '빗'의 어원이 몽고어라는 점 때문에 문제가 된다. 특히 '빗'은 고려시대 몽고말에서 들어온 '비져치必者赤'에 소급하는 것으로 원뜻은 관리官吏를 나타낸다. 따라서 '으뜸빗'이니 '배움빗'이니 하는 말로 고유어를 살린 것처럼 생각하는 것은 하나의 착각이요, 오류임을 알 수 있다. 옛날의 외래어를 다시 살려 우리말에 정착시키는 것은 좋은 일이요, 최근의 외래어는 배격하여야 한다면 이것은 새로운 복고사대주의復古事大主義라고나 할 일이 아닌가?

또 오늘 아침 신문광고에도 '샤프·코아·쇼핑·센터'라는 백화점이 임대광고를 내고 있었고 어느 백화점의 겨울의상특설매장 이름에는 다음과 같은 유럽언어가 나열되어 있었다.

'로즈느와, 케이시박, 르네아펄레, 디노아루치, 깜파넬라, 자이로, 원웨이, 빨레두오모, 모테싸, 핀란디아, 이반테, 디스, 타코, 허스, 캐리어, 벨라지, 아르마니, 볼카노, 머퀸 마디아스, 쿠스'

이런 상호를 갖고 있는 점포주인들은 아마도 이렇게 말할 것이다.

"아니, 그러면 우리 가게 이름을 '춘향이 너울'쯤으로 바꾸란 말입니까? 그러면 대우자동차 회사에 가서 새로 나온 차종 '에스페로espero'를 우리말로 '희망'으로 바꾸라고 하십시오. 그 '희망'이라는 차가 한 대라도 팔렸다면, 나도 우리 가게를 '곱단이 치맛자락'이라고 붙일 용의가 있습니다. 이것이 다 시대감각을 살리는 것 아니겠습니까?"

우리가 취할 중용의 슬기는 과연 어디에 있는 것일까?

한자말 쓰기를 벗어나려면

'우리말 북돋우기 동아리'에 들어 있다는 학생들이 나를 찾아 왔을 때의 일이다. "자네들, 정말 좋은 일하네. 그렇지만 행여나 우리말의 순수성을 고집하다가 외래문화를 너그럽게 받아들이는 포용력을 잃어버리고 배타적 국수주의國粹主義에 빠지자고 하는 것은 아니겠지?" 나는 마음속으로만 눈을 껌벅이면서 그들이 어떻게 나오는가를 기다리고 있었다.

　"물론입니다. 선생님. 한자말이나 외래어를 되도록이면 안쓰고 좋은 우리말 표현을 캐내어 쓰자는 것이 저희들의 목적이거든요. 그래서 저희들은 구라파 여러 나라의 국어운동사례도 열심히 공부하고 있습니다."
　"구라파의 국어운동사례?"
　나는 짐짓 눈을 크게 뜨고 놀란 표정을 지었다.
　"예." 그들은 이상하다는 표정으로 나는 바라보았다.
　"구라파가 어디에 있는 장소인가?"

　그들은 내가 의도하고 있는 덫에 걸렸다는 것을 모르고 있었다. 나는 말을 이었다.

"한자말을 쓰지 않으려면 구라파란 말도 쓰면 안 되지. 그것은 한자 歐羅巴를 우리 나라 한자음으로 읽는 것인데 원래 중국 사람들이 유럽 Europe이란 서양말을 한자로 비슷하게 옮겨 적은 이른바 취음取音표기이거 든. 정식 한자어도 아닌 취음 한자어까지 사용하면서 한자어사용을 배격한 다면 그야말로 자가당착自家撞着아닌가?" 그들은 뒤통수를 긁으면서 다음 말을 잇지 못하고 있었다.

"언어는 관습의 체계이기 때문에, 그처럼, 우리들이 뜻하는 목적과는 어긋나는 말이 무의식중에 터져 나올 수도 있어요. 특별히 자네들이 무식해 서만은 아니야."

나는 슬쩍 그들을 위로하면서 고유한 우리말 북돋우기가 어휘수의 증 대, 표현의 다양화라는 측면에서도 긍정적으로 받아들여지려면 어떤 경우 에고 고유어만 쓰기를 고집하는 것은 잘못임을 역설하였다.

그리고 가령 개화기에 일본 사람들이 서양외래어를 받아들일 때, 한자 가 지닌 뜻글자로서의 특성을 살려 클럽Club을 '구락부俱樂部'로 바꾸고, 북 키핑Book Keeping을 첫음절모으기 방식으로 '부기簿記'라 번역한 것은 외래 문화 수용의 적극적 면모라는 것. 오늘날 중국 사람들이 코카콜라 Coca Cola를 可口可樂으로, 에이즈AIDS를 愛死病으로 바꾸는 것은 당연한 일이라는 것.물론 중국에 국한한 문제이다. 또 우리 나라에서 '붙임성, 묶음표, 맞춤법'이라고 할 때에 '성性, 표標, 법法'을 한자어라 하여 배격할 수는 없다는 것 등을 차분하게 설명하였다.

나는 그 날 저녁 그 학생들과 '비전'이란 다방에서 다시 만났다.

"내가 왜 이 다방에서 만나자고 했는지 알아?"

"글쎄요." 그들은 다방 안을 두리번거리면서 둘러 보았다. 그러다가 그들은 그 다방 이름이 한글 한자 영자의 세 가지로 적혀 있는 것을 발견하였다.

〈비전 - 祕殿 - Vision〉

"영어의 Vision은 미래를 내다볼 수 있는 직감력같은 거 아니겠어? 젊은 이들이 지녀야 할 야망같은 것일 수도 있구. 그런데 그것을 다방 이름으로 삼을 때에는 공간개념이 들어가면 좋겠지?

신비스러운 궁전, 또는 비밀리에 만나는 장소라는 뜻으로 말이야. 아마 이 집 주인은 그것을 노려서 '祕殿'이라 했을 거야. 그런데 우리 글자 '비전'에서는 아무런 느낌도 받을 수 없지 않아?"

그제서야 그들은 내가 낮에 했던 우리말 북돋우기운동의 문제점을 다시 논의한다는 것을 깨닫는 듯하였다.

10장

유행과 오용誤用

유행과 오용誤用

ㄷ불규칙동사와 '걷다'의 미래
'눈깔사탕'과 '민들레'
'것'의 쓰임새
K.S.에서 T.K.까지
우리말의 사각死角지대
학위學位는 따는 것인가
표현의 빼기현상
우스갯말의 흐름
줄임말의 유행은 끝나려는가
어휘력 향상과 전문용어 문제

ㄷ불규칙동사와 '겯다'의 미래

> "나가자 동무들아 어깨를 겯고
> 시내 건너 재를 넘어 들과 산으로"

어릴 때 즐겨 부르던 동요의 첫 머리부분이다. 그런데 이 노래 말 중에서 '어깨를 겯고'는 언제부터인가 '어깨를 걸고'라고 고쳐서 불리어지고 있다. 그 이유가 무엇일까 궁금하여 사전을 찾아보니 거기에는 다음과 같이 적혀 있었다.

〈겯다 他(ㄷ불규칙) ① 대, 갈대, 싸리채같은 빳빳한 물건의 여러 오리로 씨와 날이 서로 어긋매끼게 엮어 짜다. *돗자리를 겯다. 어깨를 겯다. ② 여러 개의 긴 물체가 자빠지지 않도록 어긋매끼게 걸어 세우다. *비계를 겯다.〉

이러한 사전의 설명에 '겯다'는 엮어 짜거나 걸어 세우는 동작을 나타내는 ㄷ불규칙 타동사이다. 그러므로 이 낱말을 ㄷ불규칙의 활용방식에 따라 '겯고, 겯지, 겯게, 겯기'처럼 어간 끝소리 'ㄷ'이 그대로 적히는 경우와 '결은, 결어서, 결으니, 결었다'처럼 어간 끝소리 'ㄷ'이 'ㄹ'로 바뀌어 적히는 경우의 두 가지가 있게 된다.

그렇다면 '어깨를 겯고'가 '어깨를 걸고'로 잘못 말하게 된 배경은 다음의 두가지로 추정할 수 있겠다. 즉 첫째는 '걸어 세우다'라는 뜻풀이의 영향이고, 둘째는 '결어, 결으니'처럼 'ㄹ'받침이 나타나는 불규칙 활용의 영향이다. 아마도 이 두 가지 요소가 맞물리면서 동요의 노랫말은 '어깨를 걸고'로 굳어 버리지 않았나 생각된다.

그런데 며칠 전에 어떤 소설을 보니 거기에는 이 '겯다'가 규칙 동사인양 적히어 있었다. 무슨 문학상인가를 받았다고 하는 중견작가의 소설인데 그 내용은 빈민운동을 하는 청년의 죽음을 그린 아주 감동적이고 아름다운 작품이었다.

▶ 어깨를 겯고 반월당 큰 길로 내달았다.
▶ 양팔을 옆사람의 목뒤를 둘러 어깨겯기를 시작하였다.
▶ 그 때 나와 어깨겯었던 친구가 진서였다.
▶ 드디어 어깨겯은 농성패가 전투경찰대의 벽을 뚫겠다고 맹렬한 기세로 전진하였다.

'겯고' '겯기'는 바로 썼지만 '겯은' '겯었던'은 '결은' '결었던'으로 써야 옳은 것인데, 이렇게 잘못 적어 놓은 것이었다. 한 번도 아니요 두 번이나 나타나는 것으로 보아 편집교정 중에 잘못된 것이라고 생각할 수도 없었다. 그렇다면 이 작가는 이 낱말을 어떻게 배웠기에 규칙동사의 활용형을 적어 놓은 것일까? 생활언어로 배운 것이 아니라 사전의 지식을 이용한 것이 아닌가? 고유한 우리말을 찾느라고 무던히 고생을 하였을 터인데, 그러한 노력의 보람도 없이 잘못 쓰다니…. 허전한 마음으로 며칠을 보냈는데 이번에는 또 다른 작가의 글에서 다음과 같은 표기를 보게 되었다.

"이틀 동안에 갑자기 붓은 폭우로 말미암아…"

여기에서는 '붇다漲불어나다'의 뜻으로 쓴 것인지 '붓다注쏟아붓다'의 뜻으로 쓴 것인지조차 분명치가 않았고, 또 그 어느 경우의 낱말로 추정해도 실제의 표준어 발음과 한글맞춤법에 맞지 않았다.

우리말이 이렇게 어려운가? 아니면 이러한 낱말들이 죽어 가고 있는 것인가? 아직 결론을 못 내리고 있는데, 오늘도 학교 한구석 대자보에는 다음과 같은 문구가 적혀 있었다.

"어깨를 걸고 진군하여
통일조국을 앞당기자!"

'눈깔사탕'과 '민들레'

하나의 언어를 가리켜, 우아하다느니, 저속하다느니 하는 한마디 말로 평가를 할 수는 없을 것이다. 어떤 언어에나 교양미 넘치는 고결한 낱말이 있고 상스럽고 저열한 낱말이 있을 것이기 때문이다. 생각해 보면 어떤 언어에나 도덕적으로 좋은 느낌을 주는 낱말도 있고 눈살을 찌푸리게 하는 낱말도 있어야 할 것 같다. 그래야 고상한 상황에는 거기에 맞는 우아한 낱말을 쓰고, 저속한 현상에는 또 거기에 맞는 야비한 표현을 할 것이기 때문이다. 그러므로 우리 한국어에 욕설로 쓰이는 표현이 풍부하다 하여 한국어가 저속한 언어라고 비판할 필요는 없다. 어떤 언어에나 그 나름의 저속한 표현은 있을 것이기 때문이다.

그러나 전혀 사정이 다른 경우가 있다. 어떤 사물에 이름을 만들어 주는 경우이다. 다음 낱말들을 생각해 보자.

'눈깔사탕, 개좆부리, 홀아비좆, 개불알꽃'

눈깔사탕은 능금알처럼 커다란 알사탕을 일컫는 낱말이요 개좆부리는 고뿔감기를 가리키는 속된 이름이다. 홀아비좆은 시골에서 쟁기질을 해본 사람이 아니면 잘 모르는 쟁기의 부분 명칭이고 개불알꽃은 난초과에 속하는 여러해살이 풀꽃 이름이다.

그 이름들이 모두 입에 담기 거북할 만큼 상스럽다는 공통성을 갖고 있다. 어린 여학생들에게 이런 낱말을 읽어보라고 하면 얼굴을 붉히다 못해 눈물을 흘릴 것 같다. 다른 것은 다 그만두고라도 '눈깔사탕'의 경우 하나만 생각해 보기로 하자. '큰알사탕'이나 '방울사탕'쯤으로 표현해도 좋을 법한 것을 하필이면 '눈알'이요, 그것도 비속어로 바꾸어 '눈깔'이라 하는 것일까? 먹을 것이 그렇게 없어서 '눈깔'을 입속에 넣고 녹여 먹는다는 말인가?

좋게 해석하기로 마음을 돌리면, 우리 조상들은 소탈하고 순박한 분들이었다고 말할 수 있을는지도 모른다. 그러나 그것은 결국 투박하고 세련되지 못했다는 말의 완곡한 표현일 뿐이다. 돌이켜 생각을 눙쳐보면 그러한 낱말을 사용하는 사람들은 교육 정도가 낮은 계층이라고 말할 수도 있을 것이다. 그래도 그러한 낱말이 우리민족의 기층基層을 형성하는 서민들의 미학적 감각 내지는 기본 정서情緒를 반영하는 것이라고 볼 수밖에 없다.

심란한 기분으로 영어 사전을 뒤적거리다가 '민들레'를 가리키는 낱말에서 눈길이 머문다. 'dandelion'이라 적혀 있다. 그리고 그 옆에는 어원을 밝혀서 14세기 프랑스 말 '사자의 이빨'dent de lion : 당드리옹이라는 표현이 굳어져서 생긴 낱말이라 풀이되어 있다. 어원을 모르고 '댄드리온'이라 발음할 때에는 무척 시적詩的이라고 생각되던 그 낱말이 '사자의 이빨'이라는 뜻을 가진 것이라고 알고 나니, 오히려 우리말 '민들레'가 더 정서적 우아함을 드러내는 것 같다. 그렇다면 '할미꽃'이라는 우리말도 다른 나라 사람들에게는 꼬부랑 할머니의 처량한 모습보다는 '홀미움Holmium'이라는 금속 원소를 연상하면서 신비스러움을 느낄지 알 수 없는 일이다.

　이렇게 군색한 변명거리를 더 찾아낸다면 우리말 속에 들어 있는 저 비속한 낱말들이 조금은 위안을 얻을까? 그래도 여전히 '눈깔사탕'은 어째서 세련된 낱말을 만들지 못했느냐고 원망하는 눈망울을 굴릴 것만 같다. 이제 우리 민족은 정신을 차려 낱말 하나라도 정성들여 갈고 다듬는 슬기를 모아야 할 것이 아닌가!

'것'의 쓰임새

　한국어를 배우고 사용하면서 가장 조심스럽고 특이한 낱말이 무엇이냐고 외국인 선교사들이 모인 자리에서 물어 본 적이 있었다. 그 때, 한국에서 10여 년 선교활동을 하고 있는 한 분이 "그것은 바로 '것'입니다."하고 단호하게 말씀하셨다. 한국어를 무척 잘하시는 분이었다. 왜 그러냐고 다시 물었더니 "이른바 불완전 명사라고 해서 그 자체는 아무것도 구체적으로 나타내지 못하면서 그 앞에는 어떤 말이건 거느릴 수 있거든요. 그러니까 이 세상에 그놈은 무엇이든 될 수 있어요. '것'만 알면 한국어를 다 안다고 해도 과언이 아니에요."

　외국인의 시각으로 한국어의 특징을 잘 지적한 말이었다. '것'은 '이것, 저것, 그것'에서처럼 하나의 낱말이 되어 대명사의 구실도 하고, '이런 것, 좋은 것, 새로 나온 것'에서처럼 일정한 대상을 어구의 형식으로 나타내기도 하지만 '누구든지 가지고 싶어하는 것'에서는 '것'이 그 어구 안에서 목적어의 기능을 하면서 그 내용을 어구로 만들고 있고, '해가 동쪽에서 떠서 서쪽으로 진다는 것'에서는 하나의 명제를 다시 대상으로 삼는 포용의 기능을 보여 주고 있다.

즉 '것'이라는 낱말은 이 세상의 모든 표현을 하나의 사물, 또는 대상으로 만들어 안으로 감싸고 포장하는 능소능대能小能大 : 필요에 따라 작아지기도 하고 커지기도 함 한 보자기이다. 말하자면 '것'은 복잡한 표현을 단순화할 때에 쓰는 '약방의 감초'같은 것이라고나 할까? 그러나 이렇게 능소능대한 '것'이지만 남용하거나 잘못 사용할 때에는 좋지 않은 문장의 원인이 되어, 한국어를 오염시킨다. 다음 예를 보자.

> "이제 전 인류에게는 결정적인 멸망의 종말이 오게 된 것이다. 인간이 행한 악으로 말미암아 얻게 된 질병에이즈이니 이를 천형天刑이라 말하고 있는 것이다. 그러므로 신의 능력을 힘입어 모든 질병이나 악을 이기게 됨으로써 기본 면역체를 쌓아 나아가야만 결국 승리하게 되는 것이다. 그렇게 되려면 인간의 기본적인 양심의 성품만 가지고는 치명적인 질병이나 악과의 싸움에서 승리할 수가 없는 것이다. 진리를 깨닫고 성령을 받음으로써 그 능력에 힘입어 그러한 싸움에서 승리하게 되어야 하는 것이다."

어느 종교단체에서 선교용으로 길거리에서 나누어준 책자의 몇 구절이다. 다른 것은 다 그만두고, 우선 문장의 종결이 모두 '것이다'로 되었다는 점을 주목해야 하겠다. 이 글의 필자는 모두 '것이다'로만 문장을 종결시켜야 한다고 믿지는 않았을 것이다. 필경 '것이다'가 지니는 명쾌함과 단호함에 이끌려 그렇게 썼을 것이지만, 그 문장은 분명한 악문惡文이요, 잘못된 문장이다.

그런데 다음 글은 어떠한가? '것'은 비교적 자주 사용되었으나 어느 한 군데 흠잡을 데가 없다.

"내 마음속에 자리잡은 '조촐하다'는 말의 뜻은 이런 것이다. 물건으로 치면 그것은 양적으로 많거나 큰 것이 아니다. 그것은 고급한 것일 수는 있어도 사치스런 것은 아니며, 절대로 야해서는 안 된다. 음식이면 가짓수가 많거나 푸지지는 않되 알차고 맛갈져야 한다. 의복이면 현란해서는 안 되며 단정하면서도 은연중에 세련된 심미안이 풍겨야 한다. 사람의 경우는 괄괄하거나 기걸찬 사람이 아니라 성정이 맑고 차분한 사람을 말한다. 용모도 보는 이의 눈이 번쩍 뜨일 정도의 미모이면 오히려 넘고 처지는 격이요, 그냥 깨끗하고 단정해야 맞는다. 중요한 것은 용모건 옷차림이건 거기에 그의 높은 기품과 교양이 내비쳐야 한다는 것이다."

이 글에서는 것조차도 조촐한 품위를 지니고 있다.

K.S.에서 T.K.까지

일본에 유학하고 돌아온 청년이 고향에서 어린 시절의 죽마고우를 만났
다. 수인사가 끝난 뒤에 시골청년이 물었다.

> "그래, 자네는 일본에서 무엇을 공부했나?"
> "공부랄게 무어 있나, 데칸쇼를 조금 읽었네,"
> "데칸쇼가 무슨 책인가? 사서삼경四書三經보다 어렵던가?"
> "데칸쇼는 서양 철학자 이름일세. 공맹孔孟보다야 못하겠지만…."

이렇게 대화를 나누었으나 그 일본 유학생은 끝내 데칸쇼가 '데카르
트·칸트·쇼펜하워'라는 세 사람 철학자의 이름에서 첫 음절을 뽑아
만든 말이라는 것을 말하지 않았다. 오륙십 년 전의 일이라고 한다. 필경
그 유학생은 '데칸쇼'의 내막을 밝히면 자기 학문의 권위와 신비가 사라져
버린다고 생각했으리라. 그러나 그러한 오만傲慢과 치기稚氣는 점차 뿌리
가 깊어지더니 이 땅에 일본식 줄임말 풍조를 퍼뜨리는 나쁜 영향을 끼치

고야 말았다. 그 결과가 '디카룸'을 수입하였다. '디카룸'이란 무엇인가? '디스코·카페·룸살롱'이란 세 낱말의 줄임말이요, 그 세가지 기능을 골고루 갖추고 있는 건물을 가리키는 말이다. 남녀가 어울려 술 마시고 춤추는 곳이니 이왕이면 위층 아래층에 연달이 붙어 있어서, 멀리 옮겨 다니지 않아도 되도록 설계된 건물이요, 이름이라 하겠다.

이렇게 일본에서 들어오는 얄팍한 말줄임도 마음에 차지 않는지, 근자에는 당당한 우리말을 영문자 알파벳으로 나타내는 기묘한 풍속이 판을 치고 있다. 그 첫번째는 K.S.이고 두 번째는 DJ·YS·JP로 불리는 사람 이름이요 세 번째는 T.K.라 부르는 지역명칭이다.

K.S.는 원래 '한국표준 Korea Standard'이라는 뜻으로 우수한 공산품의 품질을 보장하는 표지이었으나, 한국형 수재秀才를 뜻하는 대명사의 구실을 하게 되었다. K와 S는 우연하게도 우리 나라에서 일류로 꼽히는 고등학교와 대학교의 이름을 나타내는 첫소리와 일치하였기 때문이었다. 한국의 일류 공산품이 K.S.이듯 일류수재가 K.S.출신이라고 말하는 것이 재미있기도 하였다.

K.S.가 우리 나라 수재의 대명사로 정착될 무렵, 김씨 성을 가진 세 명의 정치가가 국민의 주목의 대상이 되었다. 그들은 모두 제 6공화국의 대통령 후보로 출마하였다가 낙선한 분들이기도 하다. 이 분들을 언제부터인지 DJ·YS·JP라는 영문자 약자로 표시하기 시작하였다.

언론과 국민은 왜 그들을 그렇게 표기하기도 하고, 말로 부르기도 하는 것일까? 우리 한국 사람들의 심성 속에는 스스로를 특정한 부류의 사람이라고 착각하면서 보통 사람들은 잘 알아듣지 못하는 암호성暗號性 은어隱語를 즐기려는 마음이 있는 것 같다. 거기에다가 전통적으로 본명本名을 부르지 않고 자字나 아호雅號를 즐겨 사용하였었다. 그런데 이제 아호는 점차 사라졌고, 무언가를 대신해서 부를 이름이 없으니 그 대안代案으로 영문자 첫글자가 등장하게 되었는지도 모른다. 만일에 그들에게 우남雩南이니, 해공海公이니 유석維石이니 하는 아호가 있었다면 얼마나 좋았을까? 물론 그들은 아호가 있다. 그러나 아마도 국민은 그들을 아호로 불러 줄 만큼 존경하지도 사랑하지도 않는 것 같다

  T.K. 이것은 우리 나라의 특정지역을 가리키는 말인데 그 지역출신의 인사人士들을 지칭할 때에 사용된다.

  "이번에 장관이 된 ○○○도 T.K.래"하는 식으로.

  알 수 없는 일이다. 우리말을 영문자로 표기하고 그것을 다시 첫 글자만 따서 말하는 버릇이 어째서 생겼는지를. 물론 이런 표현들은 유행어의 성격을 띤 것이라 조만간 사라져 버리겠지만, 이 버릇을 고치지 못하는 동안 우리 나라의 문화수준언론문화도 포함하여은 결코 앞선 나라의 의젓함을 지니지는 못할 것이다.

우리말의 사각死角지대

지난 십여 일에 걸쳐 대학생의 해외연수단을 거느리고 유럽 몇 나라를 둘러보고 왔다. 이 기간중에 나는 여섯 명의 여행안내인흔히 '가이드: guide' 라고 한다 을 만나면서 가슴속에 실망의 응어리를 키워야 했다.

소련 모스크바에서 만난 첫 번째 안내인은 스물서너 살쯤의 모스크바 대학생이었다. 대학에서 한국말을 전공하는 학생이었으므로 우리말이 서툰 것은 당연하였으나 돌아와 생각해 보니 제일 성실하고 똑똑한 안내 인이었다고 생각된다. 그의 결점은 '참견'과 '되고 있었습니다'의 두 마디 뿐이었다.

"페레스트로이카가 우리 나라를 잘 살게 만든 데 대하여 사람들은 여러 가지 참견을 가지고 있었습니다. 10년이 된다고 하고 또 30년 가야 된다고 합니다. …왼편에 보이는 아파트 동네는 스탈린 시대에 건설되고 있었습 니다."

두 번째로 만난 안내인은 폴란드 바르샤바에서 만난 40여 세의 여인이 었다. 그는 영어를 사용했으므로 그의 영어를 문제 삼을 수는 없는 일인데 문제는 우리와 함께 간 여행사 직원의 통역이었다. 바르샤바 고궁 근처인 프레스타 거리를 걷다가 현지 안내인이 "이 거리는 지난 번에 교황 요한 바오르 Ⅱ세께서 고국을 방문하셨을 때, 환영 나온 시민들 특히 어린이들 에게 강복을 주신 곳입니다" 이렇게 말했는데 여행사 직원은 "이 거리는 저 유명한 미국 영화 감독 존 포드의 부인이 방문하여 어린이를 귀여워해 준 곳입니다."라고 통역하지 않는가! '포프 존 폴 더 세컨드Pope John Paul the 2nd'라는 말을 '영화감독 존 포드의 부인'으로 둔갑시키는 배짱을 목격하면서 나는 정말 놀랍고, 화나고, 우스워서 몸을 가눌 수가 없었다.

베를린에서 만난 세 번째 안내인은 '하며, 이며'같은 연결어미의 사용만 정확했다면 흠잡을 데가 없는 한국말이었다. 서독 광부 출신의 40대 남자 였다.

> "자유 베를린 대학이 위치한 이 지역 대학건물은 부잣집 동네에 섞여 있으며, 평화갈등연구소도 이 마을에 있습니다."
> "동서독이 합친 이후에 독일이 겪는 진통을 보면서 우리의 통일도 치밀하 게 추진되어야 하며, 독일의 선례가 우리에게 도움이 되어야 합니다."

이러한 '-이며, 하며'의 잘못된 용례는 외국 소설의 번역문에서도 얼마든 지 찾을 수 있으니 굳이 이 안내인의 실수라고 책망할 수는 없는 일인지도 모른다.

네 번째 안내인, 그는 프랑스 파리에서 박사과정을 이수하고 있는 30남 짓한 한국 청년이었는데 그의 특징(?)은 모든 종결어미가 '되겠습니다'로 끝나는 점이었다.

> "이 콩코드 광장 중앙에 높이 선 저 탑은 이집트의 상형문자가 새겨진 오빌리스크가 되겠습니다. 오른쪽으로 보이는 공원 건너가 내일 방문하실 루브르 박물관이 되겠고, 왼쪽으로 멀리 보이는 저 문이 유명한 개선문이 되겠습니다. 지금 여기 시간은 10시 30분이 되겠는데, 사진을 찍으시고 11까지 이 장소로 모이시게 되겠습니다."

어째서 이렇게 고약한 말버릇이 굳은 것일까? 우리말에는 '-이다'는 없다는 말인가?

다섯 번째로 영국 런던에 와서 만난 20대 후반의 한국 청년. 그는 이상하게도 '보이다'와 '보시다'를 구분하지 않고 하나의 낱말로 뭉뚱그렸다.

> "전면에 보이시는 건물이 영국의 국회의사당입니다. 저 유명한 빅벤 시계탑을 지나, 길 하나를 건너면 보이시는 건물이 웨스트민스터 사원입니다."

우리말로 돈을 버는 여행안내인이 우리말을 잘못 쓰다니….

그러나 무엇보다도 나를 슬프게 했던 것은 우리와 함께 간 여행사 직원, 두 번째 안내인의 허황한 영어통역이었다. '교황'을 '영화감독'으로 바꾸는….

학위學位는 따는 것인가

'나는 바담풍風 해도 너는 바람풍 하여라'

'자식에게 훈계하듯 스스로를 다스려라'

옛부터 전해 오는 이러한 속담이나 격언들은 자식을 가르침에 있어서 부모들이 추구하는 목표가 얼마나 철저하고 이상理想적인 가를 증명한다. 또한 그것은 우리 부모들 스스로가 바람직한 인간상으로부터 얼마나 멀리 떨어져 있는가를 고백하는 말이기도 하다.

자신의 모자람과 못남을 알고 있으면서도 자식만은 그 불완전을 극복해 주기 바라는 이 처절한 염원, 이 염원 때문에 인류문화가 그나마 조금씩 발전해 온 것이라는 논리를 편다면 이것 또한 인류의 발전을 희구하는 어리석은 인간들의 꿈이라 할 것인가. 여기에서 말하는 '문화의 발전'은 전적으로 윤리적 가치를 강조하는 말이다. 그러므로 '문화의 발전'은 곧 '바람직한 사람됨'의 뜻으로 확대해석이 가능하다.

그러면 '사람됨'은 무엇으로 판별하며 무엇으로 성취하는가? 사람을 '언어적 동물'로 규정하는 언어학자들의 견해를 존중한다면 한 인간의

'사람됨'은 그가 사용하는 언어로 판별할 수 있다. 그리고 바람직한 언어사용을 훈련시킴으로써 '바람직한 사람됨'으로 이끌어 갈 수 있다. 언어가 인간평가의 기준인 동시에 인격연마의 도구가 될 수 있기 때문이다. 그래서 첫 선을 보는 자리에서 몇 마디 말을 시켜 보고 사람됨을 짐작하는 것이요. 오해가 발생한 경우 대화를 통하여 상대방을 이해시키고자 노력하는 것이다.

한 사회의 병리적 현상도 언어현실을 통하여 진단할 수 있다. 욕설이 난무할 때 폭력이 설치고, 과장법이 유행할 때 진실이 숨는다. 한두 개의 낱말로도 한 사회의 특징적인 병리현상을 지적할 수 있다. 물론 그 낱말이 사회현상의 모든 것을 설명할 수는 없으나 특징적인 경향을 알아내는 열쇠가 되는 것만은 분명하다.

이제 나더러 오늘날 우리 나라의 병리적 현상을 반영하는 한마디 말을 고르라고 한다면 나는 '따다'라는 동사의 마지막 의미를 첫손가락에 꼽고 싶다. '하늘에 별따기', '뽕도 따고 님도 보고' 같은 어구에 어울리는 '따다'라는 동사는 원래 '열매를 따다'에서처럼 본체로부터 일부분을 떼어 내는 '적출摘出'을 뜻하는 것이었다. 이러한 기본의미로부터 '종기腫氣를 따다' '마개를 따다' '노름에서 돈을 따다' 등으로 의미가 확대되다가 드디어 '시험에서 만점을 따다' '올림픽에서 금메달을 따다' '박사학위를 따다'로까지 발전하게 되었다.

'돈을 따다'에서 이미 부당취득의 냄새가 나기 시작했고 '만점을 따다'나 '금메달을 따다'에서는 경쟁을 물리치고 쟁취爭取하였다는 느낌을 강하게 풍긴다. 이러한 문맥과 연관되면서 형성된 표현, '박사학위를 따다'는 자신과의 싸움에서 이겼다는 윤리적 가치보다는 다른 사람과의 경쟁에서 이겼다는 사회적 가치를 강조함으로써 박사학위가 지니는 본성을 왜곡시키고야 말았다.

그런데 요즈음 많은 사람이 심지어 알 만큼 알고 있을 것으로 여겨지는 지식인들까지도 "박사학위 땄나?" "언제 학위 따 오나?" 하는 말을 입에 올린다. 이렇게 말하는 사람들은 박사학위가 노름판에서 횡재하는 돈뭉치 쯤으로 잘못 알고 있는지 모르겠다. 올림픽의 금메달도 남과의 투쟁이 아니라 자신과의 투쟁에서 이긴 결과임을 모르지 않는다면, 박사학위는 결코 따는 것이 아니라 받는 것임을 깨우쳐야 할 것이다.

그러므로 우리들 못난 부모세대는 젊은 자식들에게 이렇게 말해야 할 것이다. "나는 박사학위를 땄지만, 너는 박사학위를 받아 오너라!"

'따다' 동사와 '박사학위'가 어울릴 수 없다는 사전 풀이를 기대해 본다.

표현의 빼기현상

말하기와 글쓰기의 세계에도 '더하기, 빼기, 곱하기, 나누기'가 있다고 하면 이상하게 생각하는 사람이 있을까? 그러나 눈치빠른 사람이라면 "아무렴, 있고 말고…"하면서 고개를 끄덕일 것이다. '더하기'와 '빼기'는 한 언어 안에서의 문제이고 곱하기와 나누기는 두 언어 사이의 문제라고 갈라 본다면, 일단 '더하기'와 '빼기'만을 먼저 생각해 보아야겠다.

더하기 표현은 비슷한 뜻을 갖는 말을 겹치게 함으로써 의미를 강조하거나 분명히 하려는 것임에 반하여 빼기 표현은 당연히 있어야 할 말을 생략하여 표현의 효과를 높이는 것이다. 표현효과를 높인다는 목적은 같으나 그 방법에 있어서는 방향을 달리하는 것이라고 할 수 있다.

일반적으로 말하여, 더하기는 웅변가의 기본수단이고, 빼기는 선사禪師들의 기본수단이다. 말을 듣는 이나 글을 읽는 이가 말하는 글쓴 이의 사상과 감정에 동조하게 하려면, 그리하여 주체와 객체가 구분 없이 한 마음이 되게 하려면, 듣는 이의 눈빛에서 공감의 신호가 발산되고, 독자의 가슴에서 필자의 숨소리가 들릴 때까지 말하는 이와 글쓴이는 표현바꾸기

작업을 거듭할 수밖에 없다.

여기에서 수사학이 발달한다. 그러나 해탈解脫의 경지를 목표로 하는 선사들은 처음부터 '언어'라고 하는 것을 믿지 않기 때문에, 어리석은 초심자들의 관심끌기 수단으로나 잠시 표현의 문제를 생각할 뿐, 언어는 생략에 생략을 거듭하다가 급기야는 침묵의 세계에 빠져 버린다. 여기에서 비로소 마음공부가 시작된다.

그러나 우리가 말을 공부한다는 것은 마음공부를 지향하는 수도자의 수련이 아니다. 우리들은 본성적으로 말하기를 좋아하는 속인俗人들이며, 수사학을 배워 달변가가 되려는 초심자들이다. 그러므로 우리는 생략의 수법을 사용한다 할지라도 그것은 엄청난 첨가의 수법을 터득한 뒤에나 생각해야 할 문제이다. 산수공부를 할 때에도 더하기 공부가 진척된 뒤에야 빼기 공부를 시작한다.

다음 글을 보자.

〈네 개 선거를 언제 실시할 것인지부터 결정되지 않고 있다. 시간과 돈과 낭비를 줄이려면 가능한 한꺼번에 여러 개의 선거를 동시에 실시하는 게 바람직하다는 주장도 많은데, 이 문제에 대해서조차도 정부의 공식반응이 없다.〉

언제부터인지 '가능可能한 한限'이라는 어구가 젊은이들 사이에 '가능한'으로 쓰이더니 이제는 글에서까지 '가능한'으로 굳어 버렸다. '한'이라는 음절이 두 번 연이어 반복되는 것이 잘못이 아닌가 하는 느낌을 갖게 하였기 때문일 것이다. 다음 글에서도 같은 현상이 발견된다.

〈미국의 부시 대통령은 '미국인들에게 일자리를 마련해 주려고' 아시아 순방길에 나서, 지금 서울에 머물고 있다.〉

여기에서는 '나서서'라고 했어야 올바른 표현이다. '나서다'라는 동사어간은 '나서-'이고 여기에 순서順序나 인과因果의 기능을 나타내는 연결어미 '-(어)서'가 결합하여서 '나서서'라는 표현이 만들어지는 것이기 때문이다.

위와 같은 빼기현상은 같은 발음의 글자또는 음절를 반복하기 싫어하는 말하기와도 깊은 관련이 있다. 가령 '민주주의의 의의意義'라는 말을 할 경우, '의'를 네 번이나 정확하게 말한다는 것이 얼마나 힘든 일인가! 실제의 말하기 현장에서 이것을 제대로 발음하는 사람은 아마 찾아보기 어려울 것이다. 심지어는 '이의異議'라는 서로 다른 발음을 갖는 낱말조차도 사람들은 각양각색의 틀린 발음을 한다.

그래서 마음공부의 도사道士들은 애초부터 말하기 자체, 표현 자체를 대수롭지 않게 여기는 것일까?

우스갯말의 흐름

가마 타고 시집 가고, 조랑말 타고 장가 가던 시절, 옛날 어른들은 대갓집 사랑방이나 동구앞 느티나무 밑에서 막걸리 내기의 장기나 바둑을 두다가 심심하고 무료함을 달래기 위해 무슨 얘기를 하셨을까? 삼국지三國志나 수호지水滸志의 한 대목을 반추하며 중원천하를 종횡으로 누비는 영웅호걸들의 행적에서 호쾌한 기분을 맛보기도 했을 것이요, "태산이 높다하되…" 긴 가락을 손장단에 맞추며 시조창으로도 시간을 보냈을 것이다. 이와 같은 소설과 시의 막간을 이용하여 야담野談이라 이르는 웃음거리 얘기가 양념삼아 곁들이기도 하였다.

세월이 바뀌어 인심은 각박해지고, 어디에서고 느긋하게 한담을 즐길 여유가 없는 세상이 되었다. 대갓집 사랑방 대신에 저자거리의 '다방'이 생기기는 했으나 한낮에도 어두컴컴한 조명 때문에 밝은 바깥에서 다방 안으로 들어서면 한참이나 눈을 감았다 떴다 하며 어둠을 익혀야 짙은 화장을 한 얼굴마담의 웃음을 분별할 수 있었고, 자리에 앉자마자 "커피요? 홍차요?"하면서 채근하는 바람에 담배꽁초 풀은 듯한 커피 한 잔 마시고 친구와 더불어 쫓기듯 다방을 나오면 갈 만한 곳을 찾을 수가 없었다. 이렇게 1950년대와 60년대가 흘러갔다.

동네마다 새벽바다 '새마을노래'가 확성기를 타고 흘러 나오는 1970년대가 시작되었다. 신기하게도 '보릿고개'라는 말이 없어지고 사람들의 얼굴에 생기가 돌았다. '하면 된다'는 말이 유행하더니 정말로 뛰는 만큼 수입도 늘었다.

그러나 주머니에 푼돈이 늘어나는 것을 느낄 무렵하여, 백성들의 가슴 속에는 자그마한 응어리가 하나씩 맺히는 것이었다. 말 타면 견마잡히고 싶어지는 법, 배 곯지 않으니까 사람답게 살고 싶다는 열망이 응어리로 뭉치는 것이었다. '대한민국'이라는 새 나라가 생긴 지 20여 년이 넘도록 '민주주의'에 대한 이상理想을 키워 왔으나 세상은 그 이상과는 반대방향으로 가는 것이 아닌가 하는 의심의 응어리였다. 이 응어리는 60년대 초에는 좁쌀만 하였는데 70년대 후반에는 콩알처럼 크고 딱딱해졌다. 병세를 의식한 백성들은 셰익스피어 비극의 주인공처럼 독백을 시작하였다.

"죽음같은 군사독재냐, 사람다운 자유민주냐, 그것이 문제다."

이렇게 머뭇거리며 회의에 빠져 있는 동안에도 세월은 흘러서 1980년대로 접어들었다. 콩알만 하던 응어리는 점점 커져서 이제는 탁구공 만하게 부풀었다. 그대로 두었다가는 가슴이 막혀 죽을 것만 같았다. 그 때에 백성들이 생각해 낸 대중요법! 그것은 이른바 '○○시리즈'라는 이름의 신종 수수께끼였다. 두세 사람이 함께 앉은 버스 한쪽 구석에서도 소근소근 한두 마디 주고받다가 까르르 웃어넘김으로써 탁구공 응어리를 녹인 듯한 기분을 맛볼 수가 있는 것이었다. 아마도 제일 처음 선 보인 것은

'참새시리즈'가 아닌가 싶다.

〈참새 두 마리가 전선에 앉아 있었다. 포수가 쏘려 해도 날아가지 않았다. 한 마리가 총에 맞아 떨어졌다. 그래도 다른 한 마리는 꿈쩍도 안했다. 마저 쏘아 떨어뜨렸다. 왜 그 참새 두 마리가 꿈쩍도 안했을까?

— 그것도 몰라? 그놈들을 해부해 보았더니 한 놈은 골이 비었고, 한 놈은 간덩이가 부었더래.〉

이렇게 하여 못난 참새에다가 공격대상이 되는 정치적·사회적 인물을 은근히 동질화시키는 풍자의 우스갯말이 하나씩 둘씩 늘어나게 되었다. 상당부분이 단순한 말장난에 그치는 것이지만 웃고 난 뒤의 눈물 자국은 가슴을 저미는 아픔이 되기도 하였다. 더구나 근자에 이르러 '최불암 시리즈'가 생기면서 웃음소리는 더 커지고 가슴을 저미는 아픔 또한 깊어진다. 참새·개구리 등 동물을 등장시키는 이솝우화의 단계에서 인기연예인 최불암씨를 등장시킴으로써 현실적이고 구체적인 실화가 되어, 우리들의 뒷통수를 내려치기 때문이다.

'최불암 시리즈'가 세 권이나 나왔다고 하는데 가슴속 응어리가 풀렸다는 소식은 아직도 묘연하기만 하다.

줄임말의 유행은 끝나려는가

나말여초羅末麗初니 '여말선초麗末鮮初'니 하는 말이 우리 나라 역사를 논할 때 흔히 사용되었는데, 여기에 나오는 '나려선羅麗鮮'은 두말 할 것 없이 '신라, 고려, 조선'을 간략하게 줄인 표현이다. 이처럼 줄임말 또는 약어略語라고 하는 것은 일반적인 언어현상의 하나로서 어느 시대 어느 사회에서나 의사전달에 지장이 없는 경우에 사람들이 즐겨 추구했던 표현 방법이었다. 그러나 이러한 줄임말이 요즈음처럼 유행어의 성격을 띠고 사회의 병리적 현상을 반영할 때는 일찍이 없었던 것 같다.

금세기에 들어와서 처음으로 나타난 줄임말은 암호의 성격을 띠고 잡지에 쓰인 필명筆名이 아니었나 싶다. 육당 최남선六堂 崔南善이 혼자의 힘으로 '소년'이니 '청춘'이니 하는 잡지를 발행하던 때에 기사마다 같은 이름을 붙일 수는 없으니까 하나에는 '육당' 또 하나에는 '최남선', 또 다른 것에는 'ㅊㄴㅅ' 'CNS' 등을 사용하여 필자가 여러 사람인 것처럼 보이려는 편법을 사용했던 것이다. 그러나 그것은 사회적으로 통용되는 줄임말 현상이라고는 볼 수 없는 것이었다.

줄임말은 크게 두 가지로 나뉜다. 첫 번째 방법은 독립된 낱말의 첫 글자나 마지막 글자만을 모으는 것이요, 두 번째 방법은 독립된 두 개의 낱말에서 각각 앞부분과 뒷부분을 떼어다가 새 낱말을 만드는 것이다. 첫째 방법을 '첫자 모으기'와 '끝자 모으기'라고 한다면 둘째 방법은 '앞뒤 모으기'라고 이름붙일 수가 있겠다.

'앞뒤 모으기'는 혼성어混成語라 하여 언어학에서 새 낱말 탄생의 한 가지로 손꼽는 것이다. '오피스텔Office+hotel' '테크노피아technology+utopia' 같은 외래어는 이렇게 앞뒤 모으기에 의해 생긴 것이고 국어에서는 '짜파게티짜장면+스파게티' '소텐소주+써니텐' '라볶기라면+떡볶기' 등 음식이름에 나타나기 시작하였다.

첫자 모으기가 본격적으로 시작된 시기는 1960년대인 '박통·박정희 대통령' 시절로 소급한다. 그 무렵 부조리한 세태를 꼬집기 위하여 통용되던 고전적인 낱말은 '아더매치'였다. 처음 젊은이들이 이 낱말을 퍼뜨릴 때에 어른들은 "아니꼽고, 더럽고, 메스껍고, 치사하고'라는 역겨운 형용사 네 개를 반복하면서 모나리자의 웃음을 입가에 흘렸었다. 뒤틀린 세상을 헐뜯기 위해 나온 것이었으므로 공적으로 쓰일 말은 생길 수가 없었다. 대폿집에서 소주잔을 맞부딪치면서 "개나발개인과 나라의 발전을 위하여"라고 외치며 쓴 웃음을 지었고 직장여성들은 윗사람과 밀회를 즐기면서 "유부남유별나게 부담이 없는 남자이니까"하면서 세상과 자기를 속이려 들었다.

'전통·전두환 대통령' 시절로 접어들었다. '옥떨메옥상에서 떨어진 메주덩이' 여인과 어울려 '노가바노래가사 바꿔부르기'를 즐길 수만은 없다고 생각한 이른바 의식화 운동권은 '전민련전국민족민주운동연합', '전대협전국대학생대표자협의회', '전노협전국노동조합협의회' 등 '전'자 돌림의 형제단체들을 만들어 '전통'과 맞서 싸웠다. 그래서 '노통·노태우 대통령' 시절로 바뀌게 되었다.

그러나 '첫자 모으기'로 새 낱말을 만드는 풍조는 가속이 붙어서 '놓털카술 잔을 놓지도 거꾸로 털지도 카소리도 내지 말 것'와 '찡떼우(오)술을 마시며 찡그리거나 입술을 떼거나 술잔을 오(우)래 들고 있지 말 것'라는 기막힌 음주풍토에까지 도달하였다. '놓털카'와 '찡떼우'를 앞뒤 모으기로 새 낱말을 만들어 보라 다행스럽게도 이러한 망국적인 음주풍토가 이 땅에서 사라질 조짐을 보이고 있다.

차제에 '박전노朴全盧 삼통三統' 시대의 부정적인 줄임말 풍조도 사라지지 않을까? 꿈꾸어도 좋은지 모르겠다.

어휘력 향상과 전문용어 문제

우리들은 수십 년을 살아 오면서 우리 주위의 여러 가지 우리말 표현을 무심하게 보아 넘기고 들어넘긴다. 수십 번 수백 번을 보고 들은 것이면서도 우리의 생활과 직접 연관이 없다는 이유로 모르는 채 넘기는 것이 한두 가지가 아니다. 벌써 오래 전 일이다. 차를 타고 어디를 가는 길이었는데 우리 앞으로 트럭 한 대가 달려 가고 있었다. 짐칸 뒤쪽에는 '전착도장 적재정량 4천kg'이라고 쓴 것이 보였다. 그 때 내 옆에 앉았던 초등학교 3학년짜리 딸아이가 내게 물었다.

"아빠, 저기 트럭에 적힌 '전착도장 적재정량'이 무슨 뜻이에요?"
"응, 그건 저 트럭에 4천 킬로그램 그러니까 4톤까지만 실어야 한다는 거란다."
"아빠, 그러면 '4천 킬로그램까지 실을 수 있음' 이렇게 쓰면 안될까? 우리 같은 초등학교 어린이도 다 알아볼 수 있게."
"그야 그렇지. 그렇지만 전문용어라는 것도 필요하단다. 물건을 실어

나르는 일을 직업으로 하는 운송업자들은 그들끼리 통하는 말이 있어야 하지 않겠니? 그 때 그들이 쓰던 말이 저기 쓰인 '전착도장 적개정량이란다."

나는 이렇게 아는 척을 하면서 설명을 하였지만 사실 나의 뜻풀이에는 '적재적량'에 대한 설명만 했을 뿐 '전착도장'에 대한 부분은 쏙 빠져 있었다. 그 후로도 나는 여러 해가 가도록 '전착도장'이 무엇인지를 모르고 있다가 우연한 기회에 사전을 펼치게 되었다.

〈전착도장(電着塗裝) 图 수용성(水溶性) 또는 수분산성(水分散性) 도료에 피도물(被塗物)을 담그고 피도물을 양극, 도료통을 음극으로 하여 직류 전류를 통하여 도금과 같은 원리로 도장하는 방법, 복잡한 모양의 것도 균일한 두께로 도장할 수 있으며 손실이 적고 도장시간이 짧아 경제적이며 안전하기 때문에 자동차의 몸체, 전기기기 부품 등의 도장에 널리 이용됨.〉

나는 '전착도장'의 사전 풀이를 읽고 나서야 그 뜻을 알게 되었지만 나의 마음은 계속 편안하지가 않았다.

'전착도장이 전기를 이용한 칠하기의 방법이라는 것을 알기는 했으나, 과연 그것을 자동차에 써붙여서 일반인들에게 알려야 할 일인가? 내가 어린 딸에게 전문용어임을 강조하듯이 온 세상 사람들에게 그 전문성을 선전할 필요가 있는 것인가? 그것은 전문가들끼리만 알고 있으면 그만이 아닌가? 이러한 생각이 들었기 때문이었다. 그런데 요즈음에는 전착도장류의 표시가 자꾸만 늘어가는 추세에 있다.

자동차의 몸체 옆에 오토매틱automatic이라고 쓴 것까지는 이해할 수가 있다. 이른바 기어gear라고 하는 톱니바퀴 변속장치를 수동으로 바꾸어가며 운전하는 것이 아니라, 자동차의 속도에 따라 그 변속장치가 운전자의 손을 거치지 않고 자동으로 조절되는 것임을 짐작할 수 있기 때문이다. 그러나 자동차에는 멀티 인젝션multi injection이라는 것도 보이고 파워 스티어링power steering이라는 것도 보인다. 그런가 하면 첫 글자 약자 모음인 'GSi' 'GLSi' 'DOHC'등의 표시가 자동차의 몸체 뒤쪽에 나타나기에 이르렀다.

현대사회가 기술문명의 사회이고 특히 자동차는 비교적 정교한 여러 분야의 공업기술이 한데 모여 이루어진 기계이기는 하지만, 그것을 일일이 자동차 몸체에 선전할 필요가 있는 것인가? 그것이 일반 언어생활에 미칠 영향을 자동차 회사의 사람들, 그리고 어문정책을 담당한 분들이 생각하고 있는 것일까?

역설적으로 말하여 그런 말이 일반인에게 보급되면 그것은 어휘력 향상에 도움이 되는 것이 아니냐고 반문하지나 않을까? 나는 아직도 결론을 내리지 못하고 있다.

초판서문

　제 나라말, 제 나라글이지만 바르게 배우고, 옳게 쓰지 않으면 그 말과 글에도 때가 끼고 먼지가 앉는다는 평범한 진리, 이 진리를 나는 지난 삼십여 년 국어선생을 하면서 점점 더 깊이 깨닫게 되었다. 한 사람의 하찮은 말씨에도 그 사람의 인품이 드러난다고 하는데, 한 민족의 언어와 문자생활에 때가 끼고 먼지가 앉으면 그 민족은 어떻게 될 것인가.

　어떤 사람이 병들어 앓고 있는데, 그 병을 고칠 좋은 약과 치료방법을 알고 있는 의사가 그 환자의 소식을 들었다면 그 의사는 어찌할 것인가. 가방을 챙겨 들고 환자의 집을 찾아 나서지 아니하랴.

　그래서 나는 기회가 있을 때마다, 환자의 집을 찾아 나서는 의사처럼, 우리말과 우리글의 소중함과 아름다움을 강조하였고 그것을 바르게 지키고 튼실하게 가꾸는 방법을 찾아보자는 처방전處方箋을 적어 왔다. 불행하게도 나는 우리말과 우리글을 책임진 의사이기는 하지만, 명의名醫가 아니라 겨우 돌팔이를 면한 만년 수련의修鍊醫이기 때문이다. 그러므로 나의 처방전에는 조리 없는 말이 거듭되기도 하고, 불필요한 너스레가 반복되기도 할 것이다. 그러나 나의 글, 나의 처방전에는 우리말을 사랑하고 우리글을 아름답게 가꾸자는 굽힐 수 없는 나의 심경과 믿음의 가락들이 들어 있다. 이 책에 모아 놓은 백 편의 짧은 글들은 이런 내 처방전의 묶음인데,

지난 1990년 6월부터 1992년 6월까지 만 이태에 걸쳐 한 주일에 한 편씩 『주간한국』에 "우리말, 우리글"이라는 고정 칼럼으로 발표했던 테마 수필이다. 지나가는 길, 무료한 시간에 잠시 눈길을 주었을 때, 별것 아닌 얘기처럼 슬쩍 눈치보며 내놓은 토막글들이라 한데 묶어 체제를 갖춘다는 것은 애초부터 생각하지 않았었다. 그러나 이제 책으로 엮자니 할 수 없이 집히는 대로 열꼭지씩을 묶어 열 덩이로 뭇을 잡았다.

글쎄, 이 글 조각들을 읽으면 우리말, 우리글에 대한 좀 더 정겨운 애정이 싹트고 민족적 자긍심이 돋아날까? 나는 그것은 모른다. 그러나 한 가지 - 21세기에는 분명히 우리 민족이 세계 역사를 책임지며 이끌어 갈 선도적先導的 역할을 감당할 것인데, 그 때에 가서는 제 나라말과 제 민족의 글에 대해 신념에 찬 애정과 깊이 있는 지식을 갖춘 사람만이 그 지구촌의 미래도 건전하게 이끌어 가리라는 사실이다.

그래서 나는 감히 이 책을, 다가오는 시대에 인류의 번영과 평화를 위해 일하겠다는 야심에 찬 우리 나라 젊은이들에게 바친다. 미래의 어느 날, 그들이 만들어 가는 세상을 바라보시며, 하느님이 "저 민족을 키워 세상을 바로잡자고 생각하기를 참 잘했지" 이렇게 스스로 만족해하실 때, 나도 그 일에 조약돌만한 보탬이 되었음을 감사하기 위하여.

1993년 5월 스승의 날
북한산 기슭에서 지은이 씀

저자 심재기沈在箕

인천 출생
서울대학교 국어국문학과 졸업
서울대학교 대학원 문학석사·문학박사
서울대학교 교수 역임
전 국립국어원 원장
현 서울대학교 명예교수

대표논저 국어 어휘론(國語語彙論)
국어 의미론(國語意味論)(공저)
국어 어휘론신강(國語語彙論新講)
국어 문체발달사(國語文體發達史)

수 필 집 사랑과 은총의 세월
막내딸의 혼인날

한국어, 우리말 우리글 1 - 수필로 읽는 국어이야기

초판인쇄 2008년 11월 26일
초판발행 2008년 12월 4일

저자 심재기
발행 제이앤씨
등록 제7-220호

주소 서울특별시 도봉구 창동 624-1 현대홈시티 102-1206
전화 (02)992-3253(대)
팩스 (02)991-1285
전자우편 jncbook@hanmail.net
홈페이지 http://www.jncbook.co.kr
책임편집 김연수

ISBN 978-89-5668-661-5 03810   정가 16,000원